A REVOLUÇÃO TRANSUMANISTA

LUC FERRY

A REVOLUÇÃO TRANSUMANISTA

Prefácio à edição brasileira –
Entrevista de Luc Ferry a Jorge Forbes

Manole

Título original em francês: La révolution transhumaniste
Copyright© Plon, 2016
Nenhuma parte deste livro pode ser reproduzida em
qualquer formato sem a permissão do editor.

Este livro contempla as regras do Acordo Ortográfico da Língua Portuguesa.

Tradução: Éric R. R. Heneault
Tradução do prefácio à edição brasileira: Alain Marcel Mouzat
Preparação: Ana Maria Fiorini
Revisão de prova: Pamela Oliveira
Diagramação: Vivian Valli de Oliveira
Capa: Rubens Lima

Dados Internacionais de Catalogação na Publicação (CIP)
(Câmara Brasileira do Livro, SP, Brasil)

Ferry, Luc
 A revolução transumanista / Luc Ferry; tradução de
Éric R. R. Heneault. -- Barueri, SP : Manole, 2018.

 Título original: La révolution transhumaniste

 Bibliografia.
 ISBN 978-85-204-5409-1

 1. Biotecnologia – Aspectos sociais 2. Biotecnologia - Filosofia 3. Economia colaborativa – Filosofia 4. Engenharia genética – Aspectos sociais 5. Tecnologia – Aspectos sociais 6. Transumanismo I. Título.

 17-10849   CDD-303.483

Índices para catálogo sistemático:
1. Sociedade e tecnologia : Sociologia 303.483
2. Tecnologia e sociedade : Sociologia 303.483

Todos os direitos reservados.
Nenhuma parte deste livro poderá ser reproduzida, por qualquer processo, sem a permissão expressa dos editores. É proibida a reprodução por fotocópia.
A Editora Manole é filiada à ABDR – Associação Brasileira de Direitos Reprográficos.

Edição brasileira – 2018

Direitos em língua portuguesa adquiridos pela:
Editora Manole Ltda.
Av. Ceci, 672 – Tamboré
06460-120 – Barueri – SP – Brasil
Fone: (11) 4196-6000
www.manole.com.br | info@manole.com.br
Impresso no Brasil | *Printed in Brazil*

Sumário

Prefácio à edição brasileira. **Uma conversa com Luc Ferry no sul da França –
Por Jorge Forbes, VII**

Introdução. **Do que se trata? Por que este livro?, XXVII**
Do ideal terapêutico ao ideal do "aumento/melhoria", XXIX
Lutar contra a velhice e a morte, XXXIII
Quatro grandes relatórios trouxeram ao transumanismo
notoriedade em nível europeu e mundial, XXXIX
Um inquietante mutismo das democracias europeias,
ainda amplamente imersas na ignorância das novas tecnologias, XLII
Da biologia à economia, ou como as novas tecnologias
transformam tanto o mercado quanto a medicina:
o nascimento da economia "colaborativa", XLV
Apresentação detalhada do livro, XLIX

Capítulo I. O que é transumanismo?
Um ensaio de tipo ideal, 1
Humanismo, pós-humanismo, anti-humanismo?, 6
Do transumanismo biológico ao pós-humanismo cibernético:
rumo ao fim da humanidade?, 11
Esboço de um tipo ideal de transumanismo, 17

Capítulo II. A antinomia das biotecnologias
"Bioconservadores" contra "bioprogressistas", **41**
Os argumentos de Francis Fukuyama contra o transumanismo:
a sacralização da natureza como norma moral, 44
As críticas de Michael Sandel ou "contra a perfeição": a destruição dos valores de
humildade, inocência e solidariedade, 54
A crítica do projeto transumanista por Habermas:
proibir o aumento para permanecer no modelo terapêutico, 60
Quatro respostas possíveis às críticas de Habermas, 64
A vida sem fim: pesadelo ou paraíso terrestre?
Sobre alguns problemas metafísicos, éticos e políticos
formulados pelo ideal de uma imortalidade aqui na Terra, 67
Os limites do materialismo transumanista:
a confusão bastante ingênua entre homem e máquina, 74

Capítulo III. A economia colaborativa e a "uberização" do mundo
Eclipse do capitalismo ou desregulamentação selvagem?, 81
As três revoluções industriais: rumo ao fim do capitalismo, 82
A Terceira Revolução Industrial, o surgimento das quatro internets e
a infraestrutura da economia colaborativa, 85
A cauda longa e o custo marginal zero, 94
Como fazer fortuna com o gratuito? O bom uso dos *big data*, 97
A quem pertencem os *big data* que geram tantos lucros?
Nossos dados pessoais são privados ou públicos?, 100
Fim do capitalismo ou ultraliberalismo?, 105
As gerações Y e Z mais generosas que as anteriores?
Outra grande piada..., 111
O fim do trabalho? O Uber vai matar Schumpeter?, 114
Uma variante do fim do trabalho: os argumentos de Daniel Cohen
sobre o declínio do crescimento, 122

Conclusões. O ideal político da regulação
Para além do pessimismo e do otimismo, 125
A "desapropriação democrática": rumo a uma inversão
dialética da democracia em seu oposto?, 127
A antinomia do século ou o obstáculo obrigatório:
pessimistas e otimistas, 133
A tentação do pessimismo ou a alegria do desespero, 134
A tolice do otimismo "solucionista", 139
O sentido do trágico grego: uma categoria que transcende
a antinomia otimismo/pessimismo e a única que
permite pensar nosso mundo, 141
Liberdade absoluta, *Big Brother* ou regulação, 147
Uma regulação política sustentada por um princípio superior:
definir limites, sim, porém jamais proibir sem uma razão fundamentada, 149
Sobre os dois obstáculos que qualquer regulação
deverá se esforçar para evitar, 155

Anexo. Para entender as NBIC, 157
O que é a nanotecnologia?, 159
Biocirurgia: "cortar/colar" o DNA com o "Crispr-Cas9",
um passo de gigante, 162
O que são os *big data*?, 166
Cognitivismo: da inteligência artificial (IA) fraca à IA forte?, 171

Do mesmo autor, 177

Prefácio à edição brasileira –
Uma conversa com Luc Ferry no sul da França –
Por Jorge Forbes

Luc Ferry e eu nos conhecemos há alguns anos, no palco da Sala São Paulo, em um debate. Não tivemos quase tempo de conversar antes do evento, a não ser uma referência rápida a um grande amigo em comum, o filósofo Gilles Lipovetsky, que por *e-mail* tinha nos enviado algumas palavras.

Muito rapidamente nos tornamos amigos de infância. O desencadeador foi a preferência pela clareza teórica – ambos detestamos o jargão das capelas intelectuais – nos encontramos no mesmo universo de interesse a respeito dos efeitos da pós-modernidade sobre a espécie humana e, especialmente e curiosamente, chegamos por caminhos diferentes – ele da Filosofia, eu da Psicanálise – a uma mesma constatação: o surgimento provável de uma nova transcendência laica, humana, um "novo amor" que reformula a arquitetura do laço social, fazendo-o menos disciplinar e mais responsável, horizontal, criativo, múltiplo, surpreendente.

Nosso debate continua muito além daquele primeiro encontro, persiste fraternalmente até hoje, em várias cidades do mundo.

Sugeri à Editora Manole que publicasse este recente livro do Luc Ferry que agora você tem em mãos, por considerá-lo uma das melhores reflexões sobre esse novo fenômeno que interessa a todos nós: o Transumanismo.

Foi-me pedido um prefácio. Resolvi sair do modelo habitual e propus uma entrevista sobre o livro. Quis dividir com os leitores um pouco do espírito aberto de nossas conversas. Pena não ter uma foto do local onde nos reunimos para ilustrar o que segue. Era uma manhã de domingo de muito sol e calor, em uma praia da Costa Azul mediterrânea. Fica o texto.

Jorge Forbes (JF) – Você gosta de dizer que nos seus livros o leitor já sabe, no primeiro capítulo, do que se trata.

Luc Ferry (LF) – Mas mesmo assim, ele pode ler o resto também...

JF – Fica, então, a lembrança: leiam o resto também!

Em poucas palavras do que trata o seu livro, A Revolução Transumanista?

LF – A ideia global é que estamos vivendo uma terceira revolução industrial, e o núcleo dessa terceira revolução industrial é o que chamamos de NBIC. N de nanotecnologias, B de biotecnologias, particularmente o sequenciamento do genoma humano e a ferramenta de edição do DNA que se chama Crispr-Cas9. Depois o I, de informática, os *big data* e a internet dos objetos. E o C é o cognitivismo, isto é, a inteligência artificial (IA), o coração do coração dessas quatro inovações. É preciso também acrescentar mais quatro: as impressoras 3D, que podem imprimir tecidos biológicos; a robótica – os robôs da Boston Dynamic, filial da Google, são extraordinários. A pesquisa sobre as células totipotentes, as células-tronco induzidas, que estão progredindo de modo extraordinário. E, enfim, a hibridação entre o homem e a máquina que também está progredindo de modo extraordinário.

Mas, o coração do coração é a IA, essa mesma que já em 1997 ganhou de Gasparov, o campeão mundial de xadrez, e que, no ano passado, ganhou de Lee Se-dol, o campeão do mundo do jogo de Go. É ela que hoje está na base de duas consequências maiores, da terceira revolução industrial.

JF – Quais são essas consequências?

LF – A primeira é o que se chama de economia colaborativa, cujo verdadeiro modelo é o Airbnb. Isto é, uma troca de apartamentos de particular a particular que é possibilitada pela IA que trata de dados, os *big data*, em alguns segundos ou décimos de segundos. O modelo é também o Uber, que está na origem do chamado fenômeno de "uberização do mundo". Essa nova economia, simbolizada pelo Uber e pelo Airbnb, caracteriza-se por não profissionais poderem entrar em concorrência com profissionais graças à IA. Por exemplo, Airbnb é uma concorrência terrível para os hoteleiros profissionais. Só um número, para se ter uma ideia: a capitalização na bolsa de Airbnb é de 30 bilhões de dólares, enquanto a do grupo Accor, um dos maiores grupos hoteleiros do mundo, é de 11 bilhões. Portanto, o Airbnb vale 3 vezes mais que o grupo Accor, e eles não têm sequer uma parede, uma pia de banheiro, um quarto. É apenas um aplicativo, é apenas IA.

JF – E a segunda consequência?

LF – A segunda consequência é o projeto transumanista. É um projeto que se apoia na engenharia genética, cujo desenvolvimento, particularmente no sequenciamento do genoma, deve-se à IA e ao famoso Crispr-Cas9, a ferramenta de edição do DNA. Mas esse projeto é alimentado também pela hibridação homem-máquina, pela pesquisa sobre as células-tronco totipotentes, que permitirá a medicina reparadora. Também pela pesquisa sobre as células senescentes que é no mínimo tão importante quanto a pesquisa sobre as células pluripotentes. Graças a essas novas tecnologias, a ideia é fazer o que se fez para os organismos geneticamente modificados (OGM), para os grãos de milho.

JF – Em outras palavras...

LF –Em outras palavras, o transumanismo é deixar a humanidade melhor. É melhorá-la. Em inglês se diz *enhancement*. Trata-se de passar de um modelo terapêutico que tratava (o médico estava ali para tratar, para consertar) para o modelo do aumento. E o verdadeiro projeto por trás de tudo isso é aumentar não só a inteligência, a beleza, a força, mas a longevidade humana. A Google investe bilhões de dólares no projeto de aumento da longevidade humana. *A ideia é fabricar uma humanidade que seria jovem e velha ao mesmo tempo.*

"Se juventude soubesse, se velhice pudesse", diz um famoso provérbio. Trata-se de fabricar uma humanidade que viveria 150, 200, 300 anos, talvez até mais. Isso já foi feito com ratos: os ratinhos transgênicos da Universidade de Rochester vivem trinta por cento mais tempo que os ratos normais. *A ideia é fabricar uma humanidade que viveria muito mais tempo e, claro, em boa saúde.*

JF – Como entender essa nova (e cada vez mais possível) expectativa de vida em uma perspectiva histórica?

LF – Não se trata de fabricar uma humanidade de velhos gagás em cadeiras de rodas. Nunca se aumentou a longevidade humana como agora, o que se fazia era aumentar a esperança de vida no nascimento. Na França, em 1863, data em que Victor Hugo publicou Os miseráveis, a esperança de vida era de 35 anos. Em 1900 ela era de 45 anos. Em 1950, ano em que nasci, a esperança de vida era de 63 anos. Hoje é de 82 anos. Portanto, a esperança de vida praticamente dobrou desde o século XIX, mas continuamos morrendo por volta dos 100 anos. A francesa Jeanne Calman, de 123 anos, permanece o recorde mundial. O verdadeiro projeto transumanista é fabricar uma humanidade que viveria muito mais tempo.

JF – Mas como seria isso na prática?

LF – O paradoxo é que quando se pergunta para as pessoas: "você gostaria de viver 200 anos?", 95% delas respondem: "não, que horror... é assustador!", porque elas pensam em seus bisavós que ficaram gagás, ou porque já estão muito entediados. Mas eu acho que seria uma notícia formidável, porque hoje morremos justo no momento em que começamos a ficar menos tolos.

JF – Você se refere à inteligência ou à sabedoria?

LF – Não se é muito mais inteligente aos 70 anos do que aos 25, mas se é muito menos tolo com os filhos e no amor. Morre-se em geral com 80-90 anos, justo no momento em que começamos a ficar inteligentes, quando começamos a entender a vida, a ser mais pacientes, mais sábios. E, depois, têm tantas mulheres para serem amadas, tantos livros para serem lidos, tantas línguas para serem aprendidas, tantos amigos para se descobrir no mundo inteiro, então por que parar tão cedo? Acho que esse projeto não é forçosamente cretino, embora esteja cheio de perigos porque as novas tecnologias nos permitem construir quimeras ou monstros.

JF – Há um perigo, uma apreensão no ar, quanto aos avanços tecnológicos, especialmente quanto à IA. Temos a IA fraca e a forte. A fraca faz muita coisa, mas não tem condição de pensar em si mesma, ou seja, ela não tem a capacidade que os humanos têm de se pôr à distância de si próprio. O dia que houver uma IA forte, uma nova raça existirá e será dominante. Você desenvolve esse aspecto no capítulo final deste livro e no anexo. Você acredita que o homem possa ser ultrapassado pela máquina?

LF – Para responder a essa pergunta, é preciso esclarecer mais sobre as duas IA, por você referidas. Há a IA fraca, aquela com a qual funcionam Airbnb ou Uber, aquela que derrota o campeão do mundo de xadrez, o campeão do mundo do jogo de Go, o campeão do mundo de pôquer. Ela trata bilhões de dados, em tempo real, mas não pensa, não tem a consciência de si, como você disse. A IA forte seria no fundo um cérebro de silicone, uma máquina que teria consciência de si, a capacidade de tomar decisões, que teria emoções. Seria um cérebro de silicone e, como o cérebro é a sede das emoções, seria uma máquina que teria ódio e amor, ciúme, medo e... consciência de si.

JF – E o que já temos por aí?

LF – Google Brain, uma das filiais da Google, trabalha nisso, na fabricação de sequências de neurônios de silicone. Já fabricaram sequências de neurônios que conversam entre si, que fabricaram uma linguagem comum que nós mesmos não entendemos. Fizeram isso em 2013. É preciso ir à Google Brain para acreditar. Isso fez com que Stephen Hawkins, Bill Gates e Elon Musk fizessem em 2015 um abaixo-assinado com mil pesquisadores do mundo todo para dizer que o maior perigo que pesa sobre a humanidade é a IA forte. Ainda não chegamos lá, mas se já tivéssemos chegado, o cenário que conduziu à destruição de Neandertal por Cro-magnon estaria se reproduzindo, porque teríamos fabricado uma pós-humanidade com melhor desempenho do que nós. Mas não conseguimos ainda e ninguém sabe se vamos conseguir.

JF – Mas se o humano se define pela impossibilidade de definição essencial, se, na nossa espécie, a existência precede a essência, como se pode dizer que podemos ir além do que não se sabe o que é? Enfim, pode-se sentir sem um corpo biológico?

LF – Se a Google conseguir criar essa IA forte (esse é o projeto da Universidade da Singularidade, fundada em 2008 no Silicon Valley por Google, presidido por Ray Kurzweil), é também o projeto da Google Brain, é o projeto da Calico, mais uma filial da Google. Se a Google conseguir fazer isso como muitas pessoas extremamente inteligentes acreditam, teríamos criado uma pós-humanidade que nos tornaria obsoletos. Porque ela teria exatamente as mesmas qualidades que nós, e duas qualidades suplementares: a primeira é que ela seria imortal, a inteligência seria encarnada em um corpo não biológico, portanto, potencialmente eterno. E a segunda é que ela seria conectada com a IA fraca, ou seja, seria conectada a todas as redes do Google. Teríamos a IA fraca e a IA forte, e assim nos ultrapassaria totalmente. Um pouco como Cro-Magnon ultrapassou Neandertal. Pensa-se hoje que Cro-Magnon exterminou Neandertal, simplesmente porque Cro--Magnon era mais inteligente que Neandertal. É verdade. É isso que pode acontecer, mas eu não acredito nisso. Tendo a pensar que sem uma encarnação em um corpo biológico não se pode sentir emoções. Penso que a biologia, o corpo biológico, o corpo vivo, é indispensável para o sentir das emoções. Pode-se imaginar uma máquina que imita as emoções, mas não vejo como ela poderia senti-las sem um corpo biológico.

JF – Mas, insisto, você estaria pensando que tudo pode ser codificado?

LF – Não, não, porque ela terá a consciência de si. A existência precederá a essência também. Será a mesma coisa. Porque a máquina terá o livre-arbítrio e a consciência de si. Porque se você faz um cérebro de silicone perfeito – um biólogo dirá que é complicado demais, que não é possível –, mas os transumanistas da Universidade da Singularidade...

JF – Os pós-humanistas...

LF – Sim, os pós-humanistas, nesse caso podemos chamá-los assim, são materialistas, filosoficamente falando. Isso quer dizer que eles pensam que já somos máquinas. Eles não dizem, como os cristãos: "há de um lado o pensamento e de outro a carne..."

JF – Você é monista ou dualista?

LF – Eu sou dualista. É por isso que não acredito nisso. Sou dualista e espiritualista. Mas laico, ateu, evidentemente. Mas eles são monistas e materialistas, e dizem: é isso aí, não tem de um lado o pensamento e de outro o corpo, é a mesma coisa. E eles têm um argumento bem comezinho: se eu destruir o seu cérebro, dizem eles, você vai pensar muito pior. E respondem para uma pessoa como Axel Kahn, que é um grande biólogo francês, quando ele diz que é complicado demais, que se é só uma questão de complexidade, que eles vão conseguir. A ciência sempre venceu a complexidade. Se fosse uma questão de natureza, de essência, de qualidade, ainda vá lá, mas se for só quantitativo a gente vai chegar lá, dizem eles. E assim eles começaram a fabricar sequências de neurônios que conversam entre si, como eu dizia há pouco. E, portanto, pensam que estão em vias de fabricar um cérebro de silicone. E *se conseguíssemos fabricar um cérebro de silicone, esse cérebro seria completamente humano, por assim dizer, ele não teria só o cálculo, ele teria o verdadeiro pensamento, o livre-arbítrio, a decisão, a consciência de si. Ele seria como o humano de Sartre: a existência precederia a essência. Ele seria também um ser de história.* Então o verdadeiro projeto da Google é fabricar uma pós-humanidade, é o projeto de Kurzweil, é a busca da imortalidade. Porque enquanto só se aumenta a vida humana, permaneceremos mortais.

JF – Você fala neste livro, como uma forma se enfrentar essa revolução NBIC, de medidas de controle, de regulação...

LF – Regulação em francês é a palavra que remete ao Comitê de Ética.

JF – Mas ao mesmo tempo você critica alguns biodefensores como Michael Sandel, Habermas, Fukuyama.

LF – As objeções deles são fracas, não são sólidas.

JF – Mas você acredita mesmo que se possa implementar medidas de regulação, no mundo todo, não só em uma parte dele?

LF – Será preciso, não há como escapar.

JF – Mas países como a China, a Rússia? Pode-se contá-los junto com os outros?

LF – Vai levar tempo, mas a terra é bem pequena e, mais dia menos dia, acabaremos percebendo que estamos todos no mesmo barco.

Vai levar tempo, foi assim para a criação da Europa, e faremos o mesmo para o mundo. Já há instâncias de governança mundial, o FMI, a OMC. Elas existem, estão aí. Ninguém contesta os mecanismos reguladores da ONU. O FMI é muito útil, o Banco Mundial tem ações de regulação que são muito fortes e que já existem. Simplesmente será muito difícil. Por quê?

Deve-se perceber que a IA está progredindo com o *deep learning*. As máquinas estão aprendendo permanentemente. A progressão da IA é exponencial. Daí teremos consequências completamente imprevisíveis. Temos de saber que a IA não vai só substituir a moça do caixa do supermercado, ela substituirá radiologistas, por exemplo, como também os dermatologistas, na análise dos cânceres da pele. Para a análise de um raio X, a IA é muito melhor do que o médico.

JF – Da mesma forma, nas terapias genéticas...

LF – Em cancerologia, para sequenciar o genoma de uma célula de um tumor canceroso, calculou-se que enquanto um oncologista levaria quarenta anos, o computador leva dois minutos. O mesmo podemos aplicar à análise financeira, análise jurídica, e ainda estamos apenas no início do início. Em cirurgia, agora se opera quase que exclusivamente com máquinas, particularmente em urologia, em câncer da próstata. Tem de ser louco para querer ser operado por um cirurgião, hoje em dia.

Todos os meus amigos cirurgiões me dizem "vai lá onde tem robôs". E os robôs são IA, são pilotados pela IA. O que eu quero dizer com isso é que a IA vai substituir não as tarefas automáticas, simples, como fazer seu cartão de embarque no aeroporto ou registrar suas compras de supermercado. A IA vai executar tarefas, e até substituir profissões extremamente sofisticadas.

JF - Exatamente por isso seria necessária uma forma de regulação?

LF – Voltando à sua questão, há assim um problema de regulação muito forte que vai se colocar em todos os países do mundo.

Primeiro, porque tudo está indo muito rápido e, em regra geral, o regulador chega sempre tarde demais. Segundo, porque as consequências concretas mudam sem parar. Fica complicadíssimo acompanhar. Para escrever meu livro levei quatro anos. Trabalhei para valer. Nossos políticos não refletem sobre isso: eles não têm tempo, e não têm as competências. Esses progressos são mundiais. Hoje não podemos esquecer que a China é mais performante em matéria de IA do que o Silicon Valley. Sempre se esquecem dos BATX, que são o equivalente dos GAFA: Baidu, Alibaba, Tencente, Xiaomi. Os BATX são os GAFA: é o Google, a Amazon, o Facebook, a Apple. Ora, o leste da China é mais performante do que o Silicon Valley.

O problema é muito simples de ser colocado, mas muito complicado de resolver. É que se eu for proibir na França, enquanto regulador francês, uma prática qualquer, se eu proibir o Uber – ele já foi proibido em Nova York, Barcelona e em Berlim –, isso não terá sentido, porque você proíbe em uma cidade e ele é autorizado em outra. Na França, por exemplo, a inseminação artificial com doador é proibida para as mulheres solteiras, mas é autorizada na Bélgica e em Londres. Não serve para nada, só favorece o turismo médico. É preciso que as regulações sejam no mínimo regionais, no sentido da região América do Sul, da região Europa, da região norte-americana. E, se possível, mundiais, senão não servem para nada. Não se poderá autorizar tudo nem proibir tudo. Vai ser preciso pensar, porque como somos a mesma humanidade nossos interesses são relativamente convergentes. Mas isso não é para já, evidentemente.

JF – Bom, no plano ecológico caminhamos mundialmente...

LF – No plano ecológico conseguimos, apesar de tudo, ter uma certa visada reguladora mundial, incluindo a China e a Índia. Essa é a única virtude da COP 21, não vejo outra. E nos Estados Unidos, você viu que todos os prefeitos das grandes cidades se comprometeram, contra o Trump, a entrar na COP 21. Precisaremos ter uma regulação mundial também para a finança e para o transumanismo.

JF – Como a Dinamarca que nomeou um embaixador para Palo Alto, para falar com os GAFA (Google, Apple, Facebook e Amazon)? Os dinamarqueses abriram uma embaixada digital dedicada ao relacionamento com as grandes empresas de tecnologia. Como você avalia isso?

LF – Eu pedi que tivéssemos um ministério da inovação, é a mesma ideia, temos que ter um ministério da inovação, um ministério das novas tecnologias. Precisamos de um interlocutor com os GAFA. O grande problema é que os GAFA e os BATX tornaram-se muito mais poderosos do que os Estados. O PIB dos GAFA é maior que o PIB da Dinamarca, talvez por isso tenham nomeado o embaixador. Todo mundo ficou impressionado: o PIB da Dinamarca é menor do que a capitalização na bolsa dos GAFA. Google são 800 bilhões de dólares. Apple são 500 bilhões de dólares. São números impressionantes. Como essas tecnologias vão rápido demais, elas não são reguláveis. É muito interessante. Eu estava conversando um dia desses sobre regulação com o CEO de Google France, Nick Leeder, um jovem muito simpático. Ele disse uma frase importantíssima e muito inteligente: "Para vocês europeus, assim que se fala de inovação, novas tecnologias, transumanismo, vocês pensam na proteção do cidadão, enquanto nós pensamos: serviço oferecido ao consumidor. Pensamos serviço em vez de proteção, e consumidor em vez de cidadão". As palavras têm um sentido. Assim eles enfiam o pé no acelerador e nós enfiamos o pé no freio.

É essa a verdadeira diferença com os Estados Unidos. Os dois são necessários, mas eles pensam em serviço oferecido ao consumidor.

JF – Por exemplo?

LF – Por exemplo, sobre a proteção da vida privada, os *data*, os *open data*. Nos Estados Unidos, tem-se praticamente proteção zero da vida privada. Eles dizem, "mas é muito útil, porque a Google fez um pacto com 2.500 hospitais para criar o maior banco de dados de células cancerosas que mutam permanentemente, isso possibilitará resolver a questão do câncer daqui a 20 anos, e é muito mais importante do que proteger a vida privada. Vamos tratar o câncer, estamos nos lixando para a vida privada. O mais importante é tratar o câncer". Nós, na França, dizemos, os *data* são nossos. Vocês não têm o direito de usar nossos *data*. Número importante: a Google ganhou 90 bilhões de dólares em 2016 só revendendo nossos *data*.

Jean Tirole, francês prêmio Nobel da economia, analisou a economia dos *data*. Chama isso de economia bifronte.

JF – E como você interpreta a economia bifronte?

LF – Isto seria como o deus Janus, de duas faces. Você navega na internet, é gratuito, você não paga nada, e vai deixando rastros, no Facebook, no Instagram, no Twitter, no Google. Quando você quer trocar de carro, você vai no site da Mercedes, da Audi e deixa rastros, rastros que são inapagáveis. Eles recuperam seus rastros e os vendem de volta para a BMW, a Alfa Romeo e outros. Noventa bilhões de dólares revendendo nossos *data*. Tim Cook, o CEO da Apple já disse, "se é de graça, é porque você é o produto". Frase formidável. Em outras palavras, a economia bifronte é assim: é gratuito quando você navega, o Google coleta os *data*, revende-os às empresas para identificar o alvo da propaganda. Noventa bilhões de dólares em 2016, você percebe? Para os americanos, tudo isso é ótimo. Para os europeus, é muito ruim. Eles dizem, "temos que proteger a vida privada, nossos *data*". Os americanos dizem: "não, o serviço prestado é muito mais importante". Os dois são justos. É isso o trágico grego. As duas legitimidades são justas. Creonte está certo, Antígona está certa. É isso o trágico. Assim vamos viver conflitos. Airbnb está certo, os hoteleiros estão certos.

JF – Mas de que modo isso se resolveria em termos práticos?

LF – Compromissos. É aí que a social democracia vai voltar a atuar. A regulação é o compromisso equitativo, a busca por equidade. Proibir é imbecil. Proibir o Uber é imbecil. Uso Uber todos os dias, é muito melhor do que os táxis. E ao mesmo tempo não podemos deixar os motoristas de táxis morrerem de fome. Mesma coisa para o Airbnb. É muito melhor do que hotel, é mais barato e mais agradável. Mas ao mesmo tempo, não vamos deixar os hoteleiros morrerem de fome, porque eles têm outra função, para o turismo, por exemplo. E eles têm empregados, funcionários. O que vamos viver é um mundo trágico no sentido grego. Trágico no sentido grego não quer dizer patético, mas o dilaceramento entre legitimidades equivalentes. É isso que é interessante. Isso vai supor inteligência, pois não é o problema moral que será central, mas o problema intelectual, é preciso entender o que está acontecendo.

JF – Eu gostaria que você comentasse dois pontos antes de passarmos para as questões sobre a sexualidade. Como ficam a política e educação frente às mudanças do mundo? Gostaria, primeiro, de falar de política. Você acredita, como alguns – hoje e ontem – no fim dos partidos políticos? E como seria o novo líder da pós-modernidade? O que você está pensando a respeito da política?

LF – Não acredito no fim dos partidos políticos. Acho que aqui na França temos uma situação muito particular. Os partidos sempre foram a expressão das grandes correntes de pensamento. Há uma grande corrente de pensamento político de esquerda e uma grande filosofia da direita liberal, há mesmo grandes filosofias políticas de extrema direita e de extrema esquerda. Existem pensadores gigantes por trás dos partidos. Marx não é qualquer coisa, Tocqueville não é qualquer coisa, Jaurès não é qualquer coisa, Proudhon não é qualquer coisa. O anarquismo, o liberalismo, o comunismo e mesmo a social-democracia. Existem grandes pensadores sociais-democratas: Jaurès, Berstein na Alemanha... Por trás dos partidos políticos, havia na origem correntes de pensamento extremamente poderosas. Isso não vai desaparecer.

JF – Na França especialmente?

LF – O que está acontecendo hoje na França é particular. Por razões anedóticas, judiciárias, a direita desmoronou. Isso não quer dizer que o pensamento liberal desapareceu, ou que o pensamento revolucionário desapareceu. Não é verdade. Em compensação, o que é característico do período atual é que não há pensamento centrista. Isso não existe e nunca existirá.

JF – Quando você diz que não há um pensamento de centro, seria pela falta de personalidade e de posicionamento do pensamento centrista?

LF – Porque o centrismo não é um pensamento. *Quando éramos pequenos, ganhávamos massinha de modelar, tinha vermelho, verde, branco, azul. Mistu-*

rávamos tudo, porque éramos bebês, colocávamos tudo em cima do aquecedor e tudo derretia. No final, só podíamos fabricar um elefante cinza, porque não havia mais cores. O pensamento centrista seria isso. Cite-me um pensador centrista, isso não existe e nunca existirá. Posso citar pensadores de esquerda e de extrema-esquerda...

JF – A começar por...

LF – A começar por Marx. Posso citar pensadores liberais, a começar por Tocqueville, Benjamin Constant e mesmo, entre os neoliberais, Friedman não é qualquer coisa. Mesmo na extrema-direita, Barrès e Maurras não são qualquer coisa. E mesmo no hitlerismo, havia o romantismo alemão, Hölderlin e Novalis não são qualquer coisa, pensadores de extrema-direita. Em suma, não há pensadores centristas. Enfim, eu não acredito no desaparecimento dos partidos, na atomização do social, eu acho que *o que vivemos é simplesmente uma crise da ideia revolucionária.*

JF – Explique...

LF - No *fundo, ainda não absorvemos completamente o fim do comunismo.* É este o problema, o fim do comunismo é um fato cujo alcance a longo prazo ainda não avaliamos. Vimos o alcance a curto prazo, vimos a queda do Muro de Berlim, a queda da União Soviética, a queda do maoísmo, mas não avaliamos a onda de choque em todo o pensamento político, porque isso tem repercussões também no liberalismo. É isso que vivemos hoje, mas acho que o pensamento social-democrata não está de modo algum morto e que o pensamento liberal não está de modo algum morto.

JF – As realidades no século XXI não são diferentes?

LF – As realidades de quê?

JF – Por exemplo, você pensa que na sociedade atual, horizontal, poderia existir um Churchill, um De Gaulle.

LF – Não, o líder carismático desapareceu, porque vivemos em sociedades cada vez mais democráticas. Para que um líder carismático aparecesse, seria preciso que ele encarnasse uma ideia superior aos indivíduos. Em De Gaulle era a ideia de nação, em Lênin era a ideia revolucionária, em Hitler era a raça, a nação raça. Hoje o líder democrático só pode encarnar um povo democrático, não pode encarnar uma transcendência exterior e superior aos indivíduos. Por isso, e acho que é uma boa notícia, estamos na mesmice democrática. Mas se formos mais longe, acredito que haja uma transcendência do humano.

JF – O que significaria especificamente essa transcendência?

LF – O que eu adoro na pintura holandesa do século XVII – parece que estou mudando de pato para ganso, como se diz popularmente, mas está diretamente ligado –, é que ela foi a primeira a explorar o esplendor do humano, em vez de pintar a transcendência exterior à humanidade. Os temas dos quadros italianos eram a glória, a honra, a bíblia, a mitologia grega, a religião, Deus, os grandes homens. O que a pintura holandesa vai descrever e, nisso, mostrar um caminho para a democracia, é o esplendor do humano como tal. Já em Bruegel temos não os grandes homens, mas as pequenas festas dos vilarejos, os pequenos camponeses, um peixeiro com seus peixes, uma mulher com o seu decote, burgueses que bebem cerveja em uma taverna, exclusivamente o humano como tal. O que a pintura holandesa nos mostra como caminho para a democracia é o fato de a verdadeira transcendência estar no humano, ela não é exterior ao humano. É isso a revolução democrática, não é a mesmice no mau sentido do termo, é a ideia de que a transcendência deve ser buscada na própria humanidade. A música de Bach, o gênio de Kant ou de Hegel ou de Aristóteles ou de Einstein está no homem. Em outras palavras, como diz Pascal, o homem supera infinitamente o homem.

JF – Este exemplo ou comparação me parece otimista, diferentemente do pessimismo reinante.

LF – É genial o que estamos vivendo. Não é o que esse bando de intelectuais tontos acham, pois eles só enxergam o que está sendo destruído, não enxergam o que está surgindo, que é o novo rosto da transcendência, o que eu chamei de a divinização do humano. Eles só enxergam o que desaparece, como a consciência infeliz na *Fenomenologia do espírito* de Hegel. A consciência infeliz é infeliz porque ela vê sempre aquilo que está caindo. Ela vivia no mundo aristocrático e veio a Revolução Francesa, então ela é infeliz porque era aristocrata, e não vê o que aparece com a Revolução Francesa. Esses intelectuais veem que o seu mundo comunista obsoleto ruiu, mas não enxergam o que surge no lugar disso, que é a liberdade, o gênio humano, o amor.

JF – São infelizes por quê?

LF – São infelizes porque percebem que estão velhos, burros, feios e que estragaram a vida. Isso torna as pessoas rancorosas. Eram marxistas, comunistas, esquerdistas, então veem seu mundo ruir e não veem a liberdade que aparece, não veem o amor que aparece, as novas relações humanas que aparecem, que são muito mais belas que na China de Mao. E é isso o gênio da *Fenomenologia do espírito* de Hegel. Hegel entendeu que quando um mundo desaparecia, um outro aparecia, mais belo que o antigo.

JF – Por falar em amor, falemos um pouco de sexo. Como você vê a diferença entre o sexual e a questão do gênero?

LF – Bom, em primeiro lugar não existe, como se diz na França, a teoria do gênero. Existem os *genders articles*, que são milhares de artigos nos Estados Unidos. Eles trazem uma ideia justa, a ideia de que sexo e gênero são coisas diferentes. A prova disso é a homossexualidade. Podemos ser do sexo masculino e ser primordialmente femininos no gênero; ser ao mesmo tempo homem e mulher, ou mais mulher que homem, quando a orientação sexual e o sexo biológico são diferentes.

JF – Você concorda com a ideia de se deixar de indicar o sexo feminino ou masculino na certidão de nascimento quando um bebê nasce?

LF – Não, de modo algum, porque isso está beirando o delírio. Inicialmente, até que era legal, era o reconhecimento da homossexualidade, a ideia de que a orientação sexual e o sexo biológico podiam ser diferentes. Mas, onde há uma piração completa, com Judith Butler, por exemplo, é no dizer que não existe nenhuma relação entre os dois, que a biologia não existe, que a orientação sexual é totalmente moldada pela história, pelo meio social. É idiota isso, porque evidentemente a estrutura biológica é muito importante. Vou retomar as categorias de Sartre. Estamos, apesar de tudo, em "situação", eu sou homem e não mulher. Nascemos em uma situação biológica como nascemos em uma situação social. E essa situação biológica tem certo peso, não é totalmente anódina. O fato de os homens terem testosterona tem peso na vida deles. Havia inicialmente algo de certo, reconhecer a diferença entre sexo e gênero, o que é uma evidência, e passou-se para o outro lado dizendo-se que não havia nenhuma relação entre a biologia e a sexualidade, o que é idiota.

JF – Você considera que a biologia ainda predomina nessa discussão?

LF – A estrutura biológica é extremamente importante na sexualidade, no sentido sartreano do termo. A biologia das paixões, para falar como meu amigo Jean-Didier Vincent, existe. Sabemos que quando injetamos oxitocina em um rato, ele se apaixona por tudo o que o rodeia. E sabemos que quando fazemos amor fabricamos oxitocina em taxas bem elevadas. Assim, fazer amor regularmente embeleza também nossas relações cotidianas, porque a oxitocina é um hormônio que nos torna apaixonados, que torna as relações mais encantadas, por assim dizer. A dimensão hormonal da vida humana, não digo que ela determine tudo, não sou determinista, mas não se pode ignorar, com o pretexto que os nazistas eram biologistas em política, a infraestrutura biológica do ser humano, isso não faz sentido, isso também faz parte do jogo.

JF – Falando agora de educação, como você pode sintetizar, para a escola do século XXI, as mudanças no currículo, o modo de ser professor, de ser aluno e o funcionamento da escola.

LF – Há um grande risco nos países ocidentais; não é o caso na América Latina hoje, mas provavelmente se tornará em breve um risco também para ela. O grande risco é que passamos para uma educação fundada no jogo, no lúdico, no prazer. A educação é o quê? A educação é: cristão, judeu e grego. A educação é em primeiro lugar o amor, como querem os cristãos. Se uma criança não foi amada, ela terá muito menos capacidade, muito menos resiliência, a resiliência sendo a capacidade de se reestruturar face aos incidentes da vida. Mas é preciso transmitir também a lei, é o elemento judaico, a lei mosaica. É preciso ser capaz de dizer não a uma criança, e de dizer sim. Mas de tal modo que o seu sim seja sim e seu não seja não. Não negociar com as crianças como se faz com um sindicato. E em terceiro lugar é preciso transmitir saber, as grandes obras. É o elemento grego, são os gregos que inventam os grandes gêneros literários para nós no Ocidente: a literatura, a filosofia, a cosmologia, a poesia, são os gregos que inventam isso. Assim, cristão, judeu e grego; o amor, a lei, as obras.

JF – E o que exatamente o preocupa?

LF – *O que temo é que hoje, por causa do casamento de amor que modificou as relações com as crianças de maneira extremamente poderosa, nós transmitamos muito amor, mas que o amor devore a lei e o saber, as obras. Em outras palavras, transmitimos amor, mas tanto amor, somos tão sentimentais que não somos mais capazes de dizer não, de pôr a lei, de fazer com que as crianças entrem no simbólico, para falar como Lacan, e não somos mais capazes de transmitir o saber, porque adquirir saber exige trabalho e não brincadeira. A educação pelo jogo não funciona. Há um momento em que se deve parar de jogar e trabalhar, e isso é penoso.*

JF – Mas a aprendizagem pelo jogo, pelo lúdico, prepondera hoje... Você está valorizando a maneira de ensinar do passado?

LF – Na nossa geração ainda trabalhamos, muito. Mas hoje o verdadeiro problema dos jovens não é que eles são menos inteligentes que nós, mas que trabalham muito menos. Todos os meus professores da Sorbonne tinham feito uma tese complementar em latim. Isso não requer nenhuma inteligência, todos os romanos conseguiam falar latim, até os burros, mas isso exige muito trabalho e, portanto, a quantidade de trabalho era enorme. Hegel já tinha, com onze anos, repito, com onze anos, traduzido seis diálogos de Platão do grego para o alemão. Na época, os diálogos de Platão não estavam traduzidos, evidentemente, eram lidos em grego. Não existe hoje uma criança de onze anos no mundo que seja capaz dessa quantidade de trabalho. Com 15 anos, Nietzsche escrevia dissertações de noventa páginas em grego sobre os méritos comparados de Eurípedes e Ésquilo. Tudo isso é impensável hoje, não porque Hegel e Nietzsche fossem gênios. Todos os seus colegas faziam a mesma coisa no colégio, é elitista evidentemente, mas não é uma questão de gênio, é uma questão de trabalho.

JF – Você então defenderia que esses pilares fossem mais equilibrados...

LF – Veja que a quantidade de trabalho de que nós ainda fomos capazes em nossa geração, que hoje estamos com sessenta anos, é incomparável com a quantidade de trabalho de minhas filhas. Elas não são mais burras que eu, mas trabalham muito menos porque estamos em uma sociedade do lúdico, do hedonismo, do consumo. E a estrutura do consumo é a estrutura da adição. Sempre mais. A sociedade capitalista tem esse perigo, é uma sociedade de consumo aditiva, do lúdico, do jogo, do prazer. Isso tem vantagens enormes, vivemos em uma sociedade mais flexível, bem mais alegre que antes, mas é um inconveniente enorme em termos de judeu e grego, em termo de lei e de trabalho, de saber.

JF – De conteúdo.

LF – Isso, de conteúdo. É isso que precisa ser corrigido. Devemos ter a coragem, na educação dessas crianças, de dizer não e pô-las para trabalhar. O que não significa ser mau ou autoritário. Mas de dizer-lhes, quando os colocamos para trabalhar, "tire os fones de ouvido, o computador, os jogos; quando você está lendo, você está lendo. Não se lê escutando um monte de bobagens, vendo televisão ou *Game of thrones*. Quando você está lendo, você está lendo, quando você está escrevendo, você está escrevendo".

JF – Santo de casa faz milagre? Quero dizer, o ex-ministro da Educação da França consegue por em prática este pensamento dentro de casa, na criação dos próprios filhos?

LF – Nem sempre consigo com as minhas filhas, é bem difícil, porque esta sociedade é lúdica. Veja, estamos nós dois aqui, na frente de um mercado, é uma festa, estamos trabalhando aqui, mas mesmo nós temos vontade de dizer "vamos até ali, vamos comprar umas roupinhas, comer, vamos nos distrair". Não estamos na sociedade dos valores camponeses, é a desconstrução disso. Vou ler para você uma frase, com relação a meus avós. "Era preciso que os valores tradicionais de nossos avós fossem desconstruídos para que nossos filhos se entregassem à sociedade de consumo aditiva." O capitalismo tinha que destruir esses valores para que nossos filhos consumissem, senão eles não consumiriam. Se minha avó visse isso ela diria "é nojento, é obsceno, não preciso disso". Ela tinha dois vestidos. Um para o domingo, outro para a semana. E bastava para ela. Não digo que não haja vantagens na sociedade de consumo, há vantagens formidáveis, não sou um antimoderno, mas digo que em termos de educação devemos ter consciência de que devemos corrigir a mira. Isso não quer dizer proibir tudo. Ainda, mais uma vez, é uma questão de compromisso.

JF – Duas questões finais, pessoais. Por que o filho de um mecânico, de um piloto de corridas, quis e virou filósofo?

LF – Meu pai fabricou 15 magníficos carros de corrida, você pode vê-los na internet, você digita Pierre Ferry e verá seus carros de corrida. Ele era um gênio da mecânica mas não tinha nem o colégio. Ele ganhou as Doze Horas de Paris, Montléry, todas as corridas da França. Ele construiu esses carros de corrida e nisso havia duas ideias que eram muito profundas, ele que nunca estudara, que deixara a escola com doze anos. Primeiro havia a ideia de verdade, porque o carro devia funcionar, ele devia achar o motor certo, o volante certo, os pneus certos, os amortecedores certos. Segundo havia a ideia de beleza, os carros deviam ser belos. Aliás, a beleza e a aerodinâmica têm muito a ver, os carros deviam ser verdadeiros e belos. Era esse o projeto dele. E se não fosse bonito, aquilo não valia um tostão. Havia então ali uma exigência de beleza e uma exigência de verdade que eram, evidentemente, muito significativas para nós. E como ele não havia continuado seus estudos, nem a minha mãe, por causa da guerra, eles quiseram que os filhos estudassem tudo o que havia de menos útil, de menos interessado, ou seja, o grego e o latim, o que não serve para nada.

JF – O que você quer dizer?

LF – Quero dizer que servem muito, mas não servem para nada em termos de utilidade, de venalidade, em termos mercantis. Quiseram que fizéssemos as faculdades mais inúteis, mais desinteressadas, que eles não tinham podido fazer. Para eles, o verdadeiro estudo é aquilo que não serve para nada, que serve para cultivar o espírito, não é o que serve para ganhar dinheiro. Havia essas três ideias: verdade, beleza e desinteresse. Desse ponto de vista foi uma sorte incrível, uma maravilha.

JF – Este livro não é a sua primeira obra lançada no Brasil. Lacan dizia que recebemos a nossa mensagem do Outro com o sentido invertido. Nesse caso, é o Outro brasileiro. O que você espera do público brasileiro frente ao seu livro?

LF – Espero ver se será a mesma coisa que na França. Na França, face às novas tecnologias, sempre se vê os perigos, nunca as vantagens. Gostaria de ver se no Brasil é a mesma coisa que na França.

JF – Penso que não.

LF – Então, eu gostaria de ver se em um país que está no movimento, na progressão, na inovação, na descoberta e já faz algum tempo na democracia, que entra na modernidade um pouco depois dos Estados Unidos, da Europa. Eu gostaria de ver se essa modernidade o atrai ou se essa modernidade o assusta. É isso que me interessa. E como me sinto extremamente próximo dos brasileiros, prova disso é a nossa amizade, o que me interessa é ver a fraternidade que existe entre o Brasil e a França, porque temos a mesma cultura judaico-cristã, somos muito próximos. Portanto, meu interesse é perceber se há diferenças.

Introdução. Do que se trata? Por que este livro?

NÃO PENSE EM HIPÓTESE ALGUMA QUE SE TRATA DE FICÇÃO CIENTÍFICA: em 18 de abril de 2015, uma equipe de geneticistas chineses iniciou a realização de uma experiência em 83 embriões humanos com o intuito de "reparar", ou mesmo "melhorar", o genoma das células. Será que se tratava "apenas" de embriões não viáveis? Terá sido a experiência regida por um ponto de vista ético e limitada no tempo? Quais foram os resultados? A opacidade que, na China, circunda esse tipo de trabalho é tamanha que ninguém pode verdadeiramente responder a essas perguntas. Aliás, o artigo que apresentava o relatório desse experimento foi recusado, por motivos deontológicos, pelas duas revistas de prestígio que poderiam ter-lhe dado legitimidade, *Science* e *Nature*. Pelo menos, não há dúvida de que as técnicas que permitem "cortar/colar" sequências de DNA progrediram formidavelmente nos últimos anos,[1] a ponto de a biotecnologia hoje ser capaz de modificar o patrimônio genético dos indivíduos, assim como, aliás, vem ocorrendo há muito tempo com os grãos de milho, de arroz ou de trigo – os famosos "OGMs"[2] que suscitam tanto a preocupação quanto a ira dos ecologistas.

Até onde poderemos seguir, por essa via, com os seres humanos? Será possível um dia (logo? já?) "aumentar" à vontade esse ou aquele traço de caráter, a inteligência, a altura, a força física ou a beleza dos filhos, escolher o sexo, a cor dos cabelos ou dos olhos? Ainda não chegamos lá, muitos obstáculos certamente precisam ser superados nos âmbitos técnico e científico, mas, ao menos na teoria, doravante nada é impossível. Inúmeras equipes de pesquisadores trabalham nisso com a maior seriedade no mundo todo. E também não há dúvida de

---

1   Principalmente graças ao sistema chamado "Crispr-Cas9", utilizado por essa equipe chinesa, uma técnica de "corte" e "enxerto" do DNA elaborada por duas jovens pesquisadoras, uma francesa, Emmanuelle Charpentier, e uma americana, Jennifer Doudna, as quais, dizem, poderiam ser indicadas ao prêmio Nobel por esse extraordinário progresso.
2   Organismos geneticamente modificados, ou transgênicos. (N.T.)

que o progresso das tecnociências nessa área é inimaginavelmente amplo e rápido e que ocorre sem alarde, sem chamar a atenção dos políticos, mal e mal a da mídia, de modo que escapa quase inteiramente aos mortais comuns, assim como escapa de qualquer regulação minimamente coercitiva.

Como entenderam alguns pensadores de destaque fora da França, nos Estados Unidos e na Alemanha principalmente – Francis Fukuyama, Michael Sandel e Jürgen Habermas, por exemplo –, essa nova configuração nos obriga a refletir, a antecipar as questões abissais que esses novos poderes do homem sobre o homem vão inevitavelmente despertar nos aspectos ético, político, econômico, mas também espiritual, nos próximos anos. O intuito deste livro é tentar formular essas questões, explicitá-las analisando suas causas e implicações para ressaltar desde já os desafios essenciais.

De fato, chegou o momento de tomarmos consciência de que uma nova ideologia se desenvolveu nos Estados Unidos, com seus profetas e sábios, suas eminências e seus clérigos, sob o nome de "transumanismo", uma corrente cada vez mais poderosa, apoiada pelos gigantes da *web*, a exemplo do Google, e dotada de centros de pesquisa com financiamentos quase ilimitados. Esse movimento já suscitou milhares de publicações, colóquios e debates apaixonados nas universidades, nos hospitais, nos centros de pesquisa, e em círculos econômicos e políticos. Ele é representado por associações cujo alcance internacional é cada vez mais impressionante. Estima-se até que um dos candidatos à próxima eleição americana deve levantar a bandeira do transumanismo. De modo geral (porém, vamos aprofundar e explicitar as coisas já no primeiro capítulo), os transumanistas militam, com o apoio de meios científicos e materiais consideráveis, em prol da utilização das novas tecnologias, do uso intensivo das células-tronco, da clonagem reprodutiva, da hibridação homem/máquina, da engenharia genética e das manipulações germinais, aquelas que poderiam modificar nossa espécie de modo irreversível, no intuito de melhorar a condição humana.

Por que falar, a esse respeito, de "revolução"? Não seria um exagero?

Em absoluto. Primeiro porque esse tipo de projeto se tornou simplesmente possível e até mesmo, como acabamos de sugerir ao evocar os trabalhos realizados na China (e também na Coreia), parcialmente real, sendo cada vez mais desenvolvido em certos países, ano após ano, dado o progresso extremamente rápido da biocirurgia, da informática, das nanotecnologias, dos objetos conectados, da medicina regenerativa, da robótica, das impressoras 3D, da cibernética e do desenvolvimento de diferentes concepções de inteligência artificial. Em seguida, porque o novo cenário médico – e a mudança radical de visão da medicina que ele requer – parece cada vez mais aceito, apesar do pavor que suscita à primeira vista entre muitos observadores.

Tentaremos ser claros sobre esse ponto, que certamente é o essencial.

Do ideal terapêutico ao ideal do "aumento/melhoria"

Desde os tempos mais remotos, de fato, a medicina se fundamentava em uma ideia simples, um modelo bem comprovado: "recuperar" no homem vivo o que tinha sido "danificado" pela doença. O âmbito desse pensamento era essencialmente, para não dizer exclusivamente, *terapêutico*. Na Antiguidade grega, por exemplo, o médico supostamente almejava a saúde, isto é, a harmonia do corpo biológico conforme é julgada pela harmonia do corpo social. Procurava-se a volta à ordem após a desordem, a restauração da harmonia após a aparição da doença, biológica ou social, causada por agentes patógenos ou criminais. Navegava-se entre dois limites bem determinados, o do normal, por um lado, e o do patológico, por outro. Para os defensores do movimento transumanista, esse paradigma hoje é obsoleto, ultrapassado e ultrapassável, especialmente graças à convergência dessas novas tecnologias, designadas sob o acrônimo NBIC: nanotecnologia, biotecnologia, informática (*big data*, internet das coisas) e cognitivismo (inteligência artificial e robótica) – inovações tão radicais quanto ultrarrápidas, que provavelmente vão modificar ainda mais a medicina e a economia nos próximos quarenta anos do que nos 4 mil anos anteriores, e às quais podemos acrescentar, como acabo de sugerir, novas técnicas de hibridação e também a invenção da impressora 3D, cujos usos diversos, entre os quais usos médicos, desenvolvem-se também de maneira exponencial.

As NBIC – não se preocupe se ainda não conhece esses termos, que vamos definir a seguir da forma mais clara possível, particularmente, para quem precisar, no anexo que explica alguns princípios indispensáveis para compreender o transumanismo e também a economia chamada "colaborativa"[3] –, as NBIC hoje, portanto, permitem considerar as profissões de saúde sob um novo ângulo. Não se trata mais simplesmente de "recuperar", mas sim de "melhorar" o ser humano, de trabalhar naquilo que os transumanistas chamam de *improvement* ou *enhancement*, seu "aumento"[4] – no sentido em que se fala de uma "realidade aumentada" ao se evocar esses sistemas de informática que permitem superpor imagens virtuais a imagens reais: você aponta a máquina fotográfica do seu *smartphone* para um monumento da cidade que está visitando e vê surgir imediatamente na tela informações como a data de construção, o nome do arquiteto, a finalidade inicial ou atual etc. Trata-se, portanto, de uma verdadeira revolução

---

3   Aqui, usei aspas por precaução, já que, como veremos em seguida, essa economia, na realidade, e contrariamente ao que tentam fazer crer ideólogos como Jeremy Rifkin, é muito pouco colaborativa: denota mais um avanço até então inédito na lógica pura e dura do individualismo ultraliberal, já que se baseia amplamente na busca de superlucros ultrarrápidos, e na desregulação e na mercantilização de bens (carros, apartamentos, serviços etc.), antes ainda privados.

4   Ver Allen Buchanan, *Better than human: the promise and perils of enhancing ourselves* (Melhor do que humano: as promessas e os perigos de nos aprimorarmos), Oxford University Press, 2011; Nick Bostrom e Julian Savulescu, *Human enhancement*, Oxford University Press, 2009; John Harris, *Enhancing evolution: the ethical case for making better people*, Princeton University Press, 2007. Sugere-se ler também: *A morte da morte*, de Laurent Alexandre, Manole, 2018; *Demain les posthumains*, de Jean-Michel Besnier, Fayard, coleção "Pluriel", 2012; ou ainda, de Jean-Didier Vincent e Geneviève Férone, *Bienvenue en transhumanie*, Grasset, 2011. Ler também o livro de Nicolas Le Dévédec, *La société de l'amélioration. La perfectibilité humaine, des lumières au transhumanisme*, Liber, 2015, que defende particularmente a ideia de que o interesse crescente por uma transformação da natureza biológica do homem está vinculado ao declínio do projeto do Iluminismo, o da melhoria social e política da sua condição.

no mundo da biologia e da medicina – mas veremos que alcança todas as dimensões da vida humana, começando pela economia colaborativa, aquela que sustenta empresas como Uber, Airbnb ou BlaBlaCar, para citar apenas as mais populares na França.

Aliás, os transumanistas têm bons motivos para ressaltar que, já há anos, essa mudança de perspectiva estava ocorrendo sem que percebêssemos ou que refletíssemos verdadeiramente sobre ela. A cirurgia estética, por exemplo, desenvolveu-se ao longo do último século, não com a finalidade de curar, mas sim de melhorar, neste caso de "embelezar" o corpo humano. Porque, tanto quanto se sabe, a feiura não é uma doença, e um físico desgracioso, não importa a definição que se dê, não é em absoluto uma patologia (embora, às vezes, possa resultar disso). O mesmo vale para o Viagra® e outras drogas "fortificantes", que almejam também, sem trocadilho barato, proporcionar algum "aumento" do organismo humano.

Em inúmeras áreas, a linha de demarcação entre terapêutica e melhoria é imprecisa: os medicamentos destinados a lutar contra as diversas formas de senescência das quais todos nós sofreremos mais cedo ou mais tarde pertencem à primeira ou à segunda categoria? E o que dizer até mesmo da vacinação? Onde classificá-la entre essas duas esferas? Discussões sofisticadas e argumentadas sobre esses assuntos[5] fervilham na literatura transumanista. Não somente, às vezes, é difícil estabelecer a distinção entre aumento e terapêutica, mas, para os militantes, de qualquer modo, ela não tem valor nenhum no plano moral. Os transumanistas gostam de ilustrar sua opinião evocando o caso de duas pessoas de altura bem baixa, por exemplo, o de dois homens que não ultrapassam, digamos, 1,45 metro, o primeiro porque foi vítima de uma doença na infância, o segundo porque seus pais, embora perfeitamente "normais", também têm baixa estatura.

---

5   Ver, por exemplo, o livro fundamental de Allen Buchanan et al., *From chance to choice, genetics and justice* (Do acaso à escolha: genética e justiça), Cambridge University Press, 2001, e também, do mesmo autor, *Beyond humanity?* (Além da humanidade), Oxford University Press, 2011.

Por que cuidar de um e rejeitar o outro, uma vez que ambos sofrem igualmente da mesma pequenez em uma sociedade que, com ou sem razão, dá mais valor à altura? No plano ético, esse é pelo menos o ponto de vista transumanista: a diferença entre um nanismo "patológico" e um nanismo "normal" não é relevante, apenas a vivência dolorosa dos indivíduos deve ser levada em conta.

Vejamos outro exemplo.

Hoje há na França cerca de 40 mil pessoas sofrendo de uma doença genética degenerativa, a retinose pigmentar, que aos poucos deixa cego quem dela padece. Entretanto, uma empresa alemã desenvolveu um *chip* eletrônico que, uma vez implantado atrás da retina do paciente, pode lhe devolver boa parte da visão. O *chip* converte a luz em sinais eletrônicos, antes de amplificá-los e transmiti-los à retina por meio de um eletrodo, de maneira que os sinais possam seguir a via normal do nervo óptico para alcançar o cérebro, onde são transformados em imagens. Note que, há pouco tempo ainda, teríamos falado em ficção científica, e, no começo do século passado, os melhores estudiosos teriam provavelmente chamado de impostor quem tivesse pretendido um dia conseguir tamanha façanha! Hoje, é fato consumado, e mal chegamos a nos surpreender. Note também que se trata de um belo exemplo da passagem insensível do terapêutico para o aumentativo: de início, trata-se sem dúvida de curar uma patologia, mas, por fim, lidamos com uma hibridação homem/máquina. Acrescentemos ainda que, se um dia a ciência desse mais um passo adiante e a cirurgia genética, por meio de um "copiar/colar", permitisse reparar genes defeituosos no embrião, seria muito difícil opor-se a isso, e por um motivo bem simples: é que de fato não haveria motivo razoável para tanto.

É aqui, espero, que meu leitor começa a entender que as questões éticas levantadas pelo projeto transumanista estão bem longe de ser tão simples quanto pensam aqueles que se acham autorizados, como se gosta em geral na grande imprensa, a tomar posição "pró ou contra", como se fosse natural resolver o assunto em termos binários.

O progresso das ciências pode ter efeitos realmente admiráveis, assim como consequências assustadoras.

Como veremos a seguir, é absolutamente crucial distinguir bem esses dois níveis de reflexão totalmente diferentes, embora a linha divisória às vezes seja difícil de fixar: de um lado as realidades, ou pelo menos os projetos, autenticamente científicos, e, de outro, as ideologias, às vezes detestáveis, ou até pavorosas, que as acompanham. Nesse caso, tratando-se da retinose pigmentar, basta escutar aqueles que se beneficiaram do *chip* e que recuperaram a visão para entender que estamos operando de fato no registro do altamente desejável – como assegura uma inglesa entrevistada por um jornal francês,[6] que, cega desde a infância, nunca pôde ver o rosto das duas filhas e que conta como, após a operação (bem-sucedida), "sentiu-se como uma criança no dia de Natal". Nessa matéria, o verdadeiro inimigo do pensamento é o simplismo. Falar do "pesadelo transumanista" é tão profundamente estúpido quanto falar de uma felicidade ou de uma salvação transumanista. Aqui tudo é questão de nuances, ou, para melhor dizer, de limites, de distinção entre ciência e ideologia, entre terapêutica, aumento e até, como acabamos de ver nesse exemplo, entre terapêutica clássica e "aumento terapêutico". No fundo, tudo se resume, em última instância, à mesma pergunta: trata-se de tornar o humano mais humano – ou, para bem dizer, melhor porque mais humano –, ou, ao contrário, pretende-se desumanizá-lo, ou até gerar artificialmente uma nova espécie, a dos pós-humanos?

Lutar contra a velhice e a morte

É obviamente sob uma ótica "melhorativa" que os transumanistas resolveram levar sua lógica até o fim e considerar a velhice e a morte, senão como patologias, ao menos como males análogos a doenças, já que os sofrimentos que geram são finalmente tão grandes, até mais aterrorizantes, que aqueles provocados por alguma afecção do organismo humano – motivo pelo qual a medicina, a seu ver, se as novas

---

[6] *Le Parisien*, 8 jan. 2016.

tecnologias permitirem, deve almejar o quanto possível sua erradicação. Meu amigo André Comte-Sponville me disse um dia em que eu lhe comentava meu projeto de livro sobre esses assuntos, com certa ironia e ceticismo na voz: "Mas, enfim, Luc, a velhice e a morte não são doenças!". Claro, ele está totalmente certo, ainda mais porque essas pragas para nossas pessoinhas mortais têm utilidade bem real do ponto de vista da espécie em uma óptica darwiniana, em que o indivíduo não tem muito a fazer na Terra uma vez que transmitiu seus genes. Mesmo assim, em seu excelente *Dicionário filosófico* (editora Martins Fontes), lê-se no verbete "Velhice" estas linhas totalmente edificantes:

> O envelhecimento é o desgaste do vivo, o qual diminui seu desempenho (seu poder de existir, pensar, agir...) e o aproxima da morte. Portanto, é um processo que é menos uma evolução que uma involução, menos um avanço que um retrocesso. A velhice é o estado que resulta desse processo, estado por definição pouco invejável (quem não preferiria ficar jovem?), e mesmo assim, para quase todos nós, preferível à morte. É que a morte não é nada, enquanto a velhice ainda é alguma coisa.

Bem visto e bem dito. Mas, nessas condições, já que todos ou quase todos gostariam de não envelhecer, já que todos ou quase todos preferem apesar de tudo a velhice à morte – o que diz bastante sobre a maneira como as enxergamos –, por que não as considerar como males dos quais precisaríamos nos livrar o quanto possível? Aliás, as mitologias e religiões não fazem de tudo há milênios para abonar a ideia de que a imortalidade era um ideal de salvação superior a qualquer outro?

Muitos biólogos lhe dirão que o projeto de lutar contra a velhice e a morte é ilusório, que pertence não à verdadeira ciência, mas à ficção científica. Trata-se talvez de males aos olhos dos humanos, mas, do ponto de vista da seleção natural, são necessidades que possuem, como acabo de sugerir, sua utilidade: uma vez que um organismo vivo se reproduziu, que um ser humano gerou sua descendência e viveu tempo suficiente para protegê-la e criá-la até que, por sua vez, ela possa gerar, sua missão nesta Terra pode ser considerada finalizada em termos de teoria da evolução. Portanto, é normal que a partir desse patamar o ser humano, como todos os demais mamíferos, envelheça e morra para deixar, como se diz adequadamente, "lugar aos jovens". Assim, do ponto de vista da espécie, a velhice e a morte são muito úteis, até indispensáveis, e querer se opor à lógica da natureza consistiria em se expor a reveses apavorantes. Ademais, como explica Axel Kahn, um dos nossos melhores genéticos, não se "melhora" um organismo vivo nesses dois aspectos sem correr o risco insigne de provocar outros desequilíbrios, até monstruosidades, porque o organismo é um todo, e o que modificamos de um lado produz em geral catástrofes de outro. Aliás, assim argumentam aqueles que consideram esse aspecto do transumanismo como irrealista e/ou perigoso; no estado atual das ciências, nenhum avanço experimental concreto e verificável permite dizer que podemos realmente "parar o tempo", deter os processos de senescência e alcançar o que a *Epopeia de Gilgamesh* já apresentava, dezoito séculos antes da nossa era, como o ideal da "vida sem fim".

Tudo isso é justo, deve ser levado em conta e examinado com cuidado. No entanto, outros cientistas, igualmente sérios, defendem um ponto de vista diferente.[7] Se a "morte da morte", de fato, ainda não está na pauta, a ideia de adiar pelo menos de forma considerável os limites do fim da vida é tudo exceto cientificamente impensável. E se tampouco há avanços reais nessa área,[8] por outro lado a pesquisa tem

---

7   Nesse gênero, o melhor livro francês que se pode ler é o do dr. Laurent Alexandre, *A morte da morte*, Manole, 2018. Ele faz um balanço de maneira harmoniosa e argumentada, sem ocultar as dificuldades morais e científicas, sobre a questão da velhice e da imortalidade. É proveitosa também, sobre esse assunto e sobre as recomposições do mundo médico que serão induzidas pelas novas tecnologias, a leitura do envolvente livro de Guy Vallancien *La médecine sans médecin? Le numérique au service du malade*, Gallimard, 2015.

8   É preciso notar, contudo, que, nesse mesmo ano, uma equipe de pesquisadores da Universidade de Rochester conseguiu aumentar em 30% a longevidade de camundongos transgênicos, ao mesmo tempo melhorando consideravelmente a qualidade de vida dos animais. Mas, obviamente, os humanos não são camundongos!

progredido em alguns fungos e nas drosófilas (as famosas moscas de laboratório). Porém, o uso das células-tronco e os progressos em termos de hibridação e de medicina reparatória logo poderiam permitir reparar muitos órgãos danificados ou envelhecidos. O cérebro, infelizmente, é e permanecerá certamente por muito tempo o órgão mais difícil de "rejuvenescer", mas a evolução das ciências e técnicas é tão rápida e impressionante de uns cinquenta anos para cá que excluir essa possibilidade *a priori* de fato é uma questão de ideologia[9] – os transumanistas, por assim dizer, invertem o ônus da prova: com efeito, quem poderia afirmar seriamente, diante das conquistas realizadas nessas áreas desde a descoberta da estrutura do DNA em 1953 por Watson e Crick, que um adiamento mais ou menos considerável do fim da vida é absoluta e definitivamente impossível?[10] A verdade é que não se sabe nada, mas que se trabalha nisso, e que a pesquisa sobre as células cancerígenas, que paradoxalmente nos matam porque são imortais, abre também perspectivas sobre o domínio do tempo, da "cronobiologia", que um dia poderiam se mostrar promissoras – o que, de todo modo, mesmo que permaneçamos prudentes, deve nos obrigar a refletir desde já sobre as consequências eventuais do aumento considerável da longevidade humana.

Porque ela levantaria – e levanta de imediato, considerando-se o prolongamento da vida que já verificamos durante o século XX (mesmo que decorrente de outras razões, alheias ao domínio da genética humana, isto é, essencialmente, pela diminuição das mortes precoces) – inúmeras questões que já devemos começar a considerar: admitindo até que deixemos de lado os problemas demográficos evidentes, e também econômicos (a questão do financiamento da aposentadoria teria outra dimensão se chegássemos a viver 200 anos!)

---

9   O Google investiu recentemente centenas de milhões de dólares em sua empresa Calico, cuja finalidade oficial é "matar a morte".

10   Aliás, é significativo que a maior parte das inovações médicas que Jacques Attali anunciou em 1979, no livro *L'ordre cannibale: vie et mort de la médecine* (A ordem canibal: vida e morte da medicina) (Grasset), e que na época pareciam pertencer à ficção científica, tenha hoje se tornado realidade.

ou sociais (haverá certamente desigualdades cada vez maiores e cada vez mais insuportáveis em face dos novos poderes da medicina), precisaremos reavivar a interrogação que já assombrava os mitos e as lendas de Gilgamesh, de Asclépio ou Sísifo, para não falar da grande promessa cristã: teríamos ou não vontade de viver por vários séculos, como os transumanistas prometem conseguir um dia? Gostaríamos mesmo de alcançar certa forma de imortalidade "real", aqui embaixo, vindo a morte somente de fora, por acidente, assassinato ou suicídio? Haverá um tempo, confessou meu amigo Jean-Didier Vincent, um dos nossos maiores biólogos, em que "morreremos apenas do mesmo modo que o serviço de chá da avó: sempre acaba esbeiçando e quebrando, mas somente por descaso". O que faríamos nessa situação, se fôssemos (quase) imortais? Teríamos ainda vontade de trabalhar, de levantar de manhã para irmos à fábrica ou ao escritório? Não acabaríamos sentindo tédio e preguiça? O que teríamos ainda a aprender após intermináveis décadas de existência? Pretenderíamos realizar grandes feitos, seguir nos aperfeiçoando? Nossas histórias amorosas não acabariam por ser entediantes? Desejaríamos, poderíamos até ainda ter crianças? Um livro, um filme, uma obra musical que não tivessem fim não fariam sentido. O mesmo aconteceria com essa "vida sem fim", que o rei de Uruk, já no primeiro livro escrito na história da humanidade, queria conquistar a qualquer preço?

Tenho a tendência de pensar que aqueles que gostam da vida, mas também os que têm medo da morte, ficariam felizes em poder prorrogar a própria existência e, assim, mostrariam certamente muita engenhosidade para resolver os problemas que a própria longevidade provocaria. Em todo caso, são também essas questões que o transumanismo nos obriga a levantar – e, afinal de contas, elas são tão boas quanto outras, mesmo que seja apenas para nos obrigar a refletir mais sobre nossa condição humana atual. Por isso, embora ainda não garantido, nem, *a fortiori*, executado, seu projeto encontra tamanho sucesso no continente norte-americano que, quer seja para o bem ou para o mal, ainda está adiantado em relação ao velho mundo.

Isso dito, esse movimento começa a chegar à Europa, e tenha certeza de que vai se ampliar de modo rápido e forte na próxima década, assim como acontece, diante dos nossos olhos, com essa economia colaborativa que a França acaba de descobrir com o UberPop, como se estivesse despertando de repente. Embora as empresas do "Gafa" (Google, Apple, Facebook e Amazon), às quais acrescentaremos Microsoft, Twitter ou LinkedIn, sejam todas americanas, elas têm cada vez mais eco entre nós. É significativo que tenha sido muito tardiamente, essencialmente durante os anos 2014-2015, que os europeus começaram mesmo a tomar consciência das perspectivas que as novas tecnologias trazidas pelos novos gigantes da *web* abriram no plano econômico com a "uberização do mundo". É decerto estranho, até preocupante, que a Europa tenha subestimado o impacto colossal sobre a vida cotidiana, e também sobre o emprego e o consumo, que teriam aplicativos como Uber, BlaBlaCar, Airbnb, Vente-privee.com e muitos outros – que se tornam concorrentes dos táxis, do aluguel de carros ou apartamentos, dos hotéis e das lojas de departamentos, apoiando-se nos novos poderes abertos pelos objetos conectados, as redes sociais e os *big data*, isto é, de modo significativo, nas mesmas tecnologias que o transumanismo mobiliza. Porque, uma vez iniciado o processo, a uberização logo afeta, por causa da globalização, o mundo inteiro. Obviamente, iremos definir e explicar, de novo, da maneira mais simples possível, no próximo capítulo, essas noções--chave, conceitos que, como pude várias vezes verificar, ainda são pouco conhecidos por nossos concidadãos, até mesmo pelos eruditos ou responsáveis políticos (o que nem sempre é mesma coisa, diga-se de passagem, por eufemismo...).

Mesmo assim, o movimento transumanista vem conquistando grande notoriedade há mais de dez anos, especialmente graças a quatro grandes relatórios que o colocaram, nos Estados Unidos, e depois na própria União Europeia, no centro dos debates éticos, políticos e científicos, de modo que essa corrente de pensamento se tornou, no sentido não distorcido do termo, "incontornável".

Quatro grandes relatórios trouxeram ao transumanismo notoriedade em nível europeu e mundial

Enquanto escrevo estas linhas, tenho esses textos na minha frente, em minha mesa de trabalho. Li e reli os documentos com atenção. Aliás, é fácil obtê-los na internet.[11] Desde as primeiras linhas, vê-se o quanto as abordagens da revolução transumanista podem ser diferentes, até opostas entre si, para não dizer radicalmente hostis. Às vezes, são tão caricatas que quase chegam a ser divertidas.

O primeiro relatório, americano, foi redigido em 2002 e publicado em 2003 com o título (que traduzo aqui para o português): "A convergência das tecnologias destinadas a aumentar os desempenhos humanos: nanotecnologia, biotecnologia, tecnologia da informação e ciência cognitiva"[12] (NBIC). Tão otimista quanto entusiasta, o relatório teria uma repercussão considerável. Recomenda investir maciçamente no projeto transumanista – o que o Google se apressará a fazer –, porque espera dele os maiores benefícios. Aliás, defende na conclusão que, do contrário, corre-se o risco insensato de que os Estados Unidos sejam ultrapassados por países menos escrupulosos e menos democráticos – a Coreia do Norte, por exemplo, ou até por essa ou aquela teocracia fundamentalista que poderia se lançar na corrida com menos barreiras éticas e aproveitar-se, assim, de vantagens decisivas nos planos econômico e militar.

Um segundo relatório logo veio amenizar o primeiro estabelecendo os termos do debate entre "bioprogressistas" e "bioconservadores" que só faria crescer e frutificar até hoje: *Beyond therapy: biotechnology and the pursuit of happiness* ("Além da terapia: a biotecnologia e a

---

11   E encontrar um resumo sintético muito bem-feito no excelente e sucinto livro do filósofo belga Gilbert Hottois: *Le transhumanisme est-il un humanisme?*, editora da Academia Real da Bélgica, 2014. É sem dúvida a melhor introdução que se pode ler em francês sobre o assunto. Por sua clareza e honestidade intelectual, o livro de Gilbert Hottois, que defende um "transumanismo moderado", merece ser levado a sério.

12   *Converging technologies for improving human performance – nanotechnology, biotechnology, information technology and cognitive science*, de Mihail C. Roco e William Sims Bainbridge, Kluwer Academic Publishers, 2003.

procura da felicidade"). Redigido em 2003 pelo Comitê de Bioética americano, cujos membros eram então nomeados pelo presidente George Bush, com a participação e a influência decisivas dos dois pensadores americanos certamente mais hostis ao transumanismo, Michael Sandel e Francis Fukuyama (cujos argumentos analisaremos mais à frente), opõe-se com todas as suas forças ao projeto de "aumentar" o humano e recomenda com a energia do desespero que a medicina e as novas tecnologias que doravante a fazem progredir a passos de gigante permaneçam claramente no âmbito tradicional somente da terapêutica, excluindo qualquer vontade "melhorativa". Ele critica especialmente, de maneira radical, o projeto prometeico de "fabricar crianças superiores", "corpos sem idade" e "almas cheias de felicidade" (*happy souls*) com a ajuda da biotecnologia e da manipulação genética. É essencial notarmos de passagem que ele leva muito a sério a realidade do projeto transumanista: longe de considerá-lo fantasioso ou utópico, vê nele uma possibilidade já amplamente real, algo que, aliás, explica seu tom alarmista, o qual não faria sentido se o projeto da melhoria humana (*human enhancement*) não fosse visto como viável.

O primeiro relatório oficial da União Europeia a respeito do transumanismo foi publicado em 2004. Embora também escrito em inglês, sob a direção do comissário Philippe Busquin, com o evocativo título de *Converging Technologies. Shaping the future of European Societies* ("As tecnologias convergentes. Moldar o futuro das sociedades europeias"), traz a marca de suas origens continentais. Como era de esperar, inscreve-se na trilha "bioconservadora" já traçada por Fukuyama e Sandel. Não somente rejeita a ideia de que haveria urgência, na competição mundial, em se engajar na lógica "melhorativa" proposta pelos transumanistas, mas, situando-se explicitamente na tradição do humanismo clássico, o do Iluminismo europeu, defende a ideia de que é antes de tudo à melhoria social e política, e não biológica e natural, que devem ser aplicadas as novas tecnologias. Em nome de um apego ao igualitarismo apresentado como valor sagrado, opõe-se categoricamente ao projeto de uma "melhoria genética" da humanidade, lógica fatal que, a seu ver, provocaria desigualdades insuportáveis e insuperáveis. Mais uma vez, apesar da sua hostilidade às teses transumanistas, ou talvez justamente por causa disso, o relatório nunca as apresenta como sendo delirantes ou surrealistas. Ao contrário, é exatamente por considerá-las muito sérias que pretende disparar um alarme.

Um novo relatório europeu, mais nuançado, foi publicado em 2009. Dessa vez foi produzido não pela Comissão, mas pelo Parlamento. Também é redigido em inglês, sob o título *Human Enhancement* ("A melhoria do ser humano"), o que decididamente diz muito sobre a dominação americana nessas áreas, assim como em outras. Foi elaborado essencialmente por pesquisadores alemães e holandeses. Como nota pertinentemente o filósofo belga Gilbert Hottois,[13] aproxima-se do primeiro relatório americano, embora com mais prudência e moderação. Sem os arroubos líricos e sem o entusiasmo tecnófilo, ele tampouco tende a apagar a distinção crucial entre terapêutica e melhoramento. Considerando que o transumanismo hoje é inevitável, que a corrente se instalou de maneira definitiva e que "as tentativas para ridicularizá-lo também são em si ridículas", ele tenta, adequadamente a meu ver, inaugurar finalmente uma reflexão mais fina sobre os perigos, certamente consideráveis, do projeto, mas também sobre as vantagens incontestáveis que este promete e que ninguém pode seriamente varrer com um simples gesto de mão. Trata-se, então, não de proibir ou autorizar tudo, mas de começar a pensar os limites, de refletir sobre as condições da regulação que deveria se impor no nível internacional. É nesse sentido que ele constitui um marco e que vários avisos ou recomendações foram publicados pelas diversas instâncias da União Europeia.

Obviamente, como testemunham esses diferentes relatórios, o movimento transumanista provoca inúmeras polêmicas, às vezes violentas, reúne tendências e personalidades bem diversas, desde os eruditos mais sérios e as empresas menos extravagantes, até personalidades tão controversas quanto Ray Kurzweil, presidente da hoje fa-

---

13   Gilbert Hottois, *Le transhumanisme est-il un humanisme?*, op. cit., Capítulo 1.

mosa Universidade da Singularidade, importante centro de pesquisa transumanista financiado pelo Google no Vale do Silício.

Fundamentalmente, veremos que o transumanismo se divide em dois grandes campos: os que querem "simplesmente" melhorar a espécie humana sem renunciar, porém, à sua humanidade, mas, ao contrário, reforçando-a; e os que, justamente como Kurzweil, defendem a "tecnofabricação" de uma "pós-humanidade", para a criação de uma nova espécie, se necessário hibridada com máquinas dotadas de capacidades físicas e uma inteligência artificial infinitamente superiores às nossas. No primeiro caso, o transumanismo se situa prontamente na continuidade de certo humanismo "não naturalista" (veremos adiante o que isso significa exatamente), um humanismo que, de Pico della Mirandola a Condorcet, defendia a perfectibilidade infinita do ser humano. No segundo, a ruptura com o humanismo em todos os seus aspectos é ao mesmo tempo consumida e assumida.

Um inquietante mutismo das democracias europeias, ainda amplamente imersas na ignorância das novas tecnologias
Enquanto se fala *urbi et orbi* do clima, enquanto o assunto mobiliza chefes de Estado e de governo em grandes encontros midiático-políticos que só engajam quem deseja neles acreditar, nossas democracias permanecem quase mudas diante das novas tecnologias que, no entanto, vão transformar completamente nossa vida. Nossos dirigentes, assim como nossos intelectuais, petrificados pelo sentimento de declínio, até de decadência, fascinados pelo passado, pelas fronteiras, pela identidade perdida ou pela nostalgia da Terceira República, parecem, salvo raras exceções, imersos na mais completa ignorância desses novos poderes do homem sobre o homem, para não dizer no mais completo entorpecimento, como se a injunção tão prezada pelas grandes mentes do tempo do Iluminismo, *sapere aude*, "ouse saber", houvesse se tornado letra morta. Contudo, no contexto atual, nunca talvez a compreensão do tempo presente, das grandes transformações que o permeiam, tenha sido tão necessária e urgente quanto hoje. Nunca a palavra *regulação* designou um desafio mais decisivo

do que na situação inédita, e provavelmente irreversível, que daqui em diante é a nossa.

Duas atitudes, neste caso, são igualmente insustentáveis, para não dizer absurdas: de um lado pretender parar tudo; de outro autorizar tudo, deixar ocorrer, deixar passar, em nome da fantasia da onipotência, ao mesmo tempo ultraliberal e tecnófila, segundo a qual tudo aquilo que é cientificamente possível deve se tornar real. A tentação de proibir tudo, em nome da sacralização religiosa ou laica (ambas as versões existem, como veremos a seguir) de uma suposta "natureza humana" intangível e inalienável, para eliminar pela raiz a volta, sob novas formas, do "pesadelo eugênico" que o transumanismo mais ou menos sempre veicula, será impossível de sustentar, por motivos ao mesmo tempo tão fortes e óbvios que a eles ninguém poderá se opor.

Imagine por um segundo que um dia (ainda não chegamos lá, mas hipóteses desse tipo logo aparecerão, é inevitável) nossos médicos sejam capazes de erradicar "na origem" as piores doenças existentes, digamos, por exemplo (algo ainda fictício, infelizmente), Alzheimer, a fibrose cística ou a coreia de Huntington, para não dizer tal ou tal câncer. Imagine ainda que isso seja possível apenas mediante manipulações irreversíveis do genoma humano. Quem poderá seriamente se opor a isso? Mesmo que seja apenas por amor aos nossos entes queridos, por preocupação com o bem-estar dos nossos futuros filhos, por simpatia por quem sofre, devemos seguir no sentido do "progresso". Haverá algumas resistências, claro, começando pelas religiões, que desde já são hostis às simples reproduções medicamente assistidas (algo que, diga-se de passagem, não cria empecilho para quase ninguém, nem mesmo no mundo dos crentes), mas logo serão varridas pela vontade de fugir do sofrimento, da doença e da morte. Quer um exemplo? 97% das gestantes informadas de que poderiam dar à luz uma criança portadora da síndrome de Down decidem abortar – o que mostra a que ponto certa forma de eugenia liberal não é mais tabu (se é que um dia já foi). Por outro lado, está claro o bastante que autorizar tudo, sob o risco de criar verdadeiros monstros, seres híbridos homem/máquina/animal, que não terão mais muito a ver com a humanidade atual, assusta a maior parte de nós.

É por isso que, diante da revolução transumanista, e mais geralmente diante das novas técnicas que a tornam possível, volto a dizer que a palavra-chave é "regulação". Assim como em matéria de ecologia, economia ou finanças, aqui devemos nos esforçar para regular, fixar limites, que deverão ser, o quanto possível, inteligentes e finos, evitar a lógica insustentável do "tudo ou nada". Mas, neste caso – e este também é um dos objetos principais deste livro, sendo o outro simplesmente informar, fazer entender a realidade, os desafios e as controvérsias que o transumanismo suscita –, regular será mais difícil que em qualquer outra área, até mesmo a da bioética "clássica". Porque as tecnologias novas têm duas características que permitem que se subtraiam facilmente aos processos democráticos comuns: desenvolvem-se a uma velocidade desenfreada, propriamente exponencial, e são extraordinariamente difíceis de entender, e ainda mais de dominar, por um lado porque os conhecimentos teóricos e científicos que mobilizam ultrapassam em geral o conhecimento limitado dos políticos e da opinião pública, de outro lado porque as potências econômicas e os *lobbies* que as sustentam são simplesmente gigantescos, para não dizer desmedidos.

Não somente a maior parte das tecnologias novas obedece à famosa lei de Moore (em suma, para simplificar, a lei segundo a qual a potência dos nossos computadores dobra a cada dezoito meses desde sua invenção), mas, ademais, quer se trate da nanotecnologia, do tratamento dos "dados grandes" que circulam na *web* (os famosos *big data*), da biotecnologia, da robótica ou da inteligência artificial, cada uma das disciplinas (ou melhor, desses grupos de disciplinas) seria suficiente para ocupar uma vida inteira. Nessas condições, dá para entender que sua convergência, seja na área da medicina ou na economia "colaborativa" – à qual vamos dedicar um capítulo inteiro –, é extraordinariamente difícil de acompanhar, de apreender e, por isso também, de regular.

Da biologia à economia, ou como as novas tecnologias transformam tanto o mercado quanto a medicina: o nascimento da economia "colaborativa"

Algumas pessoas poderão achar estranho ver associadas em um mesmo livro duas questões aparentemente tão diferentes: a do futuro biológico e espiritual da identidade humana, de um lado, e, de outro, a de uma nova conjuntura econômica que, em grande parte, consiste em estabelecer relações de indivíduos a indivíduos, em detrimento dos profissionais das profissões. Como já sugeri, os franceses tomaram consciência recentemente da nova economia, com o exemplo, na verdade ainda infinitesimal em relação ao que podemos logo esperar, do conflito que opõe em vários lugares do mundo, de Paris a São Paulo, o táxi tradicional ao Uber, e especialmente ao UberPop – um aplicativo de "táxis selvagens" de baixo custo, inconcebível antes do surgimento da internet dos objetos, que repentinamente, sem a mínima previsão dos poderes públicos, veio atacar violentamente o comércio tradicional do transporte urbano. Aliás, essa falta de previsão é um sinal em si, um indício um tanto estarrecedor do fato de que nossos governantes estão completamente ultrapassados pelo movimento. A reação deles foi, nessas condições, tão simplista quanto se poderia esperar. Consistiu simplesmente em imaginar que era possível apagar o incêndio proibindo imediatamente o aplicativo em causa. Seria o mesmo que tentar parar o rio Amazonas com um coador de chá. Não se deixe enganar, essa proibição não passa de um remendo provisório, um curativo que não vai durar muito tempo, que não vai resolver nada a fundo e que terá efeitos somente efêmeros na contenção do tsunami do qual o UberPop é apenas a primeira ondinha: a "uberização" do mundo está em andamento, e a maior parte dos setores da indústria e do comércio, mais cedo ou mais tarde, corre o risco de sofrer a concorrência de algo equivalente ao Uber. Muitos de nós (não todos, veremos porquê) serão mais ou menos atingidos, como já é o caso em mil outras áreas, com empresas como as que já citei (Airbnb, BlaBlaCar etc.)

No entanto, volto a este ponto: é preciso entender que essa outra revolução, a da economia dita "colaborativa", mantém vínculos profundos, embora subterrâneos, com a ideologia transumanista. Em quatro pontos, pelo menos, ambos os projetos se unem e se intersectam amplamente. Primeiro, um e outro são possíveis apenas se tiverem como pano de fundo uma infraestrutura tecnológica bastante comum. Obviamente, a economia colaborativa não utiliza a biocirurgia, mas, por outro lado, os *big data*, a internet e a inteligência artificial, a impressora 3D e a robótica se infiltram em ambas as esferas e tornam possível seu funcionamento. Sem essas novas tecnologias, nem o transumanismo, nem a economia colaborativa poderiam ter aparecido.

Porém, há algo mais, no plano propriamente filosófico; em ambos os casos, de fato, trata-se de permear a área da liberdade humana, do domínio do próprio destino pelo ser humano, aspectos inteiros do real que antes pertenciam apenas à ordem da fatalidade. Do lado do transumanismo, trata-se mesmo de mudar do acaso para a escolha (*From chance to choice*, como diz o título do livro fundador do movimento), da loteria genética que "cai sobre nós" para uma manipulação/aumento livremente consentida e ativamente procurada. O mesmo ocorre, de certo modo, do lado da economia das redes entre indivíduos, uma nova situação que privilegia cada vez mais, pelo menos se nos colocarmos do lado dos utilizadores, o acesso ou o uso que liberta mais em vez da propriedade, que sujeita. Por que possuir uma bicicleta em Paris se estou muito mais livre com o "Vélib"[14]? Por que passar por um hotel "profissional" quando posso me arranjar de modo mais cômodo e com preço melhor com um indivíduo que afinal de contas se encontra na mesma situação que eu, que, a bem dizer, não é mais que outro eu? Por que ter um carro que custa muito e gera tantas preocupações quando posso recorrer ao compartilhamento de automóveis ou à carona solidária etc.? Em todos os casos, trata-se de se libertar de todo tipo de alienações e obrigações, as da natureza bruta e brutal por um lado, mas também aquelas que nos são impos-

---

14 Vélib (contração de *"vélo"* [bicicleta] e *"liberté"* [liberdade]) é um sistema de locação de bicicletas públicas inaugurado na cidade de Paris em 2007. (N. T.)

tas de modo arbitrário e alienante pelas dimensões econômica, social e política organizadas de modo tradicional.

Nessas condições, não é surpreendente que ambas as esferas, a do transumanismo e a da economia colaborativa, estejam amplamente sustentadas não somente por uma estrutura tecnológica e filosófica comum, mas também política. Em ambos os casos, é certo tipo de liberalismo mais ou menos permeado pela social-democracia, até por um ultraliberalismo de linha dura, que anima secretamente a vontade daqueles que querem acabar a qualquer preço com o peso das tradições e heranças impostas aos indivíduos. Entre outras brilhantes evidências disso está o movimento dos *makers*,[15] indivíduos cada vez mais numerosos que querem se emancipar definitivamente do peso coletivo, às vezes também das legislações nacionais, para produzir por conta própria, por que não com impressoras 3D e *softwares* de *open source*, redes sociais e pequenas comunidades escolhidas com toda a liberdade, sua eletricidade, seus móveis, seus eletrodomésticos etc. Em suma, todo o necessário e suficiente para assegurar seu bem-estar e sua subsistência.

Não é surpreendente, de novo, que o transumanismo e a economia colaborativa se inscrevam perfeitamente no movimento de fundo das democracias ocidentais, uma evolução lenta porém inelutável, e cada vez mais rápida desde o fim do século XX, que consiste, a partir do século do Iluminismo pelo menos, em deixar entrar sempre mais na órbita da livre decisão humana o que dela era excluído *a priori* no mundo antigo, no universo dos costumes, dos patrimônios, das he-

---

15   Ver sobre esse movimento cada vez mais importante o livro de Chris Anderson, *Makers: a nova revolução industrial*, Elsevier, 2012, para a edição brasileira. Ver também o livro de Rachel Botsman e Roo Rogers, *O que é meu é seu: como o consumo colaborativo vai mudar o nosso mundo*, Bookman, 2011, e, em francês, *L'âge du faire*, de Michel Lallement, Le Seuil, 2015. Em certos aspectos, os sobrevivencialistas e os zadistas (militantes ambientalistas – N.T.) pertencem também a essa ideologia ultraindividualista que, paradoxalmente, se materializa nas novas redes de aparência comunitarista. Mas não nos iludamos, já que se trata de comunidades e redes escolhidas com total liberdade e opostas ao coletivo, portanto de agrupamentos modernos e não de tribos tradicionais.

ranças imemoriais e intangíveis que haviam caracterizado as sociedades tradicionais desde o começo da humanidade.

Daí a vertigem que se apodera de nós quando começamos a entender que, agora, é nossa própria identidade que está em jogo, porque a definição daquilo que somos e queremos nos tornar vai nos pertencer cada vez mais, ao passo que pensávamos, antigamente, que essa definição pertence a Deus, aos costumes ou à natureza.

Trata-se de um ponto essencial, e o terceiro maior objeto deste livro, que se inclui assim diretamente na linha do meu livro anterior, A *inovação destruidora*, almeja, no mesmo espírito, contribuir tanto quanto possível para explicar a natureza profunda das inovações econômicas, científicas e médicas atuais, e também as transformações éticas, políticas, espirituais e metafísicas que essas novas tecnologias trazem. Porque, insisto, é tendo como pano de fundo o desenvolvimento de uma mesma infraestrutura tecnológica totalmente inédita na história humana, graças aos progressos exponenciais da "digitalização do mundo", que essas *startups* podem surgir hoje. Sem os *big data* e os objetos conectados, sem a convergência das diversas formas da internet que estudaremos no capítulo dedicado à economia colaborativa, a "terceira revolução industrial" seria simplesmente impensável. Milhares de aplicativos mais ou menos análogos ao Uber aparecem nos quatro cantos do planeta, provocando o surgimento de redes comunitárias, essencialmente desreguladoras e mercantis.

No entanto, essa nova economia levanta também uma série de questões.

Será que, com a conjunção da digitalização, da robótica, da automatização e da uberização do mundo, vamos viver o "fim do trabalho", pelo menos uma diminuição dos assalariados em prol de trabalhadores independentes, sem *status* social claro, um "crescimento sem emprego", ou até o fim do crescimento? Será que, como quer o futurólogo Jeremy Rifkin, o fim, ou, ao menos, o "eclipse" do capitalismo que se anuncia em proveito de "redes colaborativas", de um novo gênero de "bens comuns colaborativos", em que o "acesso" substituirá a propriedade privada (no modelo já citado de Autolib ou de Vélib), em que o uso substituirá a posse, a preocupação com os outros dará lugar ao individualismo liberal, o compartilhamento, ao egoísmo, o gratuito, ao lucro, o sustentável, ao descartável, o *care*, à preocupação consigo mesmo etc.? Talvez seja mais, como vou mostrar a seguir, uma formidável onda ultraliberal, ao mesmo tempo desreguladora e venal que se perfila no horizonte, com os novos aplicativos "mercantilizando" o que ainda não o era (carro, apartamento, roupas, serviços, trabalho em domicílio e mil outras coisas) em prol de um formidável objetivo, não "anticapitalista", mas, ao contrário, hipercapitalista? Na impossibilidade de poder proibir indefinidamente o surgimento desses novos serviços de indivíduos para indivíduos, como poderemos regulá-los, até fiscalizá-los, sem, no entanto, eliminá-los?

Sejamos claros: nenhuma dessas questões é simples, nenhuma pode receber uma resposta apressada, porque, evidentemente, o ideal da regulação, que me parece ser o mais justo, precisará de um pré-requisito para se tornar realidade: que as democracias não sejam totalmente ultrapassadas por essa vontade de poder sem freios nem limites que hoje se materializou no mundo da técnica, que sejam capazes de tomar consciência do movimento infinitamente rápido e poderoso que as permeia de modo ainda em grande medida secreto e subterrâneo.

Daí o projeto deste livro, que afinal almeja cumprir a primeira tarefa que Hegel atribuía à filosofia: "entender aquilo que é", fornecer a imagem mais exata possível do real, contribuir para apreender "seu tempo no pensamento" a fim de preparar tanto quanto possível a ação justa.

Apresentação detalhada do livro

É nessa perspectiva que proponho os seguintes capítulos:

O primeiro será consagrado à elaboração do que poderíamos chamar de "tipo ideal" do transumanismo, isto é, para falar mais simplesmente, uma identificação dos principais traços característicos do seu projeto, identificação que obviamente deverá considerar as divisões, até as divergências profundas, que permeiam esse movimento relativamente plural. Assim, teremos uma ideia clara do nosso assunto, e principalmente das relações entre humanismo clássico, transumanismo e pós-humanismo.

O segundo capítulo apresentará um balanço tão exaustivo quanto possível dos principais argumentos apresentados pró e contra o transumanismo. Portanto, iremos tratar da antinomia que hoje opõe "bioprogressistas" e "bioconservadores", notadamente, com a análise das críticas de Fukuyama, Sandel e Habermas no plano ético e, mais geralmente, no filosófico.

Em seguida, vou propor a análise, no capítulo III, da filosofia política que se esconde mais ou menos secretamente atrás dessa economia que, com ou sem razão, é chamada de colaborativa. Examinaremos não somente a maneira como funciona, mas também por quais meios ela obtém lucros consideráveis, às vezes mesmo a partir daquilo que parece ingenuamente gratuito para os usuários, e como, também, longe de marcar o fim do capitalismo, ela nos leva a uma desregulação e uma mercantilização crescentes do mundo.

O capítulo intitulado "Conclusões" irá se interessar pela antinomia do otimismo e do pessimismo que domina amplamente, até demais, a paisagem intelectual e política atual e que, de tanto querer tudo autorizar ou tudo proibir, impede que surja uma verdadeira regulação. Longe desses dois estorvos sofríveis do pensamento contemporâneo, é numa reabilitação da antiga categoria do trágico que precisaríamos trabalhar para finalmente pensar de maneira mais adequada e profunda a maior parte dos conflitos que hoje ensanguentam o mundo. É igualmente nessa perspectiva que proporei uma reflexão sobre a regulação, e também em anexo uma explicação tão clara e breve quanto possível sobre o que é preciso saber a respeito dessas novas tecnologias convergentes, especialmente sobre as famosas NBIC, para entender as bases tecnocientíficas do projeto transumanista, e também o desenvolvimento exponencial da economia colaborativa.

Capítulo I. O que é transumanismo?
Um ensaio de tipo ideal

O QUE É MESMO O TRANSUMANISMO?

Numa primeira aproximação, trata-se, como já dissemos na Introdução, de um amplo projeto[1] de melhoria da humanidade atual em todos os aspectos, físico, intelectual, emocional e moral, graças aos progressos das ciências e, particularmente, das biotecnologias. Portanto, uma das características mais essenciais do movimento transumanista diz respeito, como também sugerimos, ao fato de que pretende passar do paradigma médico tradicional, o da terapêutica, cuja finalidade principal é "reparar", curar doenças e patologias, para um modelo "superior", o da melhoria, ou até do "aumento" do ser humano. Como escreve Nick Bostrom, cientista e filósofo sueco que leciona em Oxford, um dos principais representantes dessa corrente:

> Virá o dia em que nos será oferecida a possibilidade de aumentar nossas capacidades intelectuais, físicas, emocionais e espirituais muito além

---

1 Entre os grandes nomes dessa corrente, é preciso citar os trabalhos de Max More (Grã-Bretanha), Nick Bostrom (Suécia, embora ensine em Oxford), Julian Savulescu (Austrália), David Pearce (Grã-Bretanha), James Hughes, Richard Dawkin, Ray Kurzweil (Estados Unidos), Gilbert Hottois (Bélgica), Laurent Alexandre (França), e também Hans Moravec (Áustria) e Kim Eric Drexler (Estados Unidos), o primeiro pioneiro da robótica e o segundo das nanotecnologias, e ainda Marvin Minsky (Estados Unidos), considerado o pai da inteligência artificial. Devemos acrescentar que o movimento transumanista recebe o apoio de várias associações internacionais, entre as quais o Extropy Institute, a World Transhumanist Association, e também Aleph, na Suécia, Transcedo, na Holanda etc. Também é amplamente financiado por empresas envolvidas no desenvolvimento de novas tecnologias, como Google. Sobre a história dessa corrente, principalmente a partir da primeira ocorrência da palavra na obra de Julian Huxley, irmão do autor de *Admirável mundo novo*, remeto novamente ao curto livro de Gilbert Hottois, que contém indicações preciosas sobre o assunto, e também ao artigo de Nick Bostrom "A history of Transhumanist Thought", publicado em abril de 2005 no *Journal of Evolution and Technology* (também disponível no *site* do próprio autor).

daquilo que parece possível hoje em dia. Sairemos então da infância da humanidade para entrar na era pós-humana.²

Precisamos reconhecer que, sem mesmo refletir, quase todos temos uma tendência espontânea, pré-formada por uma longa tradição judaico-cristã ou humanista tradicional, de considerar como evidência o fato de a natureza ser o que é, um dado eterno e intangível, de modo que a tarefa da medicina só poderia ser a de curar, e em absoluto de melhorar. Aliás, é em nome desse princípio que, na lei francesa, as procriações medicamente assistidas são reservadas aos casais estéreis, com exceção das mulheres homossexuais e pós-menopausa. Pelos mesmos motivos, parece-nos evidente que, já que a velhice e a morte não são em nada patológicas, elas não deveriam ser tratadas dentro de uma abordagem propriamente médica.

O transumanismo pensa exatamente o contrário.

Entretanto, é sobretudo em nome de certa tradição humanista que o transumanismo projeta derrubar os vieses teológicos que sustentam essas opiniões, as quais ele considera como preconceitos irracionais. Eis, por exemplo, a definição que Max More, um dos pilares do movimento, propôs, em março de 2003, em um texto intitulado "Princípios extropianos 3.0", manifesto fácil de encontrar na internet, em inglês e outros idiomas (um esclarecimento, antes da leitura, sobre o termo "extropiano", que pode parecer um tanto estranho: de fato, opõe-se simplesmente à noção de entropia, isto é, às ideais de desorganização e de declínio entendidas no sentido amplo, com o que pretende indicar que o projeto transumanista se baseia na convicção de que um progresso sem fim, uma perfectibilidade ilimitada da espécie humana, é ao mesmo tempo possível e desejável):

> Como os humanistas, os transumanistas privilegiam a razão, o progresso e os valores centrados em nosso bem-estar e não em uma autoridade religiosa externa. Os transumanistas estendem o humanismo

---

2   In: *Human reproductive cloning from the perspective of the future*, dez. 2002.

questionando os limites humanos por meio da ciência e da tecnologia combinadas com o pensamento crítico e criativo. Questionamos o caráter inevitável da velhice e da morte, procuramos melhorar progressivamente nossas capacidades intelectuais e físicas e nos desenvolver emocionalmente. Vemos a humanidade como uma fase de transição no desenvolvimento evolucionário da inteligência. Defendemos o uso da ciência para acelerar nossa passagem de uma condição humana a uma condição transumana ou pós-humana. Como disse o físico Freeman Dyson: "A humanidade me parece ser um magnífico começo, mas não a última palavra" [...] Não aceitamos os aspectos indesejáveis da nossa condição humana. Questionamos as limitações naturais e tradicionais das nossas possibilidades. [...] Reconhecemos o absurdo que consiste em aceitar humildemente os limites ditos "naturais" da nossa vida no tempo. Prevemos que a vida se estenderá além dos confins da Terra – o berço da inteligência humana e transumana – para habitar o cosmo.

Como veremos no capítulo dedicado à antinomia, que opõe os "bioconservadores" aos "bioprogressistas", é precisamente a respeito dessas limitações naturais e tradicionais, religiosas ou laicas, que autores como Michael Sandel ou Francis Fukuyama vão basear sua crítica radical daquilo que consideram, com ou sem razão, como um delírio tecnocientífico. Veremos também como a argumentação de Jürgen Habermas, embora hostil ao transumanismo, adota caminhos um tanto diferentes dos de seus dois colegas americanos.

Porém, por enquanto, limitemo-nos a entender ainda mais profundamente o projeto de Max More e de seus amigos. E para dar ao leitor a possibilidade de formar uma ideia por si, leremos de novo o "manifesto transumanista" em sua versão de 2012 (modificação da primeira versão, adotada em sessão plenária em 4 de março de 2002 pela Associação Transumanista Mundial [World Transhumanist Association]), documento assinado notadamente por dois eminentes fundadores do movimento, Nick Bostrom e Max More, e que pode facilmente ser consultado, em sua totalidade, na internet. Note-se, de passagem, a ênfase dada ao mesmo tempo ao ideal de uma transformação da espécie humana e também às precauções que devem ser tomadas nesse assunto:

1) A humanidade será profundamente afetada pela ciência e a tecnologia no futuro. Consideramos a possibilidade de ampliar [*broadening*] o potencial humano superando o envelhecimento, as lacunas cognitivas, o sofrimento involuntário e nosso isolamento no planeta Terra.
2) Pensamos que o potencial da humanidade ainda não foi realizado em sua essencialidade. Existem roteiros possíveis que permitiriam melhorar a condição humana de forma maravilhosa e extremamente interessante.
3) Reconhecemos que a humanidade enfrenta graves riscos, em particular na utilização abusiva das novas tecnologias. Existem cenários possíveis que levam à perda da maioria, ou até da totalidade, daquilo que consideramos mais precioso. Alguns desses cenários são radicais, outros mais sutis. Embora todo progresso signifique mudança, nem toda mudança significa progresso.
4) O esforço de pesquisa deve ser investido na compreensão dessas perspectivas. Devemos debater cuidadosamente sobre a melhor maneira de reduzir os riscos, ao mesmo tempo favorecendo suas aplicações benéficas. Precisamos também de foros em que as pessoas possam discutir de forma construtiva sobre o que poderia ser feito, e de uma organização social em que as decisões responsáveis possam ser implementadas.
5) A redução dos riscos de extinção humana, o desenvolvimento de meios para a preservação da vida e da saúde, a redução dos sofrimentos graves e a melhoria da previdência e da sabedoria humana devem ser consideradas como prioridades, generosamente financiadas.
6) As decisões políticas devem ser guiadas por uma visão moral responsável e federativa, levando a sério ao mesmo tempo as vantagens e os riscos, respeitando a autonomia e os direitos individuais, manifestando solidariedade e se preocupando com os

interesses e a dignidade de todas a pessoas no mundo. Devemos também estar atentos às nossas responsabilidades morais em relação às futuras gerações.

7) Defendemos o bem-estar de todas as inteligências, incluindo aí os seres humanos, os animais, as futuras inteligências artificiais, as formas de vida modificadas ou quaisquer outras inteligências às quais os progressos tecnológicos e científicos poderiam dar origem.

8) Promovemos a liberdade morfológica, o direito de modificar e melhorar o próprio corpo, a própria cognição, as próprias emoções. Essa liberdade inclui o direito de utilizar ou não tecnologias para prorrogar a vida, a preservação de si mesmo graças à criogenização, ao *download* ou a outros meios, e de poder escolher futuras modificações e melhorias.

A leitura desse texto "canônico", perfeitamente típico da ideologia transumanista, pode levar alguns ao riso ou ao medo, pouco seguros, ao menos ante os esparsos convites à precaução e ao uso do discurso democrático para esclarecer escolhas que não são apenas individuais, mas forçosamente coletivas de algum modo: de fato, é difícil imaginar, e isso será um dos maiores argumentos dos "bioconservadores", como o fato de modificar a humanidade, mesmo que parcialmente, poderia não ter consequências sobre a espécie humana como um todo. Inúmeras tentativas surgiram para ridicularizar o movimento, no qual a seriedade às vezes coabita com os temas mais fantasiosos da ficção científica tradicional – e, de fato, seria fácil reunir uma antologia de citações e declarações de deixar boquiaberto até o mais fiel partidário dessa corrente de pensamento. Outros talvez se mostrem mais entusiastas, mas a maioria permanecerá prudente, um tanto desconcertada diante da ideia de que o projeto já está sendo tocado em laboratórios, universidades, centros de pesquisa ou grandes empresas em vários lugares dos Estados Unidos e da China, sem que nossas antigas democracias tenham nem ao menos tomado consciência disso.

Daí, obviamente também, a questão que logo se impõe e que de imediato parece crucial: como situar o transumanismo entre o humanismo clássico, digamos aquele do Iluminismo, dos direitos humanos e da democracia, de um lado, e, do outro, a defesa "pós-humanista" da criação de uma nova espécie, mais ou menos radicalmente diferente da humanidade atual? Trata-se de um prolongamento ou de uma ruptura? É a questão formulada com talento no livro de Gilbert Hottois que já citamos antes, um livro notavelmente sintético que toma o cuidado de identificar as filiações às quais o transumanismo pode se referir: ele é, de fato, o herdeiro, às vezes paradoxal, porém mesmo assim crível em vários aspectos, 1) de certa forma de humanismo clássico, aquele que insiste, desde Pico della Mirandola até Condorcet e Kant, passando por Rousseau, Francis Bacon, Ferguson e La Mettrie, na perfectibilidade infinita desse ser humano, que, desde o início, não está preso em uma natureza intangível e determinante como pode estar um animal guiado unicamente pelo *software* do instinto natural comum à sua espécie; 2) o transumanismo herdaria também o otimismo científico e tecnófilo que se desenvolveu durante a Idade Moderna, a partir do Iluminismo e da revolução científica até o surgimento das NBIC, da robótica e da inteligência artificial; 3) havia claramente nele também uma herança assumida da ficção científica, porém vinculada ao projeto de torná-la simplesmente científica e não mais fictícia, assim como, finalmente, 4) uma filiação igualmente assumida à contracultura dos anos 1960, ao mesmo tempo feminista, ecologista, igualitarista, libertária e "desconstrucionista" da tradição do famoso "falo-logo-branco-centrismo" tão prezado por Jacques Derrida, uma das referências filosóficas do "politicamente correto" americano.

Humanismo, pós-humanismo, anti-humanismo?

Para tentar esclarecer as coisas antes de adentrar o conteúdo dos debates, que, como veremos, são tão apaixonados quanto apaixonantes, distinguiremos duas formas de transumanismo.

Primeiro, um transumanismo "biológico", que reivindica prontamente essa tradição humanista que acabamos de evocar, uma tradição bem representada por alguns trechos do *Esboço de um quadro histórico dos progressos do espírito humano* (1795), de Condorcet. Ao contrário do que se pensa, esse humanismo do Iluminismo, que interpreta à sua maneira a noção rousseauniana de uma "perfectibilidade" potencialmente infinita do ser humano, não se limita a imaginar mudanças políticas e sociais, mas também progressos na ordem da natureza, aí incluída a humana. Eis, por exemplo, o que Condorcet diz a esse respeito no seu famoso ensaio:

> Nossas esperanças quanto aos destinos da espécie humana podem se reduzir a estas três questões: a destruição da desigualdade entre as nações; os progressos da igualdade em um mesmo povo; e, por fim, o aperfeiçoamento real do homem.

Porém, nesse último ponto, Condorcet não hesita em levantar a questão que será exatamente a do transumanismo:

> Deve a espécie humana melhorar, seja por novas descobertas nas ciências ou nas artes e, por uma necessária consequência, nos meios de bem-estar particular e de prosperidade comum; seja por progressos nos princípios de conduta e na moral prática, seja, por fim, pelo aperfeiçoamento real das faculdades intelectuais, morais e físicas, que pode igualmente decorrer disso, ou dos instrumentos que aumentam a intensidade e dirigem o uso dessas faculdades, ou até mesmo naquele da organização natural? Ao responder a essas três perguntas, encontraremos na experiência do passado, na observação dos progressos que a ciência, que a civilização fizeram até agora, na análise do andamento do espírito humano e do desenvolvimento das suas faculdades, os motivos mais fortes para crer que a natureza não impôs nenhum limite às nossas esperanças.[3]

---

3 Nicolas de Condorcet, *Esquisse d'un tableau historique des progrès de l'esprit humain*, Éditions Sociales, Col. "Les Classiques du Peuple", 1966, p. 255 (*Esboço de um quadro histórico dos progressos do espírito humano*, Unicamp, 2013).

É impossível ser mais claro: apesar do pouco desenvolvimento científico em sua época, Condorcet já sonhava mesmo com um "aumento" do potencial natural, e não apenas social e político, do ser humano – em que vemos que o transumanismo pode, sem muito exagero, apoiar-se em certa tradição do humanismo clássico, que, no fundo, ele apenas deseja fazer crescer e se desenvolver.

Distinguiremos nessa primeira face do transumanismo o inquietante projeto "cibernético" de uma hibridação sistemática homem/máquina mobilizando a robótica e a inteligência artificial ainda mais que a biologia. É aquele que propõe Ray Kurzweil, diretor da Universidade da Singularidade, financiada pelo Google. Parece-me que, rigorosamente, seria preciso reservar o termo "pós-humanismo" para essa corrente, já que se trata mesmo, aqui, de criar uma espécie nova, radicalmente diferente da nossa, milhares de vezes mais inteligente e mais poderosa, outra humanidade, portanto, cujas memória, emoções, inteligência, em suma, tudo o que diz respeito à vida do espírito, poderiam ser armazenados em novos tipos de suportes materiais, à semelhança de como gravamos arquivos em um *pen drive*. Kurzweil sonha com um homem em "interface" com o computador, com todas as redes da internet, graças a implantes cerebrais, o qual seria, assim, um "pós-humano".

Enquanto, no primeiro transumanismo, trata-se a princípio "apenas" de tornar o humano mais humano, este segundo trans/pós--humanismo se funda, ao contrário, na ideia – delirante ou não, eis a questão – de que máquinas dotadas de uma inteligência artificial dita "forte" (remeto ao anexo deste livro sobre esta difícil noção) logo vão superar os seres biológicos, porque essas máquinas não se contentariam a imitar a inteligência humana, mas seriam dotadas da consciência de si e de emoções, tornando-se, desse modo, perfeitamente autônomas e praticamente imortais. Poder-se-ia, então, 1) separar a inteligência e as emoções do corpo biológico (como a informação e seu suporte); e 2) estocar a própria memória e a consciência em máquinas – hipótese materialista, que me parece absurdamente reducionista, mas que não deixa de ser bem acolhida pela maior parte dos especialistas em inteligência artificial do mundo todo. Assim, vemos que esse segundo transumanismo é verdadeiramente um pós-humanismo, já que defende não a simples melhoria da humanidade atual, mas a fabricação de outra espécie, uma espécie que, no limite, não terá mais muito a ver com a nossa.

Esse transumanismo do segundo tipo se considera menos um herdeiro do Iluminismo do que um avatar do materialismo em total ruptura com o humanismo clássico, um materialismo para o qual o cérebro não passa de uma máquina mais sofisticada que as demais e a consciência seu produto superficial, uma fina película de pensamento que imagina, erradamente, ser autônoma em relação à maquinaria subjacente (a infraestrutura neural) que a produz. A convicção que anima essa ideologia é que, a partir do momento em que o computador se torna totalmente autônomo, capaz de se regenerar, de se reproduzir, de corrigir seus erros e de aprender por si só (o que já é amplamente o caso, embora a inteligência artificial dita "forte"[4] ainda não faça parte da atualidade), uma vez que ele consegue sem dificuldade não somente derrotar o melhor jogador de xadrez do mundo, mas também vencer campeões de jogos televisivos formulados em linguagem natural, como o famoso "Jeopardy!" americano – vencido por Watson, o computador da IBM –, nada prova em absoluto que ele permanecerá sempre diferente do nosso pobre cérebro, desde já superado pela máquina em várias áreas.

Eis, pelo menos, a aposta dessa segunda vertente do transumanismo, e eu, por ter tido várias ocasiões de conversar detalhadamente com alguns de seus representantes – em geral, matemáticos/informáticos de talento, convencidos de que seus computadores, já capazes de superar o ser humano em todas as suas áreas, logo se tornarão autônomos, alcançando a inteligência artificial dita forte –, posso assegurar que é extremamente difícil, para não dizer impossível, refutar *a*

---

4 Sobre essa pergunta, remeto mais uma vez ao anexo deste livro. Aproveito para dizer que, em 2016, um computador derrotou o campeão europeu de Go fazendo uso do *deep learning*, isto é, uma forma sofisticada de autoaprendizagem.

priori tais argumentos. Voltaremos a tratar disso no próximo capítulo e no anexo deste livro.

Como se vê, a distinção entre as duas correntes, embora bastante nítida de início, não deixa de permitir alguns deslocamentos, podendo o primeiro transumanismo gradativamente transitar em direção ao segundo, em um mesmo autor. Para explicar isso, poderíamos formular as coisas da seguinte maneira: o transumanismo é o trajeto, enquanto o pós-humanismo é a meta; um é o caminho ou o processo, o outro é o resultado ou o ponto de chegada. Se aceitarmos essa descrição, poderemos então considerar que existem[5] dois conceitos, certamente diferentes de início, mas possivelmente vinculados entre si no final, do "trans" e do "pós": de um lado, a maior parte dos autores (por exemplo, Laurent Alexandre ou Guy Vallancien[6] na França, ou ainda Max More nos Estados Unidos) considera "simplesmente" que as revoluções tecnológicas atuais e futuras vão levar a uma melhoria/aumento tamanho da humanidade que, a partir de determinado ponto, o "humano aumentado" será, certamente, diferente da humanidade atual, sem deixar, porém, de ser totalmente humano, até mais humano do que nunca. Entretanto, a partir de quando entraremos na área do "pós-humano" é uma questão que acabará por surgir. Na medida em que os transumanistas desse primeiro tipo não são hostis, pelo contrário, a uma reflexão bioética "prudencial" sobre os limites morais e políticos que não devem ser ultrapassados, sobre as precauções a serem tomadas no uso das tecnologias, pode-se dizer que eles se situam ainda na esteira do humanismo clássico inaugurado por autores como Pico della Mirandola e Condorcet. Trata-se, portanto, mais de algo que poderíamos chamar de "hiperumanismo"[7] do que de um anti-humanismo – sendo a diferença principal em relação ao

---

5   Como propõem de forma bastante clara Gilbert Hottois e seus colegas, Jean-Noël Missa e Laurence Perbal, na sua *Encyclopédie du trans/posthumanisme*, Vrin, 2016.

6   Ver Laurent Alexandre, *A morte da morte*, Manole, 2018, e Guy Vallancien, *La médecine sans médecin?*, Gallimard, 2015.

7   Faço meu o termo de Joël de Rosnay, que defende um aprofundamento do humano contra uma versão do transumanismo narcisista e pós-humana.

darwinismo clássico o fato de que não se trata mais aqui de sofrer a evolução natural, mas de dominá-la e conduzi-la por nós mesmos –, o que um humanismo clássico como o de Condorcet poderia no limite aceitar perfeitamente, desde que as questões de ética e de prudência fossem seriamente consideradas e as decisões democráticas sobre esses assuntos não fossem totalmente ultrapassadas pela velocidade e amplidão das revoluções tecnológicas.

Esclareçamos ainda que, nessa perspectiva, o pós-humanismo permanece e permanecerá certamente para sempre um simples "ideal regulador", tendo em vista que o que poderíamos chamar de "fundamentos naturais da humanidade", aqueles cujas chaves a biologia progressivamente nos entrega, representam uma obra potencialmente infinita. Assim, no primeiro transumanismo, não abandonamos nem a esfera do vivo, do biológico, nem a de uma humanidade cujo aumento não procura destruí-la, nem mesmo superá-la qualitativamente, mas enriquecê-la, melhorá-la, isto é, essencialmente, torná-la mais humana. Idealmente, essa vertente do transumanismo sonha conseguir uma humanidade mais razoável, mais fraternal, mais solidária e, a bem dizer, mais amável porque mais amorosa – portanto, ao mesmo tempo idêntica e diferente daquela que, até então, ensanguentou o mundo com guerras tão absurdas quanto permanentes.

Do transumanismo biológico ao pós-humanismo cibernético: rumo ao fim da humanidade?

Na outra vertente, bem representada por personalidades como o matemático e autor de ficção científica Vernor Vinge, mas ainda mais atualmente por Hans Moravec (Robot, mere machine to transcend mind, Oxford University Press, 1999) ou, claro, Ray Kurzweil (The singularity is near: when humans transcend biology, Penguin Books, 2005), trata-se mesmo de sair completamente ao mesmo tempo do biológico e do humano – algo que quer destacar claramente a noção de "singularidade": oriunda da física matemática, remete à ideia de que, a partir de certo ponto de evolução da robótica e da inteligência artificial, os humanos serão totalmente ultrapassados e substituídos por máquinas autônomas ou, para melhor dizer, pelo surgimento de uma consciência e de uma inteligência globais, milhares de vezes superiores às do humano atual – uma inteligência cujas redes criadas pelo Google já constituem uma prefiguração.

Esse transumanismo da singularidade concorda por inúmeros vieses com algumas correntes da ecologia profunda contemporânea, e em especial com a ideia, já desenvolvida por James Lovelock no seu famoso livro significativamente intitulado *Gaia: um novo olhar sobre a vida na Terra* (1979),[8] segundo a qual o planeta não é somente o suporte dos organismos biológicos, mas é em si um verdadeiro ser vivo, até mesmo uma pessoa que reflete, que pensa e toma consciência de si mesma por meio de nós, por meio da humanidade, que seria então como sua cabeça, como seu cérebro pensante:

> O conceito da Terra Mãe, ou Gaia, como os gregos a batizaram antigamente, é um dos mais importantes entre os que o homem formulou ao longo da sua história. Sobre ele fundou-se uma crença da qual as grandes religiões ainda hoje são portadoras. O acúmulo de informações relativas ao meio ambiente natural e o desenvolvimento da ciência da ecologia nos levaram a formular a hipótese de que a biosfera poderia ser mais do que o conjunto de todos os seres vivos evoluindo em seu habitat natural: terra, água, ar... Se nós fazemos parte de Gaia, é interessante nos perguntarmos: "Em que medida nossa inteligência coletiva também é parte de Gaia? Será que, enquanto espécie, constituímos um sistema nervoso gaio e um cérebro capaz de antecipar conscientemente as modificações do meio ambiente?". Quer queiramos ou não, começamos a funcionar desse modo.

Como na *Teogonia* de Hesíodo, o planeta Terra é personificado, devolvido ao *status* de divindade sagrada dotada de inteligência e nome próprios. Na medida em que nós, humanos, somos parte da natureza, na medida em que dela somos apenas fragmentos disper-

---

8   Oxford University Press, 1979.

sos, porém cada vez mais ligados entre si (especialmente pelas redes sociais e pela *web*), as ciências e técnicas que desenvolvemos não devem ser concebidas como artefatos opostos à natureza, mas, ao contrário, como seu mais alto nível de consciência, como uma inteligência global autodotada. Assim, Gaia seria uma entidade que, por meio de um dos seus componentes, nomeadamente a humanidade, desenvolveria conhecimentos que lhe permitiriam proteger-se, adaptar-se e sobreviver:

> A evolução do *Homo sapiens*, com sua inventividade tecnológica e sua rede de comunicação cada vez mais sutil, aumentou consideravelmente o campo de percepção de Gaia. Graças a nós, hoje ela despertou e tem consciência de si. Viu o reflexo do seu belo rosto através dos olhos dos astronautas e das câmeras de televisão das naves espaciais em órbita. Não há dúvida de que compartilha nosso sentimento de deslumbramento e de prazer, nossa capacidade em pensar e especular de forma consciente e nossa insaciável curiosidade. Essa nova relação entre o homem e Gaia não está plenamente estabelecida. Ainda não somos uma espécie verdadeiramente coletiva, trancada e domada, parte da biosfera, como o somos enquanto criaturas individuais. No entanto, é possível que o destino da humanidade seja o de ser domado, de maneira que as forças ferozes, destruidoras e cúpidas do tribalismo e do nacionalismo se fundam em uma necessidade imperiosa de pertencer à comunidade de todas as criaturas que constituem Gaia.

Graças às redes inteligentes já implementadas pelo Google, não somente a inteligência coletiva da multidão se torna central,[9] mas os cenários de ficção científica elaborados há muito tempo por Isaac Asimov se tornarão plausíveis, porque as máquinas inteligentes substituirão a humanidade atual. Aqui, o pós-humanismo remete, então, não a uma melhoria da humanidade, mas a sua superação radical no

---

9   Ver Nicolas Colin e Henri Verdier, *L'âge de la multitude. Entreprendre et gouverner après la révolution numérique*, Armand Colin, 2012.

plano ao mesmo tempo intelectual e biológico. A pós-humanidade não terá quase nada mais humano, porque não será mais enraizada no vivo, sendo a lógica das novas tecnologias fundamentalmente a da *desmaterialização*. Assim, Kurzweil e seus discípulos supõem que a consciência se situará fora de qualquer substrato biológico corporal, que será possível armazenar a inteligência, a memória e as emoções em suportes informáticos de um tipo ainda a ser imaginado.

As teorias de Kurzweil, por mais hipersofisticadas que sejam, provocaram a crítica de tantos cientistas que, ao contrário do primeiro transumanismo, que não quer ter nada de ficcional, o trans/pós-humanismo da "singularidade" se parece mais com uma utopia fantástica, para não dizer uma fantasia delirante, do que com o racionalismo científico. Ademais, a ideologia da singularidade se baseia em grande parte em um materialismo filosófico que, como qualquer materialismo, reduz ingenuamente a consciência humana a um simples reflexo mecânico da maquinaria cerebral, como se o mistério da liberdade humana pudesse ser decifrado por máquinas capazes de passar no famoso teste de Turing (em suma, um teste no qual um humano dialogando com um computador não poderia mais saber se conversa com outro humano ou com uma máquina, já que as respostas desta última seriam apropriadas, inventivas, inteligentes e, claro, sensíveis). Pessoalmente, voltarei ao assunto de forma argumentada no próximo capítulo e no anexo deste livro; penso que o projeto é filosoficamente absurdo, porém é verdade que, desde sempre, sou muito crítico em relação ao materialismo, como mostra meu livro escrito em parceria com André Comte-Sponville, *A sabedoria dos modernos*. Todavia, a honestidade leva a dizer que toda a tradição do materialismo filosófico está em consonância com as hipóteses filosóficas em que se sustenta esse transumanismo do segundo tipo, já que também ela não vê entre a máquina e o cérebro, entre a matéria e a mente, senão uma diferença de grau, e não de natureza – o que, obviamente, não agrada ao humanismo espiritualista, em especial ao encarnado nas tradições religiosas.

Eis, por exemplo, a maneira como um pensador cristão, Jean Staune, em seu livro *Les clés du futur* (As chaves do futuro), resumiu, de modo muito justo a meu ver, as teses defendidas por Kurzweil e seus amigos. Com muita probidade intelectual, Staune começa por reconhecer, como acabo de fazer, que a hipótese de uma imitação perfeita da mente humana por máquinas é amplamente majoritária entre os pesquisadores das ciências cognitivas e outros especialistas da inteligência artificial, sendo o humanismo espiritualista, que se baseia no dualismo mente/matéria, por sua vez, amplamente minoritário:

> O raciocínio deles é o seguinte: com certeza, estamos muito longe de entender o cérebro humano, e sobretudo a maneira como dele pode surgir a consciência, esse sentimento, que todos nós temos, de existir e de querer continuar existindo. Mas, na teoria, não deve haver nada misterioso ou mágico nesse sentimento de existir que chamamos de consciência. Ele foi construído lentamente no decorrer de milhões de anos de evolução, como nos mostra a capacidade que um grande primata tem de se reconhecer no espelho, o que não ocorre com o cachorro. Um dia, graças a um estudo suficientemente avançado do cérebro, conseguiremos entender o funcionamento da consciência, e então poderemos fabricar uma máquina suscetível de alcançar o mesmo nível de consciência, portanto de evolução, que a espécie humana. Acreditar no contrário em nome de uma suposta especificidade humana seria uma posição reacionária, inspirada por crenças religiosas e "antiprogressistas" que sempre sofreram derrotas no plano científico e societal durante os séculos anteriores [...] Se for possível conceber uma máquina que seja, em todos os aspectos, equivalente a um ser humano, as consequências então serão espantosas e apavorantes [...].[10]

Espantosas, de fato, porque essa máquina poderia aprender por si só 24 horas por dia, reproduzir-se e fabricar outras máquinas, aperfeiçoar-se constantemente e, acima de tudo, como qualquer ser dar-

---

10   Jean Staune, *Les clés du futur*, Plon, 2015, com prefácio de Jacques Attali, p. 47.

winiano, sua primeira preocupação seria eliminar os seres suscetíveis de pôr fim à sua existência, de desligá-la, isto é, em primeiro lugar, nós, os humanos, hipótese ainda mais apavorante porque a máquina saberá ler todos os livros e todas as informações disponíveis sobre o planeta, até mesmo aquelas segundo as quais poderíamos querer acabar com ela!

Pensa que se trata de brincadeira?

Então tome conhecimento (via Google, claro...) da petição assinada em julho de 2015 por Bill Gates, Stephen Hawking e Elon Musk (ninguém mais, ninguém menos!), acompanhados na ocasião por cerca de mil eminentes cientistas, sobre os perigos crescentes de uma inteligência artificial que se tornaria "forte", por exemplo a dos famosos "robôs matadores", programados, como já o são alguns drones, para decidir por si sós, sem consultar nenhuma autoridade humana, quem deve ser eliminado, quem deve viver ou morrer. O mais notável nessa petição é que ela não emana, é o mínimo que se pode dizer, de personalidades hostis à ciência ou às novas tecnologias, mas, ao contrário, de tecnófilos convictos, alguns deles mostrando-se, contudo, apavorados com as consequências potenciais de suas próprias atividades. O que chama a atenção também é esse comentário de Bill Gates segundo o qual o que perturba "não é que a inteligência artificial (IA) suscite o temor, mas, ao contrário, que as pessoas não estejam apavoradas!", ao mesmo tempo que Elon Musk afirma o quanto a IA é "para a humanidade a maior ameaça existencial já inventada" – comentários que, em si, deveriam nos incentivar a levar a sério as reflexões transumanistas sobre a superação potencial da humanidade pela robótica, mesmo que apenas para refutá-las.

Por fim, existe também, dentro de todas as formas de transumanismo, como vemos se esboçar no item 7 da declaração "extropiana", um componente que se quer "pós-metafísico", ecologista, igualitarista, feminista e "antiespecista" (favorável aos direitos dos animais), uma sensibilidade totalmente em sintonia com a ideologia da "desconstrução" exportada para os Estados Unidos pelo "pensamento de 68", esse anti-humanismo à francesa que emprestou sua legitimação intelectual ao politicamente correto das universidades americanas em razão das suas críticas do humanismo clássico em todos os seus aspectos.

Esboço de um tipo ideal de transumanismo

Como já vimos, o movimento transumanista é diverso. Por isso, não é inútil propor uma espécie de retrato falado, ou, para usar uma terminologia mais exata, um "tipo ideal" que possa ressaltar os traços comuns sem apagar as divergências. Das definições/declarações que acabamos de citar já decorrem alguns princípios fundamentais ou, se quisermos, algumas características essenciais do transumanismo.

I – *Um novo tipo de eugenismo, de pretensão ética, que quer passar "do acaso à escolha" (From chance to choice)*

"Do acaso à escolha": por mais paradoxal que possa parecer, é mesmo por razões éticas que esse *slogan* fundador do transumanismo o leva a assumir plenamente um novo eugenismo – novo porque em todos os aspectos oposto ao eugenismo totalitário, exterminador e estatal que foi o dos nazistas, no qual ainda se pensa, como por reflexo condicionado, toda vez que se pronuncia a palavra. O eugenismo transumanista apresenta quatro diferenças essenciais em relação ao antigo: 1) Não é estatal, mas remete à liberdade individual, como sugere o título do famoso livro de Allen Buchanan et al., *From chance to choice*, em outros termos, à muito injusta e aleatória loteria natural à livre escolha da vontade humana. 2) Não é discriminatório, mas almeja, ao contrário, a equalização das condições, já que procura reparar as injustiças causadas aos humanos por uma natureza cega e insensível. 3) Inscreve-se, portanto, em uma perspectiva democrática: à igualdade econômica e social, ele pretende acrescentar a igualdade genética (daí o subtítulo do livro de Buchanan: "genética e justiça"). 4) Por fim, é o exato oposto do eugenismo nazista, já que não quer absolutamente eliminar os fracos ou os supostos "defeituosos", mas reparar, aumentar até as qualidades humanas, que a natureza distribui de maneira às vezes parcimoniosa e desigual.

Nessas condições, as críticas tradicionais do eugenismo, críticas que os transumanistas conhecem de cor, e as quais aliás compartilham amplamente, descambam. Quem se recusará a reparar genes patogênicos, portadores de doenças terríveis, no dia em que for possível, no genoma de células embrionárias? Quem se recusará ainda a melhorar a resistência do organismo humano contra o envelhecimento, aumentar suas capacidades perceptivas, intelectuais, ou mesmo dotar a espécie humana, por hibridação, de aptidões superiores em todos os compartimentos do jogo da vida? Os pais que persistissem, por razões morais ou religiosas, em recusar essas benfeitorias da ciência aos seus filhos não correriam o risco de um dia enfrentar as críticas destes? Eis o que Gilbert Hottois, defensor de um transumanismo "de face humana", escreve de maneira significativa sobre o assunto:

> O eugenismo racista não tinha nenhuma base científica; negava a igualdade essencial das pessoas; não respeitava a autonomia dos pais: era um eugenismo estatal. A questão do eugenismo deve ser reconsiderada hoje, afirmando-se a liberdade individual e parental, a dignidade igual das pessoas e a preocupação fundamental de corrigir as desigualdades contingentes naturais. Até agora, de fato, a justiça (re)distributiva se limitou à exigência de um reequilíbrio compensatório das diversas desigualdades: por um lado, as desigualdades decorrentes da "loteria social" (inclusive a luta contra as discriminações: sexo, gênero, etnia, raça, religião); por outro lado, as desigualdades causadas pela "loteria natural" (saúde, dons etc.), sem poder intervir nesta última. Até aqui procedemos de maneira "externa", por compensações em dinheiro, tratamentos gratuitos, ensino especial etc. A genética deveria proporcionar a crescente possibilidade de corrigir as próprias desigualdades naturais, seja prevenindo-as (eugenismo negativo), seja por terapia genética ou eugênica positiva. Tratar-se-á no futuro de passar da redistribuição de recursos puramente sociais à redistribuição de recursos naturais (em suma, os genes). Obviamente, tudo isso permanece muito especulativo, mas a questão se tornará cada vez mais presente: podemos, devemos in-

tervir, em nome da justiça e da igualdade das possibilidades, na loteria natural?[11]

Evidentemente, o transumanismo responde a essa pergunta afirmativamente – no que, longe de rejeitar o eugenismo em nome da ética, cumpre antes um dever moral, desde que, evidentemente, seja concebido em um sentido igualitarista, "melhorativo", não estatal e livremente decidido por aqueles que a ele desejarão recorrer.

Tudo isso sem dúvida ainda é "especulação", como diz Hottois. Mas os rápidos e espetaculares progressos na área da genética e das novas tecnologias nos obrigam a antecipar desde já essas questões, como reconhecem todos os que têm interesse no assunto, sejam defensores ou críticos do transumanismo. Não digo que elas sejam simples, nem que as interrogações sobre os limites da ciência sejam ilegítimas. Ao contrário, nunca deixarei de repetir e desenvolver ao longo deste livro que sua complexidade é fenomenal, enquanto o problema da sua limitação e regulação é crucial. Mas quem pode fingir que, uma vez abertas pelos progressos da pesquisa tantas possibilidades de eugenismo, ninguém será tentado a atualizá-las, a passar do virtual ao real? É provável que uma grande maioria de pais esteja tentada pelo projeto de melhoria dos filhos, mesmo que apenas para que estes não sejam desfavorecidos em relação aos outros – o que deveria nos levar a questionar, desde já, como faremos nos próximos capítulos, os limites *coletivos, isto é, políticos*, não dos progressos da tecnociência em si, mas suas consequências potenciais no plano ético.

Ainda mais porque alguns cientistas, como Laurent Alexandre, vão além de Buchanan. De fato, se adotarmos o ponto de vista da teoria sintética da evolução, a recorrência a manipulações genéticas possíveis por meio da biotecnologia não seria mais uma opção, uma simples escolha possível entre outras, mas uma necessidade absoluta para a sobrevivência da espécie por causa do enfraquecimento da seleção natural em nossos países ultracivilizados e medicalizados:

---

11   Gilbert Hottois, *Le transhumanisme est-il un humanisme?*, editora da Academia Real da Bélgica, 2014, p. 54-55.

> O fim da seleção darwiniana é uma situação inédita na história do mundo, e nos falta ponto de comparação que permita prever o que vai acontecer [...]. O homem, como as demais espécies, não está a salvo da regressão: ela já começou em características que não estão mais submetidas à pressão da seleção. Um exemplo, entre outros: a perda do olfato. Nosso sentido do olfato hoje é mil vezes menos potente que o do cachorro. Entretanto, há milhões de anos, não era menos eficiente que o dos outros mamíferos... Por trás desse enfraquecimento da seleção natural, a degradação do nosso genoma vai afetar particularmente nosso sistema nervoso central e nossas conexões neurais. É por isso que a tecnomedicina que se antevê não é uma escolha, mas verdadeiramente uma necessidade. [...] O risco, de fato, é certo em longo prazo: a replicação do DNA não conhece o zero defeito, e o sentido dos defeitos é imprevisível.[12]

Portanto, passar do acaso (da loteria natural) à escolha (às decisões humanas) será inevitável se quisermos compensar inteligentemente os efeitos negativos da regressão da seleção natural já organizada por nossas sociedades civilizadas.

II – Antinaturalismo: não somente o progresso indefinido é desejável, mas, longe de se limitar a reformas políticas e sociais, deve agora incidir sobre nossa natureza biológica
Sem mal-entendido: a palavra "antinaturalismo" é ambígua e precisa ser esclarecida aqui. Significa de fato que, para os transumanistas, a natureza não é sagrada, motivo pelo qual nada proíbe modificá-la, melhorá-la ou aumentá-la. É até mesmo, como vimos, um dever moral. O genoma humano, portanto, não é um santuário, e desde que as modificações que poderíamos fazer nele sigam o bom senso, o da liberdade e da felicidade humanas, não existe nenhum motivo para proibi-las, mas, ao contrário, deveríamos favorecê-las. Isso dito, em outro sentido, o transumanismo é obviamente "naturalista", já que é filosoficamente materialista, o que significa que, diferentemente dos filósofos

---

12   Laurent Alexandre, *A morte da morte*, op. cit., p. 175-80 (Manole, 2018).

espiritualistas e das doutrinas de liberdade entendida no sentido do livre-arbítrio, ele considera que o ser humano não é em absoluto um ser "sobrenatural", fora da natureza, mas, ao contrário, inteiramente determinado por sua infraestrutura biológica. Quando dizemos que o movimento transumanista é "antinaturalista", é portanto apenas no sentido de que ele almeja explicitamente uma melhoria do ser humano pela ciência e pela técnica, um aumento que transcenderia os limites supostamente "naturais" que são os seus inicialmente. Por motivos morais, de novo, como no caso do eugenismo positivo, devemos tanto quanto possível caminhar para mais inteligência, sabedoria, duração de vida, felicidade, em suma, devemos constantemente transgredir os limites naturais desde que seja para o bem da humanidade – no que o transumanismo pode justamente, como já dissemos, apoiar-se na noção de perfectibilidade que encontramos em Pico della Mirandola, Ferguson, Rousseau ou Condorcet, isto é, na ideia de que o homem, não sendo em nada determinado inicialmente, pode se tornar tudo, pode e deve construir seu destino.

Daí também o fato de o transumanismo se opor não somente ao humanismo cristão, mas igualmente a todas as formas de sacralização da natureza, como destaca Max More em sua declaração transumanista de princípios extropianos: "Estamos indo mais longe do que a maior parte dos humanistas clássicos na medida em que propomos modificações essenciais da natureza humana" – porque, acrescenta (em outro ensaio intitulado *On becoming posthuman*) – "a humanidade não deve parar por aí, esta é apenas uma etapa na trilha da evolução, não o topo do desenvolvimento da natureza".

Encontramos os mesmos temas na "Declaração de princípios extropianos 3.0":

> Os extropianos contestam as afirmações tradicionais segundo as quais deveríamos conservar a natureza humana inalterada de maneira a nos conformar à "vontade de Deus" ou àquilo que é considerado "natural". Como nossos primos intelectuais, os humanistas, procuramos o progresso constante em todas as direções. Vamos além de alguns humanis-

tas, propondo algumas alterações da natureza humana, na busca desse progresso. Questionamos as restrições de ordem biológica, genética e intelectual que pesam no nosso progresso potencial.

Em geral, o transumanismo apresenta quatro rupturas mais ou menos radicais com as formas tradicionais do humanismo: a) primeiro, a passagem do terapêutico ao melhorismo, da qual já falamos; b) em seguida, o fato de que, quando se trata de passar do "sofrido passivamente" ao "controlado ativamente" (*from chance to choice*), a escala histórica considerada não é mais social, política ou cultural, mas é a da teoria da evolução, bem diferente, que aqui serve de referência; c) um terceiro elemento é que para os transumanistas não existem direitos naturais vinculados a qualquer natureza humana (algo que será contestado por seus críticos tradicionalistas, começando por Fukuyama e Sandel); d) por fim, fica claro que a melhoria da humanidade não almeja somente o social, o político ou o cultural, nem mesmo somente a natureza ambiente externa, mas verdadeiramente nossos dados biológicos "internos".

No entanto, isso não muda o fato de que, como já vimos, uma filiação ao humanismo antinaturalista de Pico della Mirandola ou Condorcet é, ao mesmo tempo, real e assumida como tal.

III – A busca da "*vida sem fim*", de Gilgamesh até nós: a imortalidade aqui na Terra e pela ciência

Obviamente, a luta contra a velhice e a morte faz parte do projeto transumanista. Trata-se de fazer transitar o desejo de imortalidade da mitologia e da religião para a ciência. Vários autores fazem referência à *Epopeia de Gilgamesh*, texto muito antigo que, na maioria das vezes, ainda não faz parte da cultura geral dos ocidentais, embora ocupe o lugar de um clássico indispensável em outras civilizações. Trata-se de uma obra grandiosa, o primeiro romance escrito na história da humanidade, cujos fragmentos originais foram redigidos no século XVIII a.C. – dez séculos antes da *Odisseia* de Homero, onze (ou treze) séculos antes da redação da Bíblia – em sumério, em escrita cuneiforme gravada com a ajuda de pequenas cunhas em tabuletas de argila. Essas tabuletas foram descobertas e decifradas no século XIX. Assim como a *Odisseia*, A *epopeia de Gilgamesh* é uma narrativa filosófica. Conta a história lendária do grande rei de Uruk, que descobre, quase ao mesmo tempo, o amor arrebatador e a terrível prova do luto pelo ente querido. Trata-se, portanto, de uma história de amizade, até de paixão amorosa, como só encontramos na literatura romanesca. Após ter conhecido a felicidade de amar e ser amado, o infeliz soberano assiste impotente à morte de seu amigo, de seu *alter ego*, Enkidu, o que o leva a uma reflexão sobre o sentido da vida. Num primeiro momento, é mais em termos de religião que ele se questiona. Ele começa pela busca desesperada da imortalidade, um remédio contra a irreversibilidade da morte. Ouviu falar de um homem, um certo Utanapisti, que teria escapado do Dilúvio e que os deuses teriam tornado imortal. Parte à procura desse homem para tentar arrancar dele seu segredo. Mas logo entende que essa busca é inútil, que a imortalidade é definitivamente inacessível aos mortais. Passará, então, de uma problemática que poderíamos chamar de religiosa (a busca da imortalidade) para uma problemática laica, filosófica (como aceitar a morte sem, no entanto, abandonar a busca de uma vida boa).

Mas, acima de tudo, é a uma fábula mais recente que os transumanistas se referem: *The fable of the dragon-tyrant* (A fábula do dragão-tirano), de Nick Bostrom, pequeno conto filosófico fácil de encontrar na internet.

O que ele nos diz?

Escrito no estilo dos mais clássicos contos de fadas (começa, como se deve, pelo indispensável *Once upon a time*, "Era uma vez"), conta a história de um dragão aterrorizante ao qual se deve todo dia oferecer um tributo de 10 mil infelizes mortais. Alguns são devorados imediatamente, outros esperam um fim atroz, às vezes durante meses, em uma jaula insalubre, cheia de sofrimentos e tormentos (símbolo da doença e da velhice que antecedem a morte). Mas as vítimas não são as únicas a sofrer:

> A miséria causada pelo dragão-tirano era incalculável. Mas, além dos 10 mil que todo dia eram mortos de maneira atroz, havia mães e pais, ma-

ridos e esposas, filhos e amigos que ficavam para trás, chorando a perda daqueles que amavam.

Como logo se entende, esse dragão obviamente não é senão a própria morte. Bostrom gosta de descrever como, diante dele, os humanos passam por várias atitudes: primeiro, a resignação e a submissão diante do inelutável; a colaboração com o inimigo, em seguida. Então, a revolta, prolongada por uma suposta vitória, de fato bem fictícia e ilusória, que nos oferecem as religiões, assegurando-nos da "morte da morte", prometendo-nos uma vida eterna, o reencontro com os entes falecidos, porém mais tarde, após essa vida terrestre, no além – trecho crucial da fábula em que medimos tudo o que opõe o transumanismo às religiões monoteístas, as quais, aliás, sem a menor cerimonia, dão-lhe o troco: não somente sempre se mostraram hostis a qualquer forma de manipulação do ser vivo (até mesmo às simples e banais procriações medicamente assistidas, que a Igreja segue condenando constantemente como pecados mortais, como se pode ler no catecismo oficial do Vaticano), mas está claro que, se a ciência um dia conseguisse vencer realmente a morte, não somente em pensamento e no além, mas aqui e agora, nesta Terra e não no céu, este seria um golpe terrível para as doutrinas religiosas da salvação.

Mas é exatamente essa última etapa que a fábula anuncia, esse momento da história humana em que os progressos da tecnociência poderiam um dia permitir aos desafortunados mortais que ainda somos aniquilar o terrível dragão – filósofos e teólogos tradicionais esforçam-se para derrotar esse projeto revolucionário e invocam o sacrilégio que seria modificar o santuário que, a seus olhos malevolentes, constitui a sacrossanta natureza humana (traduzo aqui livremente o fim da fábula de Bostrom):

> As histórias dedicadas à velhice são centradas tradicionalmente na necessidade de se acomodar a ela, de se acostumar a ela com humildade e gratidão. A solução recomendada para a diminuição da vitalidade e a morte iminente era uma resignação acompanhada de um esforço para

pôr em ordem, antes da partida, as coisas e as relações com os próximos. Numa época em que de fato nada podia ser feito para prevenir ou adiar o envelhecimento, essa perspectiva fazia sentido. Em vez de se angustiar diante do inevitável, era possível almejar a paz de espírito. Mas hoje a situação é diferente. Embora ainda nos faltem meios efetivos e aceitáveis de adiar o processo de envelhecimento, podemos, contudo, identificar as direções de pesquisa que poderiam levar ao desenvolvimento desses meios em um futuro previsível. As histórias e ideologias mortíferas que nos recomendam uma aceitação passiva não têm mais nada a ver com fontes de consolo inocentes. Tornaram-se barreiras fatais a uma necessidade urgente de ação!

E de fato, por mais estranho que possa parecer, muitos pesquisadores pensam hoje que o problema que preocupa a humanidade desde sempre, o da morte, não pertence mais à mitologia, à religião ou à filosofia, mas à medicina e à biologia, mais precisamente às famosas NBIC, sobre as quais já falamos. Na opinião deles, a imortalidade poderia um dia, até mesmo no próximo século, deixar o céu dos deuses para descer à Terra dos homens. Essa é em essência a tese brilhantemente defendida por Laurent Alexandre no livro de título explícito: *A morte da morte*, já citado. Sem entrar aqui nos detalhes desse livro ainda mais significativo porque se esforça em não tomar nada emprestado à ficção científica, interessando-se por aquilo que, desde já, está estabelecido de maneira factual, científica e acessível em domínio público, o fio condutor que ele segue até seus últimos prolongamentos é o seguinte: graças à convergência dessas novas tecnologias, cuja realidade é ainda quase ignorada pelo grande público, a morte poderia no futuro ser vencida. Obviamente, ainda estamos bem longe disso. Ademais, por enquanto, nenhuma experimentação verificável permite em absoluto afirmá-lo. Também é evidente que, mesmo que conseguíssemos controlar o envelhecimento do organismo, a morte ainda permaneceria possível em caso de acidente, suicídio ou atentado. Mas não viria mais de dentro, somente de fora, por inadvertência, como as seis grandes inovações já existentes em nossos laboratórios permitem imaginar.

Primeiramente, a da genômica, com os incríveis progressos do sequenciamento do DNA, assim como das terapias genéticas. O primeiro sequenciamento de um genoma humano, realizado no ano 2000, custou 3 bilhões de dólares. Hoje, esse custo caiu para 3 mil dólares, e será insignificante antes do fim desta década. Logo poderemos detectar a maior parte das doenças genéticas, e portanto prevenir algumas delas, ou até um dia reparar genes defeituosos graças a uma cirurgia genética que, também, tem progredido a passos largos nos últimos anos. Em seguida, são as nanotecnologias que logo vão apoiar a medicina, fabricando nanomáquinas milhares de vezes menores que o diâmetro de um fio de cabelo. Uma vez colocadas em nosso organismo, poderão diagnosticar e reparar nossos defeitos. A terceira revolução é a dos *big data*, com o surgimento de computadores superpotentes que permitirão comparar entre si bilhões e bilhões de células, abrindo assim o caminho para uma medicina personalizada, adaptada tanto a cada doença como a cada doente. A quarta direção de pesquisa é a da robótica, que, com a ajuda das outras tecnologias, reforçará como nunca as possibilidades de hibridação do homem com as máquinas. A pesquisa sobre as células-tronco abrirá o caminho para a medicina reparadora, enquanto, sexto elemento, os progressos da inteligência artificial levarão inevitavelmente ao surgimento de um "homem aumentado". Ao contrário da crença comum, portanto, a morte não seria totalmente inelutável. Ouve-se dizer com frequência: "A única coisa certa é que vamos morrer", mas essa frase, pronunciada com a segurança de quem se acha dono da razão, é um estereótipo que ninguém conseguiu demonstrar totalmente.

 É certo que, como todos os processos biológicos selecionados pela evolução, a morte tem sua utilidade, sua função: a sucessão das gerações permite, entre outras coisas, relançar a cada vez os dados do acaso genético, favorecendo, desse modo, em uma óptica darwiniana, o surgimento de mutações úteis, de "monstros bem-sucedidos". Embora os obstáculos a esse projeto hoje ainda pareçam consideráveis, entretanto, nada nos proíbe *a priori* de pensar que o homem, em sua vontade de dominar o mundo como domina a si mesmo, não possa um dia se arrogar finalmente o poder exorbitante de dominar a morte.

Esta é, pelo menos, a esperança que anima o transumanismo, como resume Laurent Alexandre no livro que acabamos de mencionar:

> Daqui a algumas décadas, as nanotecnologias vão nos permitir construir e reparar, molécula por molécula, tudo o que é possível imaginar. Não somente os objetos usuais, mas também os tecidos e os órgãos vivos. Graças a essas revoluções concomitantes da nanotecnologia e da biologia, cada elemento do nosso corpo se tornará reparável, em parte ou na totalidade, como peças avulsas. [...] Os quatro componentes das NBIC se fertilizam mutuamente. A biologia, e em especial a genética, aproveita-se da explosão das capacidades de cálculo informático e das nanotecnologias indispensáveis para ler e modificar a molécula do DNA. As nanotecnologias se beneficiam dos progressos da informática e das ciências cognitivas, que, por sua vez, se constroem com a ajuda dos demais componentes. De fato, as ciências cognitivas utilizarão a genética, as biotecnologias e as nanotecnologias para entender e então "aumentar" o cérebro e elaborar formas cada vez mais sofisticadas de inteligência artificial, talvez diretamente ligadas ao cérebro humano. [...] Implantados aos milhões em nosso corpo, nanorrobôs nos informarão em tempo real qualquer problema físico. Serão capazes de estabelecer diagnósticos e de intervir. Circularão pelo corpo humano, limpando as artérias e expulsando resíduos celulares. Esses robôs médicos programáveis destruirão os vírus e as células cancerígenas.

E tudo isso poderia progredir mais rapidamente do que ainda há pouco acreditávamos. Aliás, pouco importa que "o homem que vai viver mais de mil anos" seja para o próximo século ou o seguinte. Em princípio, isso não muda nada, em absoluto. O que conta no raciocínio transumanista é que essas revoluções estão a caminho, e a questão de saber se são legítimas, se devemos financiá-las ou não, incentivá-las ou interrompê-las, já está em pauta.

Como tenho sugerido desde a Introdução, ninguém ignora que existem várias objeções científicas à própria possibilidade da "morte da morte", em especial por causa da utilidade desta do ponto de vista darwiniano, e também porque o organismo é um todo de complexidade infinita, de modo que reparar suas partes isoladamente poderia provocar efeitos perversos em cadeia, os quais nada garante que poderão ser controlados. Ademais, o cérebro humano é tão complexo que mal se vê como frear os processos de senescência que o aguardam fatalmente com a idade. Tudo isso é justo, mas acontece que, em princípio – esta é pelo menos a convicção dos transumanistas –, não há nenhum motivo "racional" para fixar a priori limites absolutos à pesquisa científica, e se julgarmos pelos progressos realizados pela biologia ultimamente, nada permite afirmar com certeza que as pesquisas sobre o envelhecimento não conhecerão progressos comparáveis nas próximas décadas e séculos. O que é certo, no entanto, é que um caminho se abriu e que será difícil fechá-lo.

Obviamente, uma tal eventualidade já provoca inúmeras reações de hostilidade, primeiro por parte das religiões, que correm o risco de perder boa parte de sua razão de ser, mas também em vários outros planos – demográfico, econômico, ecológico, metafísico, ético, político, dos quais trataremos no próximo capítulo. Resta que, não tendo o dragão-tirano os favores da maioria dos mortais, é provável que, se um dia estivermos na posição de aniquilá-lo, ou mesmo de enfraquecê-lo de algum modo, muitos de nós estariam interessados em um projeto ao qual, como vemos, não faltam nem escala nem otimismo.

IV – Um otimismo tecnocientífico inabalável: o ideal do "solucionismo"

Contra todas as formas de pessimismo que levam ao "bioconservadorismo", contra as ideologias do declínio e do regresso à idade dourada, o transumanismo manifesta uma fé no progresso comparável à que animava filósofos e eruditos no tempo do Iluminismo. Como afirma Nick Bostrom em um ensaio intitulado *Human genetic enhancements: a transhumanist perspective* ("Melhoria genética do ser humano: uma perspectiva transumanista"):

> A engenharia germinal humana terá certamente algumas consequências negativas que não previmos ou não pudemos prever. Apesar disso, é evidente que apenas a presença de alguns efeitos negativos não é em

absoluto motivo suficiente para se abster. Todas as tecnologias maiores implicam alguns efeitos negativos, alguns efeitos perversos. Mas o mesmo ocorrerá se escolhermos manter o *statu quo*. Somente uma comparação justa de custos e vantagens possíveis permitirá chegar a uma decisão justa, baseada em uma análise em termos de custo-benefício.

O humanismo do Iluminismo já valorizava o desenraizamento da natureza, então por que parar no meio do caminho? Por que não ir até o fim? E o que há de pior, moralmente, do que a seleção darwiniana, essa eliminação dos desviados, como os mais fracos, defendida pelos nazistas? De resto, já compreendemos que ela tendia a atenuar-se na civilização ocidental moderna e que isso implicava que o projeto de domínio pelos homens do seu próprio material genético deveria ir até o fim se quisessem evitar sua deterioração irreversível.

Nesse contexto, não é em nada surpreendente que os apaixonados por novas tecnologias, a começar pelos grandes diretores das empresas multinacionais que carregam suas cores, tenham se reconhecido nesse otimismo do progresso.

Eis, por exemplo, um trecho de um discurso pronunciado em 2011 diante do MIT por Eric Schmidt, o CEO da Google:

> Quando se evoca a tecnologia, não se trata mais verdadeiramente de *softwares* nem de materiais, mas da utilização que se faz dessa enorme quantidade de dados armazenados no intuito de tornar o mundo melhor.

Em outra conferência, pronunciada um ano depois, Schmidt levou o assunto ainda mais adiante: "Se fizermos a coisa certa", garantiu ele, "penso que poderemos reparar todos os problemas do mundo".

E, no mesmo sentido, esta reflexão de Mark Zuckerberg, fundador do Facebook:

> Como o mundo está sendo confrontado com vários desafios maiores, o que tentamos implantar enquanto empresa é uma infraestrutura sobre a qual poderemos nos apoiar para resolver alguns deles.

Essa convicção – é preciso confessar, às vezes bastante ridícula: voltaremos a tratar disso no próximo capítulo – segundo a qual o progresso das ciências e das técnicas vai poder "resolver todos os problemas do mundo" tornou-se tão forte no Vale do Silício que acabaram por lhe dar um nome, por batizá-la como se fosse uma verdadeira doutrina filosófica: fala-se agora em "solucionismo" para designar essa fé tecnófila inabalável nas virtudes reencontradas do progresso. Quais são os problemas para os quais esse novo otimismo pretender trazer soluções? De fato, como diz Schmidt, aproximadamente, todas as dificuldades que contaminam o planeta poderiam, segundo ele, encontrar uma solução favorável se quiséssemos investir ainda mais nas novas tecnologias: os acidentes de trânsito graças ao carro sem motorista, o famoso "Google car"; o câncer, graças à medicina personalizada permitida pelos *big data*; mas também a obesidade, a insônia, as epidemias, as catástrofes humanitárias, os acidentes de avião, a criminalidade, o terrorismo, o aquecimento global, a poluição, a fome no mundo, a assistência domiciliar a pessoas dependentes, idosas ou que sofrem de deficiência, a velhice e, por que não, a morte? Potencialmente, as novas tecnologias poderão resolver tudo, tal é o otimismo, às vezes delirante, que anima o transumanismo, assim como aqueles que pretendem financiá-lo. Os defensores desse projeto, que se mostra como sendo grandioso, fazem de tudo para que se esqueça a dimensão econômica, para não dizer mercantil, que o anima, pois os desafios comerciais das novas tecnologias são simplesmente colossais. Como insiste frequentemente Zuckerberg, "ninguém acorda com a meta de fazer dinheiro" – mas é preciso reconhecer que ele já tem tanto dinheiro que seria difícil entender como isso poderia despertá-lo...

V – Um racionalismo materialista, determinista e ateu
Assim, o transumanismo é, na esteira desse otimismo, um racionalismo absoluto, uma visão de mundo que, em geral, pretende ser ao mesmo tempo determinista e ateia, que privilegia, como na época do Iluminismo, o espírito crítico contra a fé cega, o autoritarismo e o dogmatismo vinculados a todas as formas de tradicionalismo e de argumentos de

autoridade. "Nem Deus, nem mestre": esse poderia ser seu lema. Na linguagem corrente, a palavra "materialismo" tem má fama. Designa em geral uma visão de mundo à qual falta altivez de vista, de ideal, uma doutrina que incentiva a vulgaridade, que se interessa apenas pelo dinheiro e pelos prazeres medíocres.

No sentido filosófico, o materialismo não tem nada a ver com isso.

Define, sim, uma atitude de pensamento, uma posição intelectual que consiste em postular que a vida do espírito é ao mesmo tempo *produzida* e *determinada* por uma realidade mais profunda que ela, mais "material" justamente, que essencialmente se confunde com a natureza e a história, com a dimensão biológica da nossa existência e os dados sociológicos relativos aos meios sociais e familiares aos quais pertencemos. Falando claramente: o materialismo defende a opinião segundo a qual todas as nossas ideias, por exemplo nossas convicções religiosas e políticas, mas também nossos valores morais, nossos julgamentos estéticos e nossas escolhas culturais, não são livremente estabelecidos e assumidos por nós. De fato, são apenas *produtos inconscientes* de realidades mais profundas que nos determinam sem que o saibamos, *reflexos* do nosso meio social ou da nossa infraestrutura neural que, materialmente, as condicionam de um extremo ao outro. Em outras palavras, para o materialista, não há nenhuma verdadeira autonomia do pensamento, nada que se pareça com algo como uma "transcendência" das nossas ideias em relação ao nosso meio ambiente biológico e histórico, mas somente uma ilusão de autonomia. Mesmo quando considera a complexidade dos fatores que participam da produção dessas ideias, o materialismo deve assumir dois traços característicos fundamentais: o *reducionismo* e o *determinismo*.

Vamos agora nos ater a essa questão.

De fato, qualquer materialismo é, em um momento ou outro, um *reducionismo*, já que consiste em *reduzir* ideias, vividas como "grandiosas" por aqueles que as defendem, às realidades materiais que as geraram e que, em geral, são triviais. Por exemplo, um biólogo materialista procurará certamente os "fundamentos naturais da ética", para retomar uma expressão cara a Jean-Pierre Changeux. Há, portanto, uma redução do grandioso ao trivial, do consciente ao inconsciente, do dizível ao inconfessável, em suma, *do espiritual ao material* – daí a pertinência da palavra "materialismo". Para dizê-lo em termos um tanto diferentes: aos olhos de um autêntico materialista, assim como não há transcendência em relação à matéria, não existe o *absoluto*, somente o *relativo*. No sentido etimológico, o absoluto designa o que está separado, desprendido de tudo, o que é transcendente em relação a qualquer matéria. Para o materialista, essa ideia é em si uma mentira, na melhor das hipóteses uma ilusão, porque tudo é somente *relativo a uma realidade material*, todas as nossas ideias, todos os nossos valores, aliás, vêm apenas do nosso pensamento supostamente livre e autônomo. Vêm da nossa biologia e da nossa história, do nosso corpo e do nosso meio social.

Como destaca em seu *Dicionário filosófico* um dos nossos melhores filósofos materialistas atuais, André Comte-Sponville, com a honestidade e a clareza que lhe são costumeiras:

> Se entendemos por reducionismo [...] a negação de qualquer autonomia absoluta dos fenômenos humanos, o materialismo não poderia, sem deixar de ser materialista, abrir mão dele.

De fato.

Pelo mesmo motivo, qualquer materialismo é também um *determinismo*, no sentido de que pretende mostrar como as ideias e os valores dos quais acreditamos dispor livremente, como se fôssemos seus próprios autores, impõem-se a nós, na verdade, segundo mecanismos inconscientes que o trabalho da filosofia materialista consistirá exatamente em revelar. É por isso que o materialismo rejeita, antes de mais nada, a noção de livre-arbítrio, a ideia de que poderíamos *escolher* de maneira soberana entre várias opções possíveis, a ideia, consequentemente, de que seríamos responsáveis por nossos atos. A seu ver, somos em tudo, sem exceção, determinados por esses dois grandes determinismos constituídos por nossa natureza biológica e nosso meio social.

É, de novo, o que André Comte-Sponville explica muito bem ao comentar o livro I da Ética de Spinoza – filósofo que ele considera, com razão a meu ver, o pai fundador do materialismo moderno:

> O homem não é um império em um império: é apenas uma parte da natureza cuja ordem ele segue [...] Quem condenaria moralmente um eclipse ou um terremoto? E por que deveríamos condenar mais um assassinato ou uma guerra? Porque os homens são responsáveis por eles? Digamos que eles são as causas, que por sua vez o são por causa de outras, e assim por diante (Ética, I, 28). Não há nada de contingente na natureza (Ética, I, 29), nem portanto nada de livre na vontade (Ética, I, 32 e II, 48): os homens só se acreditam livres de querer porque ignoram as causas da sua volição. [...] Assim, a crença no livre-arbítrio é apenas uma ilusão, e é por isso que toda moral (se entendermos por isso aquilo que autoriza a condenar ou a louvar absolutamente um ser humano) também é ilusória.

No entanto, a novidade em relação ao materialismo de Spinoza é que o materialismo contemporâneo, que domina amplamente a corrente transumanista, alimenta-se prontamente das ciências. Desse ponto de vista, há no mundo hoje em dia dois grandes materialismos: um materialismo histórico-sociológico, que se enraíza nas ciências humanas e considera que somos determinados pelo contexto histórico, o meio social nos quais fomos educados; e um materialismo naturalista, que pensa poder ir ainda mais longe que o primeiro, ou, pelo menos, completá-lo utilmente ao afirmar que, em última instância, é o nosso código genético que determina o essencial daquilo que somos. Aliás, esse segundo materialismo não rejeita o primeiro, no sentido de que pode reservar também um lugar considerável ao meio e à educação. Simplesmente, ele tende a pensar que esse lugar, mesmo que crucial, permanece mais ou menos secundário em relação ao peso específico da realidade biológica em nós. É por isso também que, longe de se excluírem mutuamente, esses dois grandes materialismos contemporâneos costumam caminhar lado a lado (embora às vezes briguem pela precedência), para chegar à conclusão de que o ser humano não *possui* uma história e um corpo, e sim que ele é pura e simplesmente essa história e esse corpo, e nada mais.

É essa convicção materialista que autoriza os transumanistas do segundo tipo a pensar que, sendo o cérebro uma máquina como qualquer outra, simplesmente mais complexa, os computadores um dia conseguirão pensar como nós, imitar-nos e talvez sentir nossos sentimentos e emoções, ainda por cima, com uma potência de cálculo milhares de vezes superior à nossa, e com uma resistência quase infinita aos estragos do tempo.

VI – Uma ética utilitarista e libertária que navega de modo mais ou menos coerente entre o neoliberalismo e a social-democracia

Se é verdade que existe uma filiação entre o transumanismo e as revoltas libertárias dos anos 1960, não é surpreendente que esse movimento considere que é "proibido proibir", que reivindique o direito absoluto que qualquer indivíduo teria de escolher, de passar em total liberdade "do acaso à escolha". Dir-se-á que esse apelo à liberdade está em total contradição com tudo aquilo que acabamos de dizer a respeito do materialismo e do determinismo. É verdade, pelo menos aos olhos de um defensor do livre-arbítrio. Mas o materialismo sempre se acomodou a esse tipo de contradição. Como já dizia Spinoza, é preciso mesmo utilizar na vida corrente o vocabulário do livre-arbítrio, não há como ser de outro modo, porque essa ilusão é inerente à condição humana. É preciso simplesmente não se iludir e saber que se trata de uma ilusão, que nossas decisões não decorrem do livre-arbítrio, mas de volições enraizadas em causas materiais.

Todavia, deixemos de lado esse debate metafísico para nos atermos às conotações políticas desse ideal liberal/libertário que os transumanistas não param de proclamar, como destaca Max More em seu manifesto intitulado *The extropian principles version 3.0. A transhumanist declaration* (Os princípios extropianos versão 3.0. Uma declaração transumanista):

A autonomia individual e a responsabilidade vão par a par com a autoexperimentação. Os extropianos assumem suas responsabilidades diante das consequências de suas decisões livres. [...] A experimentação e a autotransformação não ocorrem sem que se assumam riscos, mas desejamos ser livres para avaliar por nós mesmos esses riscos potenciais, assim como as vantagens, para emitir nossos próprios julgamentos e assumir a responsabilidade por suas consequências. Insurgimo-nos com força contra qualquer coerção vinda daqueles que desejariam impor suas opiniões a respeito da segurança ou da realização da autoexperimentação.

Discurso tipicamente anos 1960 desse individualismo revolucionário que não se importa com o coletivo e se recusa a considerar o fato, no entanto evidente, de que modificações radicais no patrimônio genético de certa categoria da população não poderiam não ter consequências sobre o restante da população. Dito isso, em todos os lugares em que existiram no Ocidente, as revoltas libertárias tiveram dois filhos mais ou menos legítimos: o ultraliberalismo, de um lado, e, de outro, a social-democracia igualitarista, como destaca com justiça Gilbert Hottois, o qual, como se nota na leitura da seguinte citação, é mais favorável à segunda vertente:

> Uma corrente importante do transumanismo foi e permanece profundamente apegada ao individualismo liberal, até neoliberal, e mesmo libertário. Essa tendência, que se proclama prontamente como apolítica, está *de facto* próxima do tecnocapitalismo futurista das grandes companhias americanas multinacionais. [...] Simultaneamente, os transumanistas socialmente sensíveis entendem que não devem ignorar os grandes problemas sociais da pobreza, da injustiça, da desigualdade e do meio ambiente. [...] É preciso lutar em ambas as frentes: humanismo tradicional e transumanismo. Um sonho transumanista consiste em conciliar individualismo e socialismo: a melhoria (também afetiva, emocional e moral, claro) livremente desejada dos indivíduos levará progressivamente à melhoria global da sociedade e da humanidade. Segundo essa óptica, os transumanos não devem ser temidos, mas deseja-

dos. Entre apolitismo de tendência tecnocrática, liberalismo e neoliberalismo, libertarianismo e social-democracia, o posicionamento político do transumanismo permanece irredutivelmente diverso, até contraditório, apesar dos esforços de unificação operados pela World Transhumanist Association.[13]

A verdade é que essa dimensão aparentemente contraditória da ideologia política transumanista se explica muito bem, como acabo de sugerir, quando a recolocamos em sua filiação a "68"[14]. Isso dito, talvez não esteja aí o essencial: porque se a exigência de liberdade individual é ao mesmo tempo o motor e a reinvindicação primeira do transumanismo, seu enfoque final, seu objetivo último, situa-se claramente em uma perspectiva utilitarista, no sentido filosófico do termo: trata-se primeiramente, e antes de mais nada, de lutar contra todas as formas de sofrimento, trazer à humanidade o máximo de felicidade possível – o que explica, aliás, o sucesso crescente do movimento. Quem poderia se posicionar contra o bem-estar e a erradicação da infelicidade, senão o diabo em pessoa?

De fato, o utilitarismo, filosofia moral amplamente dominante no mundo anglo-saxão desde o século XVIII, é em primeiro lugar e antes de mais nada o que se chama de *eudemonismo*: uma visão de mundo na qual os humanos são antes de tudo definidos como seres que têm *interesse* na felicidade. A palavra "interesse", aqui, é fundamental. Porque, para os utilitaristas, somos essencialmente definidos pelo fato de sermos portadores de interesses. Embora diversos e múltiplos à primeira vista, eles remetem finalmente a um único princípio: todos almejam, o tempo todo e ao longo de toda a vida, a felicidade, tendem fundamentalmente ao prazer e ao bem-estar; inversamente, procuram sem exceção fugir ou escapar da dor e do sofrimento. Em outras palavras (e trata-se de um ponto de desacordo radical com a moral re-

---

13   Gilbert Hottois, *Le transhumanisme est-il un humanisme?*, op. cit.
14   Referência ao movimento de maio de 1968, iniciado em Paris e que repercutiu pelo mundo. (N.T.)

publicana, especialmente com a moral kantiana, mas também com a herança do cristianismo), *não há entre os humanos – nunca – ações desinteressadas*. Essa busca perpétua da felicidade pode obviamente se mostrar mais complexa do que o previsto: ademais, existem prazeres e desejos muito sofisticados, muito intelectuais, outros reputados materiais, vulgares e baixos. Mas, em ambos os casos, segundo os utilitaristas, nossas ações sempre são dominadas pela lógica do interesse, que, de resto, pode ser tanto consciente quanto inconsciente. Certas ações, que podem parecer desinteressadas ou altruístas, quando, por exemplo, um indivíduo chega até a sacrificar a própria vida para salvar outras, são, na realidade, secreta ou inconscientemente determinadas por interesses ocultos. Em todos os casos, o desinteresse nunca deixa de ser uma aparência, uma ilusão: os seres que parecem à primeira vista altruístas, aqueles que sacrificam o tempo e a vida pelos outros, testemunham somente o fato de que têm, ainda e sempre, interesse na felicidade alheia, de modo que é mesmo, em última instância, a busca do próprio interesse que os leva ao sacrifício.

Isso dito, que não haja mal-entendidos: o utilitarismo não é uma teoria que valorizaria exclusivamente a satisfação dos interesses particulares. Ao contrário do que se pensa com frequência na Europa, o utilitarismo não é uma doutrina necessariamente egoísta. De fato, sua proposta fundamental é a seguinte: *uma ação é boa não quando satisfaz unicamente meus interesses pessoais, mas quando tende a realizar a maior soma de felicidade possível para o maior número de seres suscetíveis de sofrer ou sentir prazer*. Em outros termos, uma ação é boa quando *aumenta a soma global de felicidade ou de bem-estar no mundo*, e é ruim quando provoca uma diminuição dessa soma global de felicidade, aumentando consequentemente a soma global de sofrimento para a maior parte dos seres afetados por essa ação. Por conseguinte, o que conta aos olhos dos utilitaristas é a preocupação com o conjunto, não só dos indivíduos isoladamente, mas com a soma global de felicidade ou de sofrimentos, e não a apenas a satisfação de nossos interesses pessoais. Assim, trata-se realmente de uma doutrina que podemos qualificar de *universalista*

– que considera o bem comum e o interesse geral. Em outras palavras, o utilitarismo não é um individualismo.

Daí o fato, como vemos na declaração transumanista extropiana, de que todos os seres suscetíveis de sentir dor ou prazer, até mesmo os animais e, um dia talvez, as máquinas inteligentes, devem ser necessariamente levados em conta na moral transumanista, que se pretende, pelo menos nesse aspecto, profundamente igualitarista.

VII – Uma ideologia "desconstrucionista", igualitarista, antiespecista e pró-ecologista

O ideal democrático diretamente vinculado ao utilitarismo se baseia, consequentemente, na seguinte convicção: as sociedades antigas negligenciaram toda uma categoria de seres por causa de preconceitos racistas, sexistas, especistas (antianimais, sendo a espécie humana considerada a única detentora de direitos) ou simplesmente aristocráticos. Mas o movimento da democracia, pelo menos nos dois últimos séculos, consiste justamente em inverter essa lógica funesta: após o reconhecimento tardio dos direitos dos negros e dos escravos, após o reconhecimento dos direitos dos "selvagens", chegou o tempo dos direitos das mulheres, das crianças, dos loucos e, agora, é a vez de os animais entrarem na esfera da proteção jurídica. Vemos, assim, como destaca justamente Hottois, o quanto o transumanismo se opõe aos preconceitos do antropocentrismo metafísico tradicional, segundo os quais o sujeito humano, de preferência "morto, macho e branco" teria um lugar à parte no cosmo:

> Ser "pós-humanista" consiste em denunciar essas ilusões e suas consequências: o antropocentrismo especista que separa radicalmente a espécie humana dos demais seres vivos, oprimindo-os ou destruindo-os; a ficção de um sujeito que desconhece todos os determinismos (inconscientes, econômicos, culturais, ideológicos, sociais...) que limitam sua liberdade e lucidez. O humanismo tradicional e moderno seria, ademais,

uma invenção do Ocidente etnocêntrico, sexista, colonialista, imperialista. [...] Privilegia a figura do homem macho branco ocidental.[15]

Daí o fato de o transumanismo querer conservar do humanismo tradicional apenas sua herança "positiva": em suma, o racionalismo, o espírito crítico, o igualitarismo, a liberdade e os direitos humanos, mas rejeitar todo o resto em nome de um "humanismo pós-humanista".

VIII – Um apelo à prudência, à democracia e à ética da discussão

Por fim, muitos transumanistas têm obviamente consciência dos riscos científicos, assim como dos problemas éticos, suscitados por seu projeto. Conhecem, muitas vezes "de cor", as críticas que lhes são endereçadas por seus detratores e nunca se cansam de argumentar para trazer respostas. Vamos precisamente abordar esses debates no próximo capítulo. Mas é preciso notar desde já que sua posição libertária-social-democrata é acompanhada, ao menos em princípio, de uma abertura constante à discussão, de um apelo no mais das vezes sincero e fervoroso ao diálogo democrático, na tentativa de elaborar soluções ao mesmo tempo menos arriscadas e mais racionais. De modo geral, os transumanistas são pessoas apaixonadas pela argumentação, que não evitam e sim procuram a contradição porque estão convictos de que é a razão, e não o dogmatismo, *a fortiori* a violência, que deve resolver as diferenças inevitáveis sobre assuntos tão complexos quanto a manipulação genética.

Do mesmo modo, como escreve Laurent Alexandre apesar de seu fervor transumanista, a consideração dos riscos, e também dos problemas éticos inerentes à migração do modelo terapêutico para o projeto "melhorativo", nunca deve ser ocultada:

> Nosso genoma é muito frágil. É animado por dezenas de mecanismos, cada um mais sutil que o outro, e a modificação mínima de um deles pode ter consequências catastróficas. [...] Acabamos de sair de um sécu-

---

15   Gilbert Hottois, *Le transhumanisme est-il un humanisme?*, op. cit., p. 34-37.

lo em que a genética foi instrumentalizada para justificar o racismo, a Shoá[16] ou ainda opiniões conservadoras e colonialistas. Auschwitz foi construído com base em teorias raciais que se inspiravam em uma deturpação da genética. [...] A biologia deve, portanto, ser extremamente prudente e nunca esquecer que foi instrumentalizada para executar as piores loucuras raciais.[17]

É, consequentemente, em dois planos que convém sermos prudentes: primeiro em um plano científico, no qual está fora de cogitação fazer qualquer coisa com o material humano, tentar experiências com nossos genes que poderiam, em razão da complexidade infinita do nosso organismo, ter consequências tão inesperadas quanto desastrosas. Mas é também no plano moral que precisamos nos questionar, avaliar as vantagens e os inconvenientes das experimentações sobre células germinativas, sendo estas últimas potencialmente aterrorizadoras porque irreversíveis.

São justamente essas questões que precisamos enfrentar agora.

---

16   Shoá ou Shoah (calamidade) é o termo hoje preferido pelos judeus a "holocausto". (N.T.)
17   Laurent Alexandre, A morte da morte, op. cit., p. 163-168 (Manole, 2018).

Capítulo II. A antinomia das biotecnologias
"Bioconservadores" contra "bioprogressistas"

A BEM DIZER, AS MAIS SÉRIAS OBJEÇÕES CONTRA O PROJETO TRANSUmanista nem sempre são as mais sofisticadas. Pertencem antes ao bom senso, às evidências até, a começar por esta que vem imediatamente à mente: será que não assumimos riscos insensatos, no plano simplesmente médico e científico, ao praticar manipulações genéticas germinativas, ao mesmo tempo transmissíveis e irreversíveis? Podemos garantir que o projeto de melhoria da humanidade vai realmente seguir o rumo do melhor e não o do pior, da monstruosidade?

Os transumanistas respondem invariavelmente que, se a pesquisa científica não for barrada, e sim incentivada e financiada, nada permite afirmar *a priori* que a esperança de um dia erradicar as diferentes formas de patologia vinculadas a essa senescência que nos ameaça a todos esteja fora de alcance. O raciocínio é sempre o mesmo: diante dos progressos realizados nos últimos anos pela genética e pelas novas tecnologias, seria absurdo e irresponsável fechar a porta às revoluções que a ciência ainda pode muito provavelmente realizar para o bem da humanidade, na luta contra o envelhecimento e as doenças genéticas incuráveis, até para a melhoria de toda a espécie humana. Aqui, tudo é questão de prudência, mas, de fato, não há nada de realmente novo: desde sempre, os progressos das pesquisas supuseram mais audácia e risco do que a aplicação minuciosa do princípio de precaução. Aliás, se seguíssemos sempre esse princípio infeliz, até a aspirina hoje não seria mais comercializada! A questão é enquadrar, de modo racional e razoável, a experimentação no plano ético e médico, e não proibi-la. Ademais, a perspectiva pode ser facilmente invertida, como o faz Bostrom na conclusão de sua pequena fábula sobre o dragão-tirano: hoje, o verdadeiro risco seria não correr nenhum! O mesmo vale para as preocupações morais que não estão necessariamente onde acreditamos, porque a partir do momento em que as perspectivas reais de melhoria da condição humana estiverem ao nosso alcance, seria ao impedi-las em vez de favorecê-las que cometeríamos um erro. Basta refletir sobre isto para se convencer: o que diriam aos seus pais as crianças privadas dos benefícios da ciência sob o pretexto de que teriam sido proibidos por tal ou tal princípio ético ou religioso mais ou menos irracional?

Além dessas interrogações factuais e de bom senso, além também das respostas que os transumanistas tentam formular e que precisamos ter em mente se quisermos refletir sobre esses assuntos não em termos de tudo ou nada, mas em termos de regulação, são também apresentadas questões decisivas, relativas aos princípios – sendo um dos principais méritos do transumanismo justamente nos obrigar a formulá-las. São essas questões que o presente capítulo vai primeiro expor, analisar profundamente e então avaliar sua pertinência.

Para introduzi-las, não há melhor escolha do que citar o livro, hoje clássico, de Allen Buchanan, *Beyond humanity?*[1] Proponho-me a traduzir as primeiras linhas. Nelas, Buchanan se empenha, com certo talento, aliás, em resumir em poucas frases bem perspicazes as principais críticas filosóficas, teológicas e morais apresentadas contra o transumanismo (especialmente pelos dois principais filósofos americanos que já citamos, Michael Sandel e Francis Fukuyama), assim como as principais respostas que o livro pretende trazer. Este nos dá de início uma ideia bastante justa daquilo que poderíamos chamar "a antinomia" dos "bioconservadores" e dos "bioprogressistas".

Vamos primeiro à tese defendida pelos "bioconservadores", cujos principais argumentos Buchanan resume assim:

> Pela primeira vez, a biologia humana e o próprio genoma humano podem ser moldados pela ação humana. Porém, o organismo humano é uma totalidade equilibrada e finamente regulada, produto de uma evolução exigente e complexa. Portanto, é totalmente descabido brincar de estragar a sabedoria da natureza, a obra-prima do Mestre-Engenheiro da evolução, com a finalidade de torná-la mais do que boa. A situação atual

---

1   *Beyond humanity?*, Oxford University Press, 2011, p. 10.

não é perfeita, com certeza, mas é claramente satisfatória. Consequentemente, é um erro assumir tamanhos riscos com a simples finalidade de uma melhoria [*enhancement*]. Aqueles que almejam uma melhoria biomédica desejam, de fato, alcançar a perfeição. São movidos por seu desejo, mas essa atitude é totalmente incompatível com a que consiste em apreciar ao seu justo valor o que nos é dado, com o senso de gratidão pelo que já temos.

Eis aí bem resumidas em poucas palavras as principais críticas que moralistas e teólogos mais ou menos conservadores ou tradicionalistas não deixam de fazer ao projeto transumanista. Aos olhos dos defensores da antítese, o problema vem de que todas as asserções contidas na tese são, como diz e pensa Buchanan, "dramaticamente falsas" (*dead wrong*), nenhuma delas merecendo ser mantida por uma mente minimamente racional.

Eis então a antítese que o autor opõe a essa tese e que seu livro procura desenvolver:

> Desde que há humanos nesta Terra, a ação humana modificou e moldou continuamente a biologia humana e alterou o genoma humano: uma série de melhorias das capacidades humanas, desde a revolução agrícola até a edificação das cidades, das instituições políticas e das avançadas tecnologias de transporte, provocaram processos de seleção natural e misturaram grupos de genes que antes eram isolados. O organismo humano não é em absoluto uma "totalidade equilibrada e finamente regulada", e isso porque a evolução não cria organismos harmoniosos e "completos". Ao contrário, ela produz tentativas mutáveis, provisórias e remendadas de soluções *ad hoc* a problemas efêmeros de "*design*", sem se preocupar de forma alguma com o bem-estar humano. A natureza não tem nada de sábio (nem, aliás, de não sábio), e a evolução não é em nada comparável a um processo conduzido por um Mestre-Engenheiro. Assemelha-se mais ao de um faz-tudo gravemente agitado, cego e totalmente insensível no plano moral. A situação de milhões de seres humanos não tem nada de satisfatória, e, para melhorar a vida deles, até

para preservar o bem-estar dos mais favorecidos, talvez seja necessário proceder a melhorias biomédicas. Para resolver os problemas que criamos – como a poluição, a superpopulação, o aquecimento global –, os seres humanos deveriam aumentar sua capacidade intelectual e talvez até moral. A busca por melhorias biomédicas não é a busca da perfeição, mas simplesmente a do aperfeiçoamento. Desejar melhorar certas capacidades humanas com a finalidade de aumentar o bem-estar humano ou de preservar aquele de que já gozamos não tem nada a ver com uma vontade de domínio total. Uma justa apreciação daquilo que já fizemos é totalmente compatível com a busca de um aperfeiçoamento, e pode requerer melhorias se essas melhorias forem necessárias para preservar o que há de bom naquilo que já nos foi dado.

Como se pode ver a partir desse simples resumo dos debates, as críticas mais contundentes dizem respeito ao mesmo tempo ao princípio e às consequências, ingeríveis aos olhos dos conservadores, das revoluções biotecnológicas. Tentaremos agora aprofundá-las, começando por aquelas desenvolvidas por Fukuyama no livro intitulado, de maneira propositalmente dramática, *Nosso futuro pós-humano: as consequências da revolução da biotecnologia*,[2] ensaio em que pretende opor um tradicionalismo racional a uma modernidade que submerge naquilo que os gregos chamavam de *hybris*, o orgulho, a arrogância e o descomedimento.

Os argumentos de Francis Fukuyama contra o transumanismo: a sacralização da natureza como norma moral

Se assumirmos a perspectiva das religiões tradicionais, segundo as quais qualquer manipulação de um ser vivo é sacrílega, considerando que Deus, e apenas Ele, detém o monopólio da manipulação, e acrescentarmos, mais amplamente, os defensores, crentes ou não, de uma

---

2   Francis Fukuyama, *La fin de l'homme. Les conséquences de la révolution biotechnique*, La Table Ronde, 2002; Gallimard, Col. "Folio", 2004. (No Brasil, o livro foi publicado pela Rocco, em 2003 – N.T.)

sacralização/santuarização da natureza humana (do genoma humano), entenderemos que proceder à modificação da natureza humana possa parecer a maneira mais garantida de arruinar a moral universal. Porque essa moral, para os tradicionalistas, não poderia estar enraizada em outro lugar senão na consideração dos traços naturais comuns à humanidade. Não os respeitar, querer modificá-los, é simplesmente destruir os fundamentos naturais da ética. É por isso que, aos olhos de Fukuyama, a modificação da dotação biológica dos indivíduos anuncia o fim do homem, porque representa uma ameaça irreversível e aterrorizante para a integridade da espécie humana enquanto espécie moral, digna de ser protegida pelos direitos humanos:

> Embora a engenharia genética ao nível da espécie ainda precise de 25, cinquenta ou cem anos para viger, já é de longe o mais importante de todos os futuros desenvolvimentos em biotecnologia. O motivo é que a natureza humana é fundamental para nossos conceitos de justiça, de moralidade e de vida boa, e todos esses conceitos sofrerão profundas mudanças se essa tecnologia se tornar amplamente comum. [...] Bons motivos nos dá a prudência para respeitar a ordem natural das coisas e evitar pensar que os humanos possam facilmente melhorá-lo por meio de intervenções arbitrárias. [...] Construir uma barragem ou introduzir uma monocultura em determinado setor perturba relações invisíveis e destrói o equilíbrio do sistema de forma imprevisível. O mesmo ocorre com a natureza humana. Há muitos aspectos desta que acreditamos entender muito bem ou que gostaríamos de mudar se tivéssemos essa possibilidade. Mas fazer melhor que a natureza nem sempre é tão fácil: a evolução talvez seja um processo cego, porém segue uma lógica de adaptação rigorosa que faz com que os organismos sejam adequados a cada meio.[3]

Mas há mais que isso.

Não somente a biotecnologia corre o risco de destruir os fundamentos da moral, mas de novo abre descaradamente caminho para

---

3   Francis Fukuyama, *La fin de l'homme...*, Gallimard, Col. "Folio", 2004, p. 154, 178-179.

um eugenismo ao qual até confere nova legitimidade. Com certeza, como já dissemos, trata-se de um eugenismo que se quer "liberal", um eugenismo, reconhece Fukuyama, que em dois aspectos essenciais será diferente do antigo, cujo modelo repudiante foi dado pelo nazismo: este último era ao mesmo tempo exterminador e estatal. Aquele permitido pela nova tecnologia será não estatal (livremente decidido pelas famílias e pelos indivíduos), não eliminador e mesmo "melhorista", será, portanto, não negativo, mas positivo. No entanto, Fukuyama afirma que o grande risco é que os pais cedam a modismos (tal geração vai querer filhos loiros, tal outra filhos de cabelos escuros, ou crianças afáveis, ou combativas etc.), de tal modo que essas crianças mais tarde talvez recriminem os pais por essas escolhas.

Notaremos, de passagem, que o argumento de Fukuyama é reversível aos olhos dos transumanistas: do mesmo modo, as crianças poderiam criticar os pais por estes não terem explorado todas as possibilidades a fim de livrá-los de doenças potenciais, ou não os terem "melhorado", argumentando que as convicções religiosas ou morais dos pais os impediam de recorrer aos avanços da tecnociência. Observaremos, contudo, que, aqui também, as críticas ao transumanismo, até mesmo e sobretudo as mais acerbas, levam o projeto a sério, ninguém mais ousando hoje, como era o caso vinte anos atrás (e como, infelizmente, ainda é o caso na Europa, onde o atraso na conscientização das questões levantadas pela revolução das novas tecnologias é colossal), dar de ombros, escarnecer ou zombar da ideologia "melhorativa". Obviamente, os progressos da genética durante as duas últimas décadas têm muito a ver com essa mudança: é inegável que tornam o empreendimento a cada ano mais crível. Cada um hoje reconhece agora, como o faz Fukuyama, que os avanços prometidos são provavelmente apenas uma questão de tempo, que os progressos anunciados acontecerão mesmo, até no que diz respeito à longevidade humana, obrigando-nos a refletir sobre isso desde já, antes que seja tarde demais para infletir o curso da história.

A partir desses dois argumentos, segundo os quais nossos princípios éticos se enraizariam em uma natureza humana intangível, estando os direitos naturais do homem diretamente vinculados a essa "infraestrutura" biológica, Fukuyama desenvolve uma série de outras objeções explicitamente fundadas no projeto de uma reabilitação das formas de pensamento tradicionais, cosmológicas ou religiosas, anteriores tanto à revolução científica como às ideias de progresso desenvolvidas no século do Iluminismo.

É, primeiramente, a diferença entre ser e dever ser que lhe parece contestável. Por certo, ela parece justa de início. Por exemplo, a ciência diz que fumar é perigoso para a saúde, mas não pode e jamais poderá afirmar que *não se deve* fumar, que se trata de um dever ético, que fumar é uma falha moral: trata-se de uma escolha individual, pelo menos enquanto não colocamos a saúde alheia em perigo e assumimos financeiramente nossas responsabilidades. Contudo, contra essa argumentação tipicamente moderna (é a de Kant e de Hume), Fukuyama quer restaurar a ideia, cara aos filósofos gregos, especialmente a Aristóteles, de que os fins morais são "domiciliados na natureza", inscritos no próprio ser das coisas, na ordem natural do cosmo. Seu raciocínio é o seguinte: primeiro, é claro que o vínculo entre o ser e o dever ser passa pela volição; em seguida, é evidente que, se tal prática, por exemplo fumar, é perigosa, como eu não quero morrer, não fumar se torna um tipo de imperativo, o que mostra, segundo Fukuyama, que os fins morais estão mesmo encarnados na natureza.

Digamos francamente: essa argumentação não se sustenta nem por três segundos. Querer enraizar a moralidade no ser, na natureza, é e sempre permanecerá um projeto vão, pouco convincente para quem dedica seu tempo a refletir com certo rigor. Obviamente, se não quero morrer, tenho interesse em parar de fumar, mas não há nessa proposta nenhuma consideração moral. Evidentemente, permanecemos no âmbito de um imperativo claramente hipotético, isto é, condicionado pela forma "se... então" que nada tem de prescritivo ou normativo. Sim, certamente, *se* eu quiser preservar minha saúde, *então* devo abandonar o cigarro... mas e se eu não quiser? Se eu pouco me importar? Se eu preferir, como se diz, queimar a vela pelas duas extremidades, o que se pode opor no plano moral, pelo menos se eu não levar ninguém comigo em minha queda? Nada em absoluto. A verdade é que Fukuyama permanece preso demais ao contexto intelectual exclusivamente americano para entender que, na perspectiva de um humanismo republicano, não naturalista, como se desenvolveu na Europa na tradição filosófica que vai, digamos, de Pico della Mirandola a Kant, Husserl ou Sartre, o que qualifica o ser humano como ser moral, diferente dos animais, não é a natureza, os traços naturais comuns à espécie (do contrário, não saímos dos imperativos hipotéticos), mas exatamente o oposto, isto é, essa capacidade de excesso, de transcendência em relação à natureza. É justamente esse distanciamento que lhe permite, diferentemente dos animais, julgar o mundo de fora, de um ponto de vista superior, e assim se tornar um ser moral. E se não aceitamos esse argumento, se rejeitamos a ideia de livre-arbítrio, de transcendência em relação à natureza, então é preciso falar de etologia, não de ética: descreveremos comportamentos factuais, maneiras de pensar ancoradas nos costumes, mas nunca normas imperativas.

Outro argumento de Fukuyama, dessa vez mais pertinente que o anterior, ataca a ideologia neoliberal subjacente às pretensões transumanistas a uma liberdade soberana: de fato, as escolhas individuais terão obrigatoriamente, quer queiramos ou não, consequências sobre os outros, sobre o coletivo – o que já acontece: os fumantes e os alcoólatras, por exemplo, põem às vezes as vidas alheias em perigo, e, mesmo quando isso não ocorre, envolvem a coletividade, ainda que apenas em função dos custos gerados por suas doenças, assumidos, pelo menos em parte, por nossos generosos sistemas de proteção social. O mesmo acontece no caso do transumanismo, podendo algumas escolhas, como envelhecer por mais tempo, se revelar dispendiosas para o resto da sociedade:

> Se uma maioria de indivíduos escolher, por exemplo, viver dez anos a mais ao custo de uma perda de 30% da sua funcionalidade, é a sociedade como um todo que deverá pagar a conta para mantê-los vivos. Ora, isso já acontece em países como o Japão, a Itália ou a Alemanha, em que as populações envelhecem rapidamente. Podemos até imaginar cenários

ainda piores, em que a proporção de idosos dependentes seria ainda mais alta, levando a um declínio substancial do nível de vida médio. [...] Em um cenário extremo, a prorrogação indefinida da vida acabaria por obrigar as sociedades a impor severas restrições ao número de nascimentos autorizados. Para muitos adultos hoje, os cuidados com os parentes idosos já começaram a substituir parcialmente os cuidados com as crianças.[4]

Certamente, a objeção não é irrelevante, mas, se fizermos dela um princípio universal, ela se torna bastante aterrorizante: deveremos nos resignar a não tratar o câncer de pulmão de um fumante ou a cirrose de um alcoólatra? A partir de que idade parar os cuidados com um idoso? Fukuyama levanta certamente uma questão bem real, mas gostaríamos de saber que resposta ele oferece. Seu discreto elogio à ideia de não intervir no prolongamento da velhice poderia talvez me encantar, não fosse o fato de que, tendo eu mesmo alcançado uma idade canônica, descubro, de fato com certa surpresa se relembrar o que pensava cinquenta anos atrás, que continuo gostando da vida, que não tenho nenhuma vontade de deixá-la e que mais dez anos, mesmo velho, seriam bem convenientes. Será por puro egoísmo que a ideia de "deixar lugar aos jovens" não me entusiasma tanto? E se os ricos quisessem um dia pagar pela própria longevidade, deveríamos proibi-los em nome do igualitarismo? Deveremos suprimir os cuidados aos idosos, e a partir de que idade? Após 70, 80 ou 90 anos, sendo formado um comitê de ética para decidir o limite a partir do qual devemos deixar nossos idosos morrerem? Não podemos esquecer que a juventude é um estado altamente transitório e frágil, e que, como no famoso conto de Buzzati, aqueles que hoje perseguem os idosos um dia terão cabelos brancos...

Uma terceira crítica frequentemente endereçada ao transumanismo diz respeito à ideia moderna, especialmente newtoniana e kantiana, segundo a qual a natureza seria moralmente má, ao mesmo

---

4 Francis Fukuyama, *La fin de l'homme...*, op. cit., p. 176-177.

tempo egoísta e preguiçosa, orientada, como nota Buchanan, para uma seleção cega e insensível aos mais fracos. Inspirando-se nos trabalhos dos sociobiólogos e teóricos da moral evolucionista, Fukuyama defende uma visão completamente diferente da natureza, uma entidade que, a seu ver, seria mais, como para os antigos gregos, um cosmo harmonioso, justo, belo e bom, no qual os seres humanos teriam interesse em se inspirar. Na ética evolucionista herdada de Darwin, essa tese tomou uma forma extrema: apoia-se na ideia de que a espécie humana teria finalmente selecionado as morais altruístas. Assim, a evolução natural teria permitido à humanidade finalmente entender que tem mais interesse na cooperação do que na discórdia, na paz do que na guerra, na ajuda mútua do que no individualismo e no isolamento. Foi, por exemplo, sob essa óptica neodarwiniana que um filósofo americano, Michael Ruse, elaborou uma "defesa da ética evolucionista", um ensaio publicado pelo biólogo Jean-Pierre Changeux num livro coletivo cujo título, em si, já estabelece um verdadeiro programa: *Fondements naturels de l'éthique* (Fundamentos naturais da ética) (edição Odile Jacob, 1993).

Segundo Ruse, que se apresenta como fiel discípulo de Darwin, "a moral, isto é, o senso do bem, do mal e da obrigação, de fato é fruto da evolução". "Com isso quero dizer", ele continua, "que é um produto final da evolução natural e da sua ação sobre as mutações aleatórias." A humanidade teria, segundo os discípulos de Darwin, finalmente selecionado, ao acaso de suas inúmeras mutações genéticas, algo como a teoria da justiça de Rawls, uma moral igualitária, centrada no respeito alheio e nos direitos humanos. Para se fazer compreender, Ruse propõe distinguir dois tipos de altruísmo, o "altruísmo biológico" e o "altruísmo ético". O primeiro é aquele que já reina no mundo animal e não precisa da intervenção da consciência: está presente até na formiga, que ajuda suas congêneres a carregar um inseto morto, ou na abelha, que dá parte do seu mel para alimentar as larvas. Ao contrário, afirma Ruse, o altruísmo de madre Teresa (é seu exemplo) precisa ter a consciência dos valores que a freira punha em prática quando se dedicava aos outros. Mas, na verdade, e é aí que há uma continuidade da natureza como fundamento da moralidade, ambos os altruísmos formam apenas um, porque o segundo, o dos seres humanos que se tornaram humanitários, é, em si, apenas o resultado de uma evolução natural. Esta selecionou esse tipo de moral porque era mais favorável do que qualquer outra à sobrevivência de uma humanidade que deseja continuar propagando seus genes tanto quanto possível e durante o tempo que puder. Como diz Ruse:

> O que quero sugerir é que, para nos tornarmos biologicamente altruístas, a natureza nos alimentou de pensamentos literalmente altruístas. Minha ideia é que temos disposições inatas, não simplesmente para sermos sociais, mas também para sermos autenticamente morais.

É assim que a moral, que no início era natural apenas na forma de disposições virtuais, tornou-se real, atual: teria passado da potência ao ato graças ao longo processo da evolução e da seleção natural, de modo que, no final, há mesmo uma continuidade perfeita entre natureza e cultura, entre biologia e moral, entre altruísmo ético e altruísmo biológico.

Aliás, já fiz uma crítica, num plano propriamente filosófico, a essa visão incrivelmente ingênua da ética, e convido o leitor a consultá-la se desejar.[5] Aqui, limito-me a descer do nível dos argumentos filosóficos para o dos simples fatos observáveis: olhando para a história do mundo do jeito que anda, confesso ter algumas dúvidas a respeito da ideia de que as morais do respeito alheio estariam enraizadas na natureza, de que teriam finalmente sido selecionadas pela evolução. Vejamos o século XX, o genocídio dos armênios pelos turcos, a Segunda Guerra Mundial e seus 60 milhões de mortos, a Shoá, o comunismo que matou 120 milhões de pessoas, e, ainda mais recentemente, os massacres na América Latina dos anos 1960, na Índia, no Camboja, em Ruanda, na Argélia, na Iugoslávia, na Síria, na África central, na Libéria, no Mali, no Iraque, em suma, em quase todos os lugares do mundo, e

---

5   Ver Luc Ferry e Jean-Didier Vincent, *Qu'est-ce que l'homme?*, Odile Jacob, 2000 (*O que é o ser humano? Sobre os princípios fundamentais da filosofia e da biologia*, Vozes, 2011).

agora recentemente, com os êmulos do Estado Islâmico, que parece proliferar por todo o planeta: será que temos certeza absoluta de que a preocupação maior da humanidade é a cooperação ou a ajuda mútua, a solidariedade, a paz e a fraternidade? Temos verdadeiramente certeza de que a natureza é tão boa que não se deve melhorá-la de forma alguma, mas conservá-la tal como está com gratidão? A não ser que nos tranquemos em uma universidade californiana, cercados por estudantes afáveis e colegas simpáticos, sem nunca pôr os pés para fora, o que pode sobrar dessa visão do mundo? A meu ver: quase nada.

Isso certamente não justifica o projeto de melhorar a humanidade, porque o mal e o bem dependem da nossa liberdade, que nada, por definição, pode tornar *a priori* "melhor". Se existem no homem disposições morais, e estou disposto a reconhecer que existem, elas são, contrariamente ao que querem tanto o retorno aos antigos quanto a ética darwiniana, tudo exceto naturais. São mais, pelo menos em grande parte dos casos, o resultado de um desenraizamento doloroso da natureza, o efeito de uma cultura democrática hipersofisticada, aliás ainda frequentemente limitada à Europa e aos seus epígonos ocidentais, de modo que a ideia segundo a qual o ser humano não precisaria lutar contra sua natureza para levar em conta o interesse alheio me parece bastante cômica, para não dizer francamente delirante diante dos fatos que balizam a história humana. A verdade é que o ser humano, muito provavelmente, não está programado inteiramente por sua natureza, que possui uma margem de liberdade, a qual lhe dá a possibilidade de escolher continuamente entre o bem e o mal, de parecer às vezes o ser mais generoso que existe, e outras vezes infinitamente pior que os animais mais selvagens, um ser que pode se dedicar a outro, mas que se revela também capaz de assassinar e torturar com tamanha crueldade que nenhum animal conseguiria igualar. Enquanto a humanidade continuar a existir, é provável que o homem persista como o ser possível, não um animal programado para ser bom por não sei quais "fundamentos naturais", porém um ser de transcendência, meio anjo, meio besta, como dizia Pascal com mais lucidez que essas mentes não científicas, mas cientistas, quando pretendem filosofar...

Algo que, contrariamente a uma crença comum, não nega em absoluto nosso lado biológico e animal, mas deve nos levar a estabelecer uma distinção por fim clara entre "situação" e "determinação".

Como já expliquei diversas vezes em meus livros anteriores – motivo pelo qual serei breve aqui –, estamos sempre, isso é evidente e ninguém poderia negá-lo sem negar a realidade, "em situação". Há, obviamente, uma "condição humana", ao mesmo tempo biológica e histórica: nasci homem ou mulher, com tal ou tal dotação genética, proletário ou burguês, em tal meio social, em tal nação, em tal cultura e tal língua, em tal família, em tal século etc. Portanto, estou sempre inscrito em uma situação particular que, aliás, pode eventualmente se transformar em determinação, e é essa eventualidade que Sartre chamava, com razão, de "má-fé". Mas essa situação não se transforma obrigatoriamente em determinação, não pode ser confundida com uma privação total de liberdade: não é porque nasci mulher que sou obrigada a viver na domesticidade, presa à cozinha e à educação dos filhos. Não é porque nasci proletário que me tornarei necessariamente um "vermelho", um revolucionário: posso também militar em um partido fascista, ser liberal ou social-democrata. Posso escolher. Do mesmo modo, ter nascido burguês não implica obrigatoriamente que eu me torne reacionário. Prova disso: Engels e Marx eram burgueses e, no entanto, revolucionários. Em qualquer caso, lidamos com *situações* e não *determinações* que aniquilariam a liberdade. Ao contrário do tigre, sou incapaz de dar pulos de três metros. No entanto, isso faz com que eu seja menos livre?

Confesso que o retorno à natureza defendido por Fukuyama como fundamento da ética não me convence, de forma alguma, tanto me parece evidente que a moral não tem nada de natural. Aliás, basta ver como educamos nossos filhos para nos convencermos disso: ensinar-lhes os rudimentos da civilidade já é em si uma tarefa quase infinita, que nos mantém ocupados anos a fio: se a moral e a civilidade fossem questões de natureza, já o saberíamos.

Vamos então nos ater às outras críticas, as de Michael Sandel especialmente, que talvez se mostrem mais pertinentes.

As críticas de Michael Sandel ou "contra a perfeição":[6]
a destruição dos valores de humildade, inocência e solidariedade

É bom lembrar ao leitor que, com Francis Fukuyama, Michael Sandel é um dos filósofos americanos mais reconhecidos, não somente em seu país, mas no mundo inteiro; seus livros, como os do seu colega, são traduzidos e ensinados em grande parte das maiores universidades do mundo e, para dar um único exemplo do reconhecimento de que usufrui no universo intelectual, basta lembrar que a edição alemã (2008) do seu livro dedicado a uma crítica radical do transumanismo, *Contra a perfeição: ética na era da engenharia genética*, com prefácio de Jürgen Habermas, suscitou na Alemanha debates acalorados. Professor na prestigiosa Universidade Harvard por mais de trinta anos, participou ativamente, com Fukuyama, do comitê de ética criado em 2002 pelo presidente americano para refletir sobre as consequências da revolução das novas tecnologias NBIC no aspecto humano.

O livro de Sandel tem cinco capítulos principais.

O primeiro é dedicado à exposição de objeções contra a migração do modelo médico terapêutico para o modelo "melhorativo" defendido pelo transumanismo. Ele analisa questões como o aumento do tamanho, da força muscular, da escolha pelos pais do sexo da criança, de suas características físicas etc. Voltaremos a tratar disso.

O segundo capítulo trata dos efeitos que essa lógica do aumento poderia ter na área esportiva. Sua conclusão é clara: assim como no caso do *doping*, deixaríamos de sentir qualquer admiração pelos esportistas se seus desempenhos um dia dependessem de manipulações genéticas. Como escreve Sandel com certo humor:

> À medida que o papel do aumento/melhoria [*enhancement*] cresce, nossa admiração pelos desempenhos esportivos diminui. Ou, para melhor dizer, passa do desempenho dos jogadores para o dos seus farmacêuticos!

---

6   Michael Sandel, *The case against perfection: ethics in the age of genetic engineering*, Harvard University Press, 2007. (Publicado no Brasil sob o título *Contra a perfeição: ética na era da engenharia genética*, Civilização Brasileira, 2013. – N.T.)

O terceiro capítulo, que vai marcar especialmente a reflexão de Habermas, aborda a delicada questão do "projeto parental" e da "loja de filhos": é moralmente aceitável que pai e mãe escolham, como será cada vez mais possível, não somente o sexo dos filhos, mas também a cor dos olhos, dos cabelos, a altura, a amplitude da força física e, por que não, o futuro QI? O que preocupa particularmente Sandel, na abertura de tais possibilidades, é o risco insensato que, em uma sociedade de competição generalizada, os pais entrem em uma corrida frenética pela perfeição, no intuito, aliás compreensível nesse novo contexto, de não desfavorecer sua prole em relação à do vizinho.

O quarto capítulo investiga a questão do eugenismo e tenta minimizar a distinção entre o eugenismo liberal/positivo reivindicado pelos transumanistas e o eugenismo exterminador/estatal/nazista dos anos 1930: que a seleção seja imposta por um Estado totalitário ou escolhida livremente por indivíduos não muda nada, segundo Sandel, no cerne do problema, porque em todos os casos o ser humano, especialmente a criança prestes a nascer, é "reificado", torna-se mercadoria, um objeto moldado pela vontade dos pais.

Mas é no quinto capítulo, intitulado "Domínio e dom", que encontramos as verdadeiras razões de todas as críticas anteriores. Portanto, é nele que eu gostaria de me deter. De fato, a ideia central de Sandel é que, com o transumanismo, passamos de uma ética da gratidão pelo que é dado (*giftedness*) para uma ética (se ainda podemos usar esse termo) do domínio absoluto do mundo externo como de si mesmo pelo homem prometeico. Um esclarecimento: a noção de "dado" não remete obrigatoriamente a um viés religioso; quer seja por Deus, para quem acredita, que o dado nos é dado, quer seja pela natureza, para quem não acredita, pouco importa. O que conta é que, em ambos os casos, há um lugar para uma transcendência, a um princípio de doação externa e superior aos homens. É justamente essa referência à contingência, ao acaso e ao mistério do Ser, que o transumanismo abandona, em prol de uma vontade desenfreada de domínio, uma atitude prometeica que literalmente despedaça três valores morais absolutamente fundamentais para organizar a vida comum: a *humildade*, a *inocência* (que desaparece diante de uma extensão exorbitante das nossas responsabilidades) e a *solidariedade*.

Vamos explicar esses três pontos essenciais, porque é em última instância neles que se baseia, para Sandel, toda a crítica do *hybris*, do descomedimento e da arrogância vinculados ao projeto prometeico de fabricar à vontade seres "transumanos" ou "pós-humanos" (os seguintes trechos, que traduzo livremente, provêm todos do Capítulo V do livro de Sandel, que já citei).

Primeiramente, a *humildade*:

> Se a revolução genética erode nossa apreciação do caráter dado dos poderes e das qualidades humanas, ela transforma assim três traços fundamentais da nossa paisagem moral: a humildade, a responsabilidade e a solidariedade. [...] O fato de que já nos preocupássemos profundamente com nossos filhos, mas que, até então, não pudéssemos escolher o tipo de filho que queríamos, ensinava aos pais a arte de serem abertos àquilo que não era obrigatoriamente desejado. Essa disposição à abertura merece ser incentivada não somente no contexto da família, mas também no mundo externo em geral. Convida-nos a aceitar o inesperado, a viver com dissonâncias, a resistir ao impulso irrefletido de querer controlar tudo. Um mundo como o de *Gattaca – Experiência genética*, um mundo em que os pais estão acostumados a escolher o sexo e as características genéticas dos filhos, seria um mundo inóspito em relação ao inesperado e ao não desejado [...].

Em outras palavras, pelo pecado da *hybris*, esse orgulho desmedido inerente à vontade de criar e dominar tudo, vamos perder nossa humildade e, com ela, nossa gratidão diante daquilo que nos é dado, assim como nossa abertura de espírito, nossa aptidão para aceitar o que é diferente, não desejado, inesperado.

Segunda perda igualmente sinistra segundo Sandel: a da *inocência* em prol de uma responsabilidade aumentada de forma exponencial com a quase obrigação de escolher as características físicas e mentais dos nossos filhos, especialmente para evitar que sejam desfavorecidos em relação a outros cujos pais teriam escolhido melhorar suas futuras capacidades:

> Acredita-se, às vezes, que o aumento/melhoria genética erode a responsabilidade humana. [...] Mas é exatamente o contrário que ocorre, não a erosão, porém a explosão da responsabilidade! No momento em que a humildade diminui, a responsabilidade cresce em proporções siderais. Atribuímos isso menos ao acaso e mais à escolha. Os pais se tornam responsáveis por escolher assim como por falhar na escolha de boas características para seus filhos. Os atletas se tornam responsáveis por adquirir ou não talentos que vão ajudar sua equipe a vencer. Um dos benefícios do fato de nos considerarmos como criaturas – e pouco importa que seja da natureza, de Deus ou da Fortuna – residia no fato de que não éramos responsáveis por aquilo que éramos. Quanto mais nos tornamos mestres das nossas dotações genéticas, mais pesado fica o fardo que pesa sobre nossos talentos e desempenhos. Ainda hoje, quando um jogador de basquete perde um ponto, seu técnico pode criticá-lo dizendo que sua posição estava errada. Amanhã, será criticado por ser baixo demais!

E, na mesma linha, o que dirão a seus pais os filhos que nascem surdos ou cegos? Moverão processos argumentando que os pais não tomaram o cuidado de fazer testes e manipulações genéticas que poderiam e deveriam ter feito se não tivessem sido crentes, humildes, abertos ao que é dado, à diversidade e à contingência do mundo? Compreendemos que Sandel ache esse tipo de crítica injusto, para não dizer insuportável, mas como não ver que outros o acharão muito legítimo?

O problema colocado pelo fim da *solidariedade* é, a seu ver, igualmente preocupante. Este está, mais uma vez, diretamente vinculado à *hybris* prometeica, à vontade de dominar que, aos poucos, toma o lugar da abertura humilde e reconhecedora daquilo que nos é dado pela natureza ou pela Providência:

> Paradoxalmente, a explosão da responsabilidade diante do nosso próprio destino, assim como do destino dos nossos filhos, pode diminuir

nosso senso de solidariedade com quem for menos favorecido que nós. Porque quanto mais estamos abertos à ideia de que nosso destino depende de uma sorte natural, mais temos motivos para nos sentirmos solidários com o destino dos outros.

E para ilustrar seu argumento,[7] Sandel desenvolve o exemplo dos seguros: é porque ignoramos os riscos incorridos por nós e pelos outros no futuro que aceitamos pagar um prêmio de seguro, mesmo que este beneficie mais a outros do que a nós mesmos (ou o contrário). Não conhecemos, ignoramos o futuro, mas, sendo o risco igual para todos, aceitamos correr esse outro risco que consiste em contratar um seguro talvez à toa. Porém, a partir do momento em que formos responsáveis pelo que acontece conosco, responsáveis por nossas deficiências, por nossas futuras doenças ou sua erradicação, a solidariedade tenderá a ser substituída pela responsabilidade do "cada um por si":

> Se o mercado dos seguros copia a prática da solidariedade, é apenas na medida em que as pessoas não conhecem seus próprios fatores de riscos. Suponhamos que os testes genéticos progridam a ponto de poderem predizer de maneira confiável nosso futuro médico e nossa expectativa de vida; então, os que tiverem esperanças razoáveis de ter boa saúde e vida longa deixarão o barco [...] O aspecto solidário do seguro desaparecerá quando aqueles que têm bons genes deixarem a empresa de seguros daqueles que não têm.

O livro de Sandel, como todos os seus livros, aliás, está repleto de argumentos e exemplos concretos. Ele desenvolve ainda sua crítica ao transumanismo em um plano mais político: diante desses novos poderes do homem sobre o homem, as famílias não estarão nem de longe em um nível de igualdade. A engenharia genética será cara, pelo menos no

---

[7] Que retoma mais ou menos o de Rawls sobre as escolhas que faríamos se estivéssemos sob o "véu da ignorância" daquilo que nos espera como destino na vida em sociedade.

início, e as diferenças de fortuna serão, nessas condições, mais insuportáveis do que nunca, já que se tornarão simplesmente questão de vida ou morte. Pior ainda, várias humanidades poderiam coexistir no futuro, como, a propósito, foi o caso no passado, no tempo dos homens de Neandertal e de Cro-Magnon –, e começa-se a pensar que essa coexistência foi tudo, menos pacífica. Aliás, os defensores do transumanismo estão bem conscientes do problema, já que chegam a reconhecer a necessidade de um mínimo de intervenção do Estado para favorecer o acesso de todos à pós-humanidade, como diz, por exemplo, Bostrom: de fato, a seu ver, será preciso evitar que apareça uma "camada privilegiada da sociedade que melhorasse a si mesma e à sua prole", de modo que no final houvesse "duas espécies humanas que não teriam muito mais em comum com exceção da sua história compartilhada. Os privilegiados poderiam não ter sinais de idade, ter boa saúde, ser também supergênios de beleza física imaculada. [...] Os não privilegiados permaneceriam no nível atual, o que poderia levá-los tanto à perda da autoestima como a pulsões de inveja. A mobilidade entre a classe superior e a classe inferior poderia se tornar quase nula".[8] O que seria lamentável – e leva Bostrom a elaborar medidas politicas que permitiriam reduzir as desigualdades.

Finalmente, notaremos com Sandel que, em um plano geopolítico, as novas tecnologias poderão ser utilizadas para fins não pacíficos, especialmente por regimes totalitários ou organizações terroristas – o que, de resto, é amplamente o caso do Estado Islâmico, que desde já se esforça para tomar o controle dos nossos aviões comerciais, que, como sabemos, estão repletos de objetos conectados. Evidentemente, como já ocorre com a cirurgia estética que se desenvolve em países onde é mais acessível, como o Brasil, há o risco real de que se desenvolva um "turismo genético". Mas é também no plano espiritual que a questão do sentido da vida certamente mais se colocará, e diferentemente do passado: o que significaria uma vida indefinida, um ser humano privado, ou quase privado, da sua relação com a finitude?

---

8   Nick Bostrom, "Human Genetic Enhancement: A Transhumanist Perspective", *Journal of Value Inquiry*, v. 37, n. 4, p. 493-506, 2003.

Tudo isso, como podemos ver, merece muita reflexão. No entanto, apesar das objeções que acabamos de evocar, e de muitas outras provavelmente ainda inimagináveis, que surgirão no decorrer do tempo, a tentação de escapar desses três flagelos que maculam a vida dos homens desde o começo dos tempos – a doença, a velhice e a morte, nossa e dos entes queridos – certamente vencerá as resistências, legítimas ou não, que suscita. Daí minha convicção: entre proibir tudo e autorizar tudo, vai ser preciso inventar um caminho. Mas, para tanto, como convida Habermas, é bom nos adiantarmos e refletirmos desde já, mais profundamente, sobre os perigos que as novas tecnologias causam à nossa humanidade.

A crítica do projeto transumanista por Habermas: proibir o aumento para permanecer no modelo terapêutico

No livro intitulado O *futuro da natureza humana: a caminho de uma eugenia liberal?*,[9] Habermas aborda o problema de forma original, a partir de um ângulo bem peculiar, o da criança cujos pais resolveriam modificar o genoma com a finalidade não de reparar ou curar, mas de aumentar e melhorar o material genético original, portanto, no sentido do transumanismo. A liberdade da criança ou, como diz Habermas em seu costumeiro jargão, sua "relação reflexiva à própria autonomia", isto é, para falar mais simplesmente, a maneira como ela mais tarde se entenderá como ser livre, ficará, pelo menos segundo Habermas, gravemente comprometida por essa operação, com os pais impondo suas escolhas (aumentar tal capacidade em vez de outra, os dons para o esporte, por exemplo, em vez das artes ou das letras). É uma tese que ele desenvolve longamente no livro, e de modo mais conciso em uma entrevista que concedeu ao jornal L'*Express* em 1º de dezembro de 2002. Vejamos

---

9   L'avenir de la nature humaine: vers un eugénisme libéral?, Gallimard, 2002 (a edição alemã é de 2001): vê-se por essas datas que os intelectuais alemães, como sempre, acompanham de perto a atualidade americana; já o mundo intelectual na França, como sempre também, tem uma defasagem temporal impressionante em relação às realidades do mundo.

em particular o que disse meu colega alemão sobre o assunto nessa entrevista, um bom resumo de sua tese, finalmente muito próxima do pensamento de Sandel:

> Enquanto nossa natureza até o presente era algo dado e intangível, doravante é suscetível de se tornar objeto de manipulações e programações pelas quais uma pessoa interviria intencionalmente, em função das suas próprias preferências, no equipamento genético e nas disposições naturais de outra. [...] Pergunto-me, por exemplo, a partir de que momento o aumento da liberdade de escolha oferecida aos pais corre o risco de acontecer em detrimento da liberdade dos filhos, entendida como a possibilidade de se autodeterminar. [...] Imagino um rapaz ou uma moça sabendo um dia que seu equipamento genético foi modificado antes do nascimento e sem motivo terapêutico vinculativo. A partir do momento em que os pais permitiram essa intervenção eugênica com a boa intenção de melhorar as chances do futuro filho, eles obviamente só se deixaram guiar pelas próprias preferências. Mas não há certeza de que o futuro adulto faça suas as representações e preferências dos seus pais. Nesse caso, se não se identificar com essas representações, vai questioná-las, perguntar-se, por exemplo, por que os pais o dotaram de um dom para a matemática em vez de capacidades atléticas ou musicais que lhe teriam sido mais úteis para a carreira de esportista de alto nível ou de pianista que deseja abraçar.

O caso apresentado aqui por Habermas, com o exemplo de um "dom para a matemática" em vez do piano, é cientificamente pouco verossímil. Apesar do estereótipo segundo o qual existiriam "aptidões especiais para matemática", nenhum biólogo sério afirmaria que esse tipo de talento pode depender de uma manipulação genética. Mas isso não é o essencial. Como diz Habermas, trata-se de antecipar e imaginar "o que aconteceria se" – isto é, se um dia tivéssemos que nos deparar com esse tipo de hipótese. Porém, sem retomar o exemplo da matemática e do piano, é mais provável que, em um futuro próximo, possamos escolher certas características físicas para nossos filhos – as questões levantadas por Habermas permanecendo, então, ao menos como princípio, pertinentes.

Mas continuemos aprofundando a questão que ele levanta, a da autonomia que poderia opor a liberdade dos pais à dos filhos.

Uma contraobjeção surge imediatamente, que o jornalista não deixa de submeter ao seu interlocutor: será que a mesma coisa já não está ocorrendo com a educação? Nessa área, os pais decidem mil coisas para os filhos, escolhem tal instituição de ensino em vez de tal outra, as línguas que lhes serão ensinadas, as carreiras que querem que sigam, e, de qualquer forma, transmitem vários tipos de valores morais, políticos, espirituais etc., que acompanharão os filhos ao longo da vida, quer estes os adotem ou rejeitem. Em que isso é tão diferente das escolhas que poderiam eventualmente dizer respeito à natureza, à infraestrutura biogenética?

Eis a resposta de Habermas:

> Está correto, mas as intenções assim comunicadas entram em um processo de socialização: não são fixadas da mesma maneira para a criança e não são intangíveis, como são aquelas que decidem o seu destino genético. De fato, há uma grande diferença em podermos ou não confrontar de maneira crítica nossos pais durante a adolescência, em nos apropriarmos de nossa história de maneira reflexiva ou de lidarmos com um programa genético que representa um fato mudo, algo que, por assim dizer, não pode responder.

Parece-me, contudo, que os filhos poderiam discutir com os pais tanto as escolhas educativas quanto eventuais escolhas genéticas, parecendo-me assim bem pouco convincente o argumento de Habermas, apesar de aparentemente ser de bom senso. Mas prossigamos em seu raciocínio. Ele logo chega à conclusão de que a distinção entre terapêutica e aumento deve ser mantida por ser essencial no plano moral. Sejamos específicos aqui: Habermas não é hostil a todas as manipulações genéticas, nem mesmo às germinativas, mas lhe parecem aceitáveis somente se tiverem como finalidade a erradicação total das doenças que razoavelmente ninguém gostaria de ter, de modo que, nesse caso, o da terapêutica, a questão referente à criança se inverte: não somente ela não criticará os pais por terem intervido em seu programa genético, mas, no limite, como já destacamos, poderá acontecer o contrário, isto é, que mais tarde ele os censure por não terem intervido:

> Penso que deveríamos considerar como ideia reguladora a saúde ou a prevenção das doenças. Ninguém tem o direito de decidir segundo suas próprias preferências a distribuição dos recursos naturais para a vida de outrem. Uma intervenção genética deve ter por princípio o assentimento potencial da pessoa que vai nascer. [...] Concentrei-me na questão do perigo que representa uma determinação eugênica por terceiros. Mas esse perigo não existe quando uma intervenção genética destinada a mudar uma característica é realizada com intenção clínica e em favor de uma pessoa cujo consentimento pode ser presumido. E este é o caso somente das doenças hereditárias portadoras de um mal que sabemos ser extremo e que são prognosticadas com certeza. Temos o direito de supor um amplo consenso apenas quando se trata de afastar o maior dos males porque, do contrário, quando se trata de valores positivos, nossos pontos de vista se distanciam amplamente uns dos outros. Por esse motivo, seria preciso que o legislador democrático estabelecesse a lista das intervenções autorizadas, avaliando cuidadosamente os prós e os contras, e especificando-as detalhadamente [...].

Esclareçamos que, apesar dessa abertura às manipulações genéticas de finalidade terapêutica, Habermas permanece explicitamente hostil ao diagnóstico pré-implantacional porque, a seu ver, implica (penso exatamente o contrário, no sentido de que moralmente é de uma irresponsabilidade completa deixar nascer, quando é possível evitá-lo, uma criança destinada ao sofrimento e à morte precoce, mas pouco importa por enquanto, sigamos a argumentação) um uso instrumental dos embriões supostamente contrário ao imperativo kantiano de nunca tratar outrem exclusivamente como meio, mas sempre também como fim. Poderíamos objetar que os embriões não são "outrem", mas um simples conjunto de células inconscientes, o que Habermas se esforça em refutar, retomando um argumento da Igreja sobre o caráter de "pessoa humana potencial" próprio ao embrião humano, *status* que exclui, a seu ver, que possamos tratar esse "conjunto de células" como uma simples coisa.

Quatro respostas possíveis às críticas de Habermas

Imaginemos, como propõe Habermas, que um tipo de "supermercado das qualidades dos nossos filhos" seja aberto, quatro objeções ainda seriam possíveis contra sua argumentação.

Observaremos, primeiramente, como já sugeri, que *a distinção entre natureza e sociedade é pouco convincente no plano ético*. Lembremos (porque, embora se trate mais de um comentário de fato do que de princípio, mesmo assim tem sua importância neste debate) que nada permite afirmar cientificamente que um dia poderemos programar tão simplesmente quanto supõe Habermas, e ainda mais de modo unívoco, dons para tal ou tal coisa, mais para as artes do que para as ciências, ou o contrário. Entre 8 mil e 11 mil genes estão envolvidos na mais ínfima das nossas atividades cognitivas, e imaginar que uma modificação unívoca possa modificar essa atividade em uma direção que seria programada não faz sentido. É por esse motivo também que as qualidades que almejam "o aumento" transumanista são gerais (mais inteligência, mais força, mais sensibilidade *em geral*), e não especiais, vinculadas a tal ou tal matéria escolar. Porém, admitamos a hipótese pelo prazer da discussão. Não vemos, apesar dos argumentos de Habermas, em que a herança sociológica, linguística, moral e cultural transmitida pela educação seria menos significativa ou mais fácil de ser discutida pelas crianças que a da natureza. Seja no plano social ou no plano natural, estamos, como eu já disse antes, sempre em situação, e nenhuma situação é por si determinante no sentido de reduzir nossa liberdade. Em outras palavras, qualquer liberdade se exerce em relação tanto ao que é dado pela história quanto pela natureza. Nossos pais escolhem nossas escolas, nossa orientação escolar, impõem amplamente elementos de cultura irreversíveis, começando por sua língua materna, sua visão de mundo, seus princípios éticos: em que isso é tão diferente dos talentos naturais que poderiam decidir nos conceder além disso e que poderíamos, do mesmo modo, discutir mais tarde? A natureza é muda, afirma Habermas. Mas isso significa entender que qualquer situação, seja natural ou histórica, é um dado básico que, longe de restringir a liberdade, constitui sempre o contexto do seu exercício.

Sigamos adiante. Admitamos até mesmo por hipótese, já que, em termos de bom senso, não é filosoficamente defensável, que a natureza seja mais "dura" e mais "muda" que a história, o meio social e a educação: de qualquer modo, não fazer nada tem tantas consequências quanto fazer algo. Habermas afirma que algumas crianças poderiam censurar os pais por terem escolhido para elas certas qualidades naturais de origem genética, e que essa escolha seria diferente das outras escolhas somente educacionais que os pais teriam feito por seus filhos. Mas como não ver que não escolher também é uma escolha? A partir do momento em que é possível fazer algo, não fazer nada é também uma decisão. Não importa o que façamos, ainda assim não decidir é decidir não decidir. De resto, em qualquer hipótese, nossos pais nos legam involuntariamente uma herança genética bem determinada. O fato de eles não a terem escolhido não muda em nada este outro fato de que dela somos herdeiros também involuntários. Habermas cita o livro de Buchanan, *From chance to choice*, mas Buchanan poderia certamente lhe fazer a seguinte pergunta: em que o acaso é preferível à escolha, considerando que nossos filhos poderiam tanto nos censurar por não termos feito nada quanto por termos escolhido tal ou tal melhoria para eles?

E há mais.

Suponhamos ainda, sempre por hipótese e pelas necessidades do diálogo argumentado, que rejeitemos minhas contraobjeções e aceitemos as que Habermas apresenta contra Buchanan. Mesmo assim, ainda não se vê claramente que diferença poderia existir no plano moral entre um mal patológico e um mal não patológico! O transumanismo não pretende somente melhorar o ser humano no plano intelectual e moral, mas acima de tudo pretende nos livrar dos sofrimentos ligados à idade, à doença, à velhice e à morte. Admitindo até que não queiramos ser mais fortes nem mais inteligentes – algo pouco plausível, mas eventualmente aceitável –, quem deseja verdadeiramente envelhecer e morrer? Alguns acabam se resignando, e outros, cansados da vida, são tomados pela tentação de pôr fim nela, mas, além dessa última possibilidade, a do suicídio, que sempre permanecerá aberta, há de se convir que não é o caso da maior parte das pessoas. Nessas condições, a distinção que Habermas faz entre um consenso sobre a prevenção de males patológicos, quadro em que modificações genéticas permaneceriam legitimas porque terapêuticas, e a prevenção de males não patológicos (o envelhecimento em particular, e por que não um dia a morte) não faz sentido no plano moral. Já demos o exemplo do nanismo ou da feiura, o da cirurgia estética e de algumas formas de *doping* (Viagra®): é possível não querer fazer uso disso pessoalmente, mas o que há de imoral no fato de desejar essas melhorias para si ou para seus filhos, a partir do momento em que o consenso contra a velhice e a morte é quase tão amplo e universal quanto o consenso contra as doenças?

In cauda venenum.

Suponhamos até que essas três contraobjeções sejam refutadas, ainda permaneceria esta, que a meu ver é suficiente para superar todas as outras: Habermas se situa, assim como eu, no contexto das filosofias da liberdade. Toda a sua argumentação contra manipulações genéticas visando à melhoria de uma criança é baseada na ideia de que sua relação com a liberdade poderia mais tarde ser perturbada, deteriorando de modo irreversível a imagem que terá de si como ser livre. Mas, obviamente, confunde-se de novo situação e determinação. O ponto é tão essencial para mim que peço desculpas por me demorar nele mais um pouco. Estamos sempre, isso é bem claro e ninguém o nega, encaixados em um contexto, inscritos em situações históricas e naturais bem precisas. Mas uma situação, qualquer que seja ela, até mesmo a própria prisão, é e permanecerá sempre um lugar de exercício da liberdade humana. Que tenha sido escolhida ou não por outros, no caso pelos pais, não muda nada em absoluto, considerando que, como já dissemos, não escolher é uma escolha como outra qualquer.

Reconheçamos então – e serei o primeiro a fazê-lo – que as discussões abertas pelas críticas do transumanismo estão longe de se encerrar. Tenho certeza de que, lendo estas linhas, muitos leitores terão vontade de reagir, responder e argumentar num sentido ou outro. Alguns se sentirão certamente mais próximos de Sandel, Fukuyama ou Habermas do que de mim. É o propósito. Para que compreendamos que será preciso organizar a discussão. Todavia, eu gostaria que fossem adotados alguns princípios aos quais voltarei na última parte, especialmente aquele segundo o qual não se deve proibir sem razão, sem motivos embasados para fazê-lo, simplesmente em nome de opiniões e posições pessoais. Isso é dito humildemente, porque tenho consciência de que cada um de nós pode se iludir e mudar de opinião no decorrer da discussão.

Mas é certamente sobre a questão da longevidade, até da imortalidade, que os debates são mais acalorados, apaixonantes e também apaixonados.

Vamos ver por quê.

A vida sem fim: pesadelo ou paraíso terrestre? Sobre alguns problemas metafísicos, éticos e políticos formulados pelo ideal de uma imortalidade aqui na Terra
Obviamente, o projeto de lutar contra o envelhecimento e a morte provoca inúmeras reações de hostilidade, por parte das religiões em primeiro lugar, que correm o risco de perder grande parte da sua razão de ser e se opõem, em todo caso, a qualquer forma de manipulação do vivo, mas também de ideologias laicas que veem com olhar crítico os inconvenientes provocados por uma grande longevidade humana, se um dia isso viesse a ser possível – o que, mais uma vez, não existe atualmente, mas poderia se tornar possível daqui a algumas décadas. Porque, de fato, como o pressentiam os mitos gregos de Esculápio e Sísifo, os problemas seriam bem reais, para não dizer à primeira vista insuperáveis.

Primeiramente, no plano psicológico: o que fazer com todo esse tempo livre? Como dizia Woody Allen, "A eternidade é longa, principalmente perto do fim". Não será mesmo nosso sentimento de finitude, do tempo que passa e do caráter inelutável da morte que nos incita à ação, extraindo-nos da nossa preguiça natural e incentivando-nos a edificar obras, a construir civilizações? Em seguida, no plano ético: diante desses novos poderes do homem sobre o homem, as famílias dificilmente estarão em situação de igualdade. Como já lembramos, a longevidade vai custar caro, e as diferenças de renda serão nessas condições mais insuportáveis do que nunca porque logo se tornarão questão de vida ou morte. No plano demográfico, ainda: como evitar a superpopulação se os humanos não morrerem mais? Seria preciso resignar-se a morar em um mundo sem crianças? Deveríamos colonizar outros planetas?[10] Finalmente, é também num plano propriamente metafísico que a questão do sentido da vida se colocaria melhor e diferentemente do passado: o que significaria uma vida sem fim, um ser humano privado, ou quase privado, da sua relação com a morte?

É nesse contexto que a proposta transumanista de um dia acabar com o dragão-tirano provoca inúmeras críticas mais ou menos radicais. Existem certamente outras, mas o levantamento que aqui faço me parece ser bem abrangente. Vamos examiná-las brevemente e tentar também contemplar em detalhes as repostas que puderam suscitar por parte dos defensores do movimento.

Primeiramente, alguns críticos, poucos de fato, limitam-se à dimensão simplesmente factual do projeto, declarando-a fantasiosa: não, nunca conseguiremos fazer "a morte morrer", nem mesmo lutar seriamente contra o envelhecimento, pois o transumanismo pertence mais à ficção científica do que à ciência. É nesse sentido, por exemplo, que um pensador cristão como Bertrand Vergely, voltando ao seu tema predileto, zomba da concorrência que a ciência pretende instaurar à religião:

---

10   Vale mencionar, nesse sentido, que Elon Musk pensa seriamente em começar a colonizar Marte a partir de 2025!

Uma coisa se nota de início no projeto de pôr fim à morte: sua ingenuidade. Até agora, pelo que se sabe, nunca se viu ninguém no mundo viver eternamente. Atualmente, a pessoa mais velha da humanidade é uma japonesa, Misao Okawa, de 116 anos. E o recorde oficial de longevidade pertence a uma francesa, Jeanne Clément, que viveu até os 122 anos. Assim, como se pode dizer que a morte logo vai ser erradicada? O que sabemos a respeito dela? Pouco importa; embora nada permita dizê-lo, acredita-se nisso. Melhor ainda, anuncia-se.[11]

Infelizmente, é fácil demais responder a esse tipo de raciocínio. Basta observar que foi utilizado no decorrer do tempo contra todas as inovações que pareciam impossíveis aos ignorantes: impossível, segundo suas zombarias, fazer algo mais pesado que o ar (os aviões) voar, fazer máquinas rodarem a mais de 60 km/h, transmitir imediatamente imagens, sons e informações sem fio a dezenas de milhares de quilômetros de distância, e também: pisar na Lua, sequenciar, cortar e colar à vontade o genoma humano, fazer um homem viver com coração artificial, utilizar células-tronco para reconstituir órgãos deficientes, devolver a vista a cegos implantando um *chip* eletrônico atrás da retina, e mil outras invenções que sábios teólogos dignos de Molière doutamente declararam absoluta e definitivamente fantasiosas, embora hoje nos pareçam naturais. De modo geral, a argumentação segundo a qual uma coisa é impensável no futuro porque não existiu no passado é tão tola, diga-se, que só pode, mesmo para alguém radicalmente oposto ao transumanismo, levar ao riso. Aliás, Bertrand Vergely, que pode ser tudo menos estúpido, sente-se obrigado a acrescentar o seguinte, duas linhas abaixo:

> Admitamos que o homem imortal seja possível. Se for o caso, um duplo problema vai surgir. 1) Ninguém mais morrendo, a Terra ficará superpovoada. [...] A humanidade corre o risco de morrer de fome. 2) Se, para

---

11   Bernard Vergely, *La tentation de l'homme-Dieu*, Le Passeur, 2015.

não superpovoar a Terra, pararmos de ter filhos, a humanidade não vai se renovar.

Nesse trecho vemos como passamos, sem transição, de um diagnóstico de impossibilidade a uma reflexão sobre as consequências daquilo que, alguns segundos antes, era declarado como radicalmente utópico.

Obviamente, como já destaquei na Introdução, ninguém nega o fato de que, por enquanto, nada permite ainda no plano estritamente experimental e científico afirmar a vitória da ciência sobre a senescência humana. Além disso, e seja como for, permaneceremos eternamente mortais, porque, embora dotados de extrema longevidade, ainda poderemos nos suicidar, morrer por acidente ou num atentado. Mas não deixa de ser totalmente plausível que a longevidade humana seja um dia, mesmo que longínquo, consideravelmente aumentada, vindo a morte apenas de fora, segundo o modelo do aparelho de chá da vovó que citei no começo do livro. Assim, não há nada de absurdo no fato de se adiantar e refletir desde já, como aliás o faz Vergely, sobre os problemas que essa hipótese poderia um dia desencadear ao se tornar realidade.

Vejamos então as objeções levantadas em geral pelos principais críticos desse aspecto essencial do transumanismo – essencial porque, no fim das contas, é sobretudo da questão do envelhecimento e da morte que trataria o projeto de aumentar o ser humano. Já encontramos algumas objeções pelo caminho, mas sempre é útil, no ponto a que chegamos de nossas reflexões, fazer um balanço.

A primeira objeção, a mais óbvia, como era de se esperar, é de ordem demográfica. Se ninguém morrer ou, pelo menos, se todo mundo puder esperar razoavelmente viver 150 ou 200 anos, como evitar a superpopulação? A menos que colonizemos outro planeta ou interrompamos os nascimentos, estando autorizados somente aqueles compensados por um falecimento, é difícil enxergar soluções razoáveis. Por mais penoso que seja admiti-lo, devemos finalmente reconhecer que a morte presta muitos serviços aos vivos. Será que gostaríamos, por exemplo, de viver em um mundo sem crianças, em um universo superpovoado, em que cada um só pensasse em salvar a própria pele, em durar o quanto fosse possível?

A segunda objeção diz respeito à questão social: nossas disputas políticas relativas à aposentadoria teriam aspectos certamente bem diferentes se ninguém pudesse pensar em parar de trabalhar – a menos que os robôs trabalhem em nosso lugar e que mergulhemos em uma ociosidade infinita, esse vício funesto, que, como bem se sabe, é o pai de todos os outros.

Para prosseguir com as objeções do tipo social e político, será que não corremos o risco, como já sugerimos antes, de entrar em um universo em que as desigualdades, já mal toleradas hoje, ficariam francamente insuportáveis? Talvez me digam que tais diferenças já existem, que as diferenças de renda, ou, para falar melhor, de fortuna, são atualmente de 1 a 1.000, ou até mais. Mas, na hipótese que estudamos aqui, não se trataria de saber se possuímos casa e carro mais bonitos que os do vizinho, mas seria uma questão de vida ou morte, uma questão que se apresentaria de modos diferentes conforme fôssemos poderosos ou miseráveis, dado o custo provável da longevidade – o que obviamente daria à problemática político-social da igualdade uma dimensão tão nova quanto explosiva. Quem teria o direito de viver ou a obrigação de morrer? Seria somente uma questão de dinheiro, e, nesse caso, como financiar o igualitarismo certamente reivindicado pelos povos? Ainda mais porque, como destaca Laurent Alexandre, os custos da saúde correriam o risco de explodir, deslocando-se da velhice para a infância e das doenças para as pessoas saudáveis, as quais desejariam, evidentemente, fazer todo o possível em termos de "aumento" para permanecer saudáveis, de modo que os não doentes custariam paradoxalmente muito mais caro que os doentes:

> Vai ser difícil, nas próximas décadas, evitar uma forma de "racionamento genético e biotecnológico", isto é, uma medicina de dois níveis. Os sistemas de saúde não poderão assumir o custo de toda uma população de pessoas saudáveis. Nossas economias ocidentais de baixo crescimento

terão muitas dificuldades para assumir essa nova categoria de despesas inflacionárias relativas aos embriões, às crianças e aos jovens adultos. Será preciso gastar mais e muito cedo na vida do indivíduo, já que as predisposições às doenças serão conhecidas desde o nascimento, ou até antes por meio da análise genômica do feto. Será uma revolução. As despesas de saúde hoje estão extraordinariamente concentradas nos idosos. Setenta por cento dos custos são gerados pelos 10% da população que sofrem de patologias vinculadas ao envelhecimento. Em outras palavras, os sistemas de saúde terão que assumir não somente os doentes, mas também as pessoas saudáveis que não vão querer ficar doentes.[12]

Pior ainda, como destaca Laurent Alexandre no livro já citado, a Terra seria inevitavelmente povoada, um pouco como no tempo em que os homens de Cro-Magnon e Neandertal coexistiam, por várias humanidades diferentes. As que aceitarem as novas técnicas de hibridação e, mais geralmente, todas as formas de "aumento" disponíveis, envelhecerão bem mais lentamente do que aquelas que, por motivos religiosos, por exemplo, tiverem permanecido "humanas" no sentido antigo da palavra. É possível, em todo caso é esta a aposta transumanista, que a humanidade modificada e aumentada seja bem mais forte, bem mais resistente às doenças e até mais inteligente que a antiga. Seremos então obrigados a viver de novo, porém com potência bem maior, a exterminação dos homens de Neandertal pelos de Cro-Magnon? E, mesmo sem chegar a esse ponto, o que será das relações humanas nesse tipo de universo? Leiamos ainda o que Laurent Alexandre diz a respeito desse assunto:

> Nossa geração vai conhecer o sequenciamento quase gratuito do seu DNA. A seguinte conhecerá a expansão muito rápida das técnicas de "reparo" precoce de suas fraquezas genéticas e epigenéticas. As técnicas de bloqueio do envelhecimento, que ainda não estão prontas, não nos dirão respeito, pois pressuporão intervenções precoces desde a infância.

---

12   Laurent Alexandre, A morte da morte, op. cit., p. 198-9.

Essa defasagem genética será obviamente um período de transição dolorosa para a humanidade: de um lado os sortudos que terão se beneficiado desde a infância dessas invenções, e do outro os restantes. Haverá um abismo entre "os de antes" e "os de depois". De um lado a vida longa, quase eterna, já que morreremos apenas por acidente, suicídio ou assassinato. E do outro uma humanidade tradicional, nascida antes da morte da morte. Existirão diferenças de estado fisiológico espetaculares entre um homem de 80 anos "de antes" e um homem de 80 anos "de depois".[13]

O que será, nessas condições, do turismo tecnológico? Sabe-se que já existe em matéria de cirurgia estética. O mesmo logo ocorrerá com a engenharia genética, de modo que o protecionismo, aqui e em outros lugares, não é uma solução: qual a finalidade de proibir tal ou tal "aumento" do ser humano em um país se ele for possível e facilmente acessível em outro?

Na esteira dessa interrogação sobre a biogeopolítica, o que faremos se ditaduras totalitárias implementarem vastos programas de melhoria da população para torná-la superior às demais? Alguns já pensam nisso, praticando inescrupulosamente políticas eugenistas no intuito de aumentar o QI médio dos seus cidadãos.

Agora, passemos das considerações políticas e sociais para as considerações morais, metafísicas e religiosas.

No plano moral, em primeiro lugar, será que correr o risco de modificar a natureza humana não significa, como diz Fukuyama, alterar, até erradicar talvez definitivamente, os fundamentos de uma ética humanista enraizada desde sempre na ideia de "direitos naturais" da humanidade? Se a natureza humana for alterada, como a ética que dela decorre não o seria também? E, então, em que sentido? Não estamos abrindo uma caixa de Pandora cujo conteúdo ignoramos a ponto de tudo se tornar possível, começando pelo pior? No plano metafísico, agora. Não é a morte que dá todo o sentido e o sal à vida? Uma música, um filme ou um livro sem fim ainda teriam algum sentido? E se fôsse-

---

13   Ibidem, p. 201.

mos imortais, ainda seríamos capazes de agir, não estaríamos fadados à mais absoluta preguiça e à mais radical ausência de sentido? No plano religioso, também, arrogar-se os poderes sobre a vida é arrogar-se o monopólio daquilo que pertence a Deus. Portanto, é pecar por *hybris*, cair no maior sacrilégio de todos, que consiste em afundar no descomedimento e no orgulho, com o homem sem limites se considerando Deus em pessoa. Enfim, a ideia de que poderíamos chegar à imortalidade extrabiológica – em que máquinas inteligentes substituiriam os seres humanos por pós-humanos, e a memória, a personalidade dos primeiros seriam, por assim dizer, armazenadas em um tipo de *pendrive* – não é mesmo assustadora, ainda mais se pensarmos que as primeiras decisões tomadas por máquinas inteligentes certamente teriam o objetivo de eliminar o que ainda tivesse sobrado da antiga humanidade?

Essa última hipótese, que anima a corrente da "singularidade", segundo a qual poderíamos um dia armazenar nossa inteligência, nossa memória e nossos sentimentos em máquinas hipersofisticadas, baseia-se, como já sugerimos, em uma doutrina filosófica chamada "materialismo", isto é, a ideia de que finalmente não existem diferenças insuperáveis entre o cérebro humano e um computador que seria dotado de inteligência artificial dita forte. O primeiro seria simplesmente mais complexo que o segundo. Por motivos filosóficos de fundo, essa hipótese me parece tão ingênua e tão falsa quanto, em sua época, a redução por Descartes do animal a um autômato sofisticado. Eu gostaria de concluir este capítulo com mais algumas palavras sobre o assunto.

Os limites do materialismo transumanista: a confusão bastante ingênua entre homem e máquina

A tese materialista é inteiramente baseada em uma abordagem puramente comportamentalista ou behaviorista do problema da inteligência humana. Seu postulado principal é que a partir do momento em que as máquinas, finalmente dotadas de inteligência artificial forte, sejam capazes de passar com sucesso no teste de Turing (teste segundo o qual uma pessoa que conversasse sem saber com um computador seria incapaz de decidir se se trata de uma máquina ou de um ser humano), não haverá motivo nenhum para essencialmente se diferenciar inteligência humana de inteligência artificial. As máquinas, dotadas assim da consciência de si e capazes de sentir emoções, deveriam então ter, assim como nós, um estatuto jurídico, direitos e, por que não, também obrigações, já que poderiam se prevalecer de todos os atributos do ser vivo, todos os raciocínios, mas também de todos os sentimentos e de todas as paixões de que a humanidade é capaz. Seriam tão autônomas quanto os humanos, porém milhares de vezes mais inteligentes que eles, como já nos deixa supor o fato de o computador ser capaz de vencer sem dificuldade campeões de xadrez ou de Go. Ademais, as máquinas poderiam trabalhar dia e noite, evoluir continuamente e sem descanso, aprender com seus erros, modificar a si mesmas no decorrer do tempo, reproduzir-se, manifestar humor e compaixão. Em suma, mostrar aos olhos do mundo todos os comportamentos e todas as atitudes humanas.

Admitamos com nossos novos "monistas" – monistas, já que veem na consciência apenas um produto da matéria – que chegássemos lá. Nessas condições, pelo menos para os autênticos materialistas, quais diferenças entre o humano e a máquina permaneceriam pertinentes, em particular no plano ético? Seria preciso estabelecer uma declaração dos direitos dos robôs, análoga à dos direitos humanos? Os transumanistas, pertencendo a essa corrente da "singularidade", respondem afirmativamente a essas questões.

Intuitivamente, contudo, e pelo próprio uso do simples bom senso, outra resposta se impõe a nós: mesmo que nos imitasse de maneira perfeita, até mais que perfeita, porque superior às nossas capacidades atuais, a máquina ainda seria incapaz de sentir prazer e pena, amor e ódio, assim como de se dotar de uma verdadeira consciência de si mesma. É provável que pudesse fazer "de conta", mas não sentiria nada, porque, para sentir emoções, é preciso ter corpo, é preciso algo biológico – motivo pelo qual o critério externo, somente comportamentalista, é insuficiente, para não dizer de uma ingenuidade desconcertante. Isso dito, é verdade que seria preciso se colocar "no lugar" da máquina, saber o que sente ou não para avaliar sua humanidade, o que é obviamente impossível e permite ao transumanismo da "singularidade" aproveitar essa impossibilidade para dizer que a diferença não existirá mais. Um espiritualista dirá que, mesmo considerando a maior margem de autonomia e aleatoriedade que queiramos, a máquina permanecerá contudo confinada em um *software* programático, mas um materialista coerente responderá sem dificuldade que o mesmo ocorre com o ser humano, que seu cérebro é apenas uma máquina sofisticada, que suas emoções são programadas por sua infraestrutura neural e que seu suposto livre-arbítrio não passa de uma ficção, considerando que nossos pensamentos, nossos valores e nossas supostas escolhas são somente os efeitos, totalmente determinados, da nossa história e da nossa biologia.

Mas aí é que está o problema. Sem entrar em um debate que já abordei com frequência nos meus livros, lembrarei unicamente que o determinismo materialista é uma simples hipótese, porém uma hipótese que, apesar de tudo, tem o inconveniente bastante considerável de ser ao mesmo tempo não científica e contraditória.

Veremos, primeiramente, com Karl Popper, que, ao contrário de uma ideia comum entre aqueles que se dizem "racionalistas", o determinismo não é em nada uma posição "científica", mas um conceito metafísico altamente impossível de validar. De fato, a proposta segundo a qual nossas ações seriam determinadas por causas eficientes que escapam, conforme o caso, à nossa vontade consciente, por interesses confessos ou inconfessáveis, é por definição "não falsificável", impossível de testar por qualquer experimentação que seja. O mesmo princípio se aplica ao determinismo, a Deus e ao sexo dos anjos: é impossível provar não somente que existe, mas sobretudo que não existe. O mesmo vale para a tese determinista segundo a qual todas as nossas ações seriam determinadas por causas interessadas porque, por definição, sempre se pode, por trás de qualquer ação, até a mais generosa em aparência, postular a existência de uma motivação inconsciente, de uma causa mais ou menos secreta, até inconfessável. Assim, é rigorosamente impossível refutar empiricamente o determinismo. Mas, segundo um paradoxo evidenciado por Popper, longe de ser uma vantagem, ao contrário, é isso que prova que ele não é em nada científico: é por escapar a qualquer refutação empírica imaginável que ele manifesta seu caráter de propensão metafísica. A hipótese do determinismo materialista, assim como a da existência de Deus, move-se em uma esfera que escapa de qualquer controle pelos fatos, e é somente por causa disso que consegue escapar de qualquer questionamento experimental.

E há mais ainda: em sua forma clássica, de fato, o determinismo materialista, como mostrou Kant em *Crítica da razão pura*, é intrinsicamente contraditório. Ele consiste em afirmar que qualquer efeito possui uma causa situada na natureza, inscrita no espaço e no tempo. Essa causa em si é necessariamente o efeito de outra causa, também situada na natureza e na história, que, consequentemente, é por sua vez o efeito de outra causa, e assim por diante ao infinito. Isso faz com que o determinismo seja um pensamento insustentável: ou se interrompe a cadeia das causalidades, como faz Leibniz ao propor uma causa primeira (Deus, a natureza, a história e o que mais se queira) – mas, no exato momento em que se pretende finalmente fundar o determinismo, este é negado, já que a causa primeira, não tendo por si uma causa, infringe o princípio assim que é proposta (já que o determinismo postula que todas as causas têm uma causa, ele só pode rejeitar a ideia de causa primeira);[14] ou se deixa aberta a regressão infinita, caso em que o efeito que se queria explicar nunca é precisamente determinado nem explicado, já que não se pode considerar que uma explicação que não se conclui seja verdadeiramente uma explicação. Aliás, este é um verdadeiro problema para os historiadores. Toda vez que escolhem um período, são obrigados a fazê-lo de forma arbitrária, ou a tentar encontrar critérios que tornam esse arbítrio menos visível: ao começarmos a refletir sobre as causas da Primeira Guerra Mundial, precisamos ter consciência de que, a princípio, a explicação deve nos levar de volta à Pré-história... no mínimo!

---

14   É por isso que, em Spinoza como em Leibniz, ele se enraíza no argumento ontológico, isto é, na ideia delirante, é preciso reconhecer, de que Deus é causa de Si Mesmo, no sentido de que Sua Essência implica Sua Existência.

Assim, o determinismo se revela paradoxalmente tão indemonstrável, tão impensável quanto seu contrário, a hipótese de uma liberdade de escolhas que permite inaugurar séries de ações no mundo. Se quisermos ser verdadeiramente racionalistas, precisamos manter o determinismo no plano teórico – científico –, não como uma verdade ontológica que valeria para as coisas em si, mas como um princípio metodológico indefinidamente aplicável, e manter também como hipótese a ideia de liberdade. Obviamente, essas críticas filosóficas também não provam, pelos mesmos motivos, aliás, a existência da liberdade, que permanece, como dizia Kant, totalmente misteriosa, incompreensível, porque contrária ao princípio da razão. Mas nada pode enfraquecê-la porque falamos de um nível fora da ciência, fora da experiência, metafísico.

O mesmo se aplica à tese das máquinas que se presume se tornarão inteligentes, conscientes de si mesmas e sensíveis, capazes de armazenar nossa inteligência, nossa memória e nossas emoções, e ao determinismo materialista que a subtende: é por essência não falsificável, já que se contenta em reter apenas critérios externos de comparação entre o ser humano e a máquina. Desse modo, podemos apostar que, no dia em que for formulada de modo a poder ser refutada, ela o será. Enquanto isso não ocorre, ela não tem outro *status* senão o de uma utopia materialista como já existiram outras no passado, finalmente não muito mais astuta nem muito mais crível que o famoso pato mecânico de Vaucanson.

Pelas mesmas razões, o dualismo também não é refutado pelo monismo materialista. Seguramente, é preciso um cérebro, nesse caso o de Newton, para descobrir e pensar a lei da gravitação. Mas essa lei não deixa de existir mesmo fora dele, no real. O mesmo vale para as verdades matemáticas: é preciso um cérebro, de novo, para entender que a soma dos ângulos de um triângulo é igual a 180º para Euclides, um pouco mais para Riemann, um pouco menos para Lobatchevski (porque se situam em uma geometria esférica de curvatura positiva ou negativa). Mesmo assim, essa racionalidade encarnada nas leis sobre o triângulo não é produzida por nosso cérebro, de modo que o dualismo espiritualista conserva todas as suas chances de sucesso em um embate contra o monismo materialista.

Mas vamos deixar de lado essas discussões sem fim, e por enquanto sem realidade. Como acabamos de ver, entre todas as críticas ao transumanismo, algumas não têm muito fôlego, outras, ao contrário, merecem amplamente nossa atenção. O que é certo, pelo menos, é que todas deverão guiar os trabalhos daqueles que, se for o caso, serão encarregados de regular as consequências e os avanços das novas tecnologias. Por isso, pareceu-me essencial expô-las tão simples e honestamente quanto possível no capítulo que acabamos de ler. Como vamos ver, é fundamentalmente com problemas de regulação, não idênticos, claro, mas análogos, que nos deparamos na análise das consequências das novas tecnologias na área da economia e do comércio.

Capítulo III. A economia colaborativa e a "uberização" do mundo
Eclipse do capitalismo ou desregulamentação selvagem?

EVIDENTEMENTE, UMA RELAÇÃO TANTO PROFUNDA QUANTO DURÁvel se instalou entre essa "infraestrutura do mundo" que é a internet e o surgimento de uma nova economia, a economia chamada "colaborativa", hoje simbolizada pelos famosos Gafa (Google, Apple, Facebook e Amazon),[1] e ainda mais pelos aplicativos recentes que a *web* viabiliza e que tecem vínculos até então desconhecidos entre particulares, no modelo do Uber, do Airbnb ou do BlaBlaCar, só para citar alguns dos mais conhecidos na França – embora milhares sejam criados todo ano no mundo todo. Segundo um ideólogo como Jeremy Rifkin, essa forma inédita de vínculo social seria diretamente ligada à emergência de uma nova organização econômica,[2] que se torna possível por meio de uma "terceira revolução industrial", impensável antes da generalização da internet. Segundo suas predições, essa nova configuração logo deverá permitir organizar a vida humana fora do regime capitalista, isto é, fora das duas estruturas que lhe são inerentes desde o século XVII: o Estado e o mercado, os governos nacionais, de um lado, e, do outro, uma sociedade civil econômico-comercial totalmente dedica-

---

[1] Argumenta-se, com justa razão, que a Apple é uma empresa clássica que vende produtos reais e que, por esse motivo, não pertence à economia colaborativa. A objeção é muito pertinente, mas, no entanto, as ferramentas produzidas pela Apple permitem essa economia, que, sem elas ou outras equivalentes, seria impensável.

[2] Essa organização é caracterizada a seu ver pela lógica do "custo marginal zero". Veremos adiante o sentido exato dessa fórmula, que não é tão simples assim. Digamos, em uma primeira aproximação, que o custo marginal zero é alcançado quando os custos iniciais vinculados aos investimentos estão totalmente amortizados e a distribuição de um produto suplementar não custa mais nada em si. Vejamos o exemplo de uma música vendida pelo iTunes: suponhamos que os investimentos iniciais sejam, por exemplo, amortecidos após os cem primeiros exemplares vendidos de uma canção, a venda do 101º exemplar não custa mais nada, porque a própria distribuição é quase gratuita. Diz-se então que seu custo marginal é igual a zero.

da à busca do lucro. A infraestrutura da *web* daria progressivamente origem a uma organização social e política de um tipo inédito, nem estatal, nem (exclusivamente) mercantil, de modo que nossas aldeias e regiões, e logo todas as nações, agrupar-se-iam em redes ao mesmo tempo internacionais e comunitárias, algumas delas, minoritárias, conservando sua finalidade lucrativa, enquanto a maior parte seria gratuita e desinteressada (com base no modelo da Wikipédia, por exemplo, uma rede que não procura "fazer dinheiro").

É nessa perspectiva, que se quer "progressista e otimista", que Rifkin, intelectual que chegou à política por meio das revoltas da esquerda libertária dos anos 1960, desenvolve em seus livros a tese segundo a qual o mundo ocidental conheceu na Modernidade três grandes revoluções industriais, cada uma associando três pilares fundadores: uma nova fonte de energia que multiplica a produção, uma nova forma de comunicação entre os homens (e também de transporte e de logística) e uma nova organização social da produção.

As três revoluções industriais: rumo ao fim do capitalismo

Vamos resumir brevemente essas três etapas. Vale muito a pena, já que, supostamente (pelo menos, segundo Rifkin), elas vão conduzir à morte do capitalismo. Nada menos!

A Primeira Revolução Industrial é a da imprensa e da máquina a vapor. Foi certamente no fim do século XV que Gutenberg inventou sua famosa máquina impressora, mas foi com o surgimento de uma nova energia, nos anos 1780, que ela realmente desenvolveu todo o seu potencial, as rotativas e outras impressoras de rolo propelidas a vapor permitindo, pela primeira vez na história do mundo, produzir jornais, livros e cartazes de modo industrial. Assim se desenvolveram novas formas de comunicação, começando pela estrada de ferro, enquanto, paralelamente, o ensino público e a imprensa se tornaram possíveis graças a livros e jornais de baixo custo. Foi também nesse contexto que a urbanização ganhou terreno em relação à ruralidade, com o surgimento de unidades de produção centralizadas e hierarquizadas, as fábricas modernas, provocando um recuo contínuo do mundo rural.

A Segunda Revolução Industrial seguiu a primeira com um século de intervalo. Graças a duas novas fontes de energia, o motor de combustão interna (de explosão) e a eletricidade, o século XIX abriu a era do desenvolvimento exponencial do capitalismo. Ela também foi acompanhada de novas formas de comunicação, como o telefone, o telegrama, e logo o rádio e a televisão, mas igualmente, claro, o carro, os caminhões e aviões, que revolucionaram a logística e os transportes, enquanto a urbanização e a hierarquização continuaram se acentuando em detrimento do campo e das províncias e as empresas se tornaram multinacionais.

A Terceira Revolução Industrial, que hoje vivemos, associa, como as outras, novas fontes de energia, nesse caso as energias descarbonizadas ou energias "verdes" (energia eólica, fotovoltaica, geotérmica, células de hidrogênio e, logo, hidrato de metano), com uma nova forma de comunicação, a da internet, ou, como veremos, das internets, porque existem diversos tipos. É, então, uma organização da vida econômica "lateral" e "distribuída" que surge, uma estruturação ao mesmo tempo pós-nacional, desierarquizada e decentralizada da vida econômica, cultural e política, vinculada ao surgimento das redes sociais universais, e também de instrumentos de coleta e análise dos *big data*, permitindo uma expansão crescente da economia do compartilhamento.

É nesse contexto inédito que o eclipse progressivo do capitalismo se perfila no horizonte.

Para designar essas novas redes colaborativas (que, mais uma vez, apenas os diferentes aspectos da internet, dos quais logo vamos tratar, tornaram possíveis), Rifkin utiliza um termo antigo, que, infelizmente, não tem muito sentido em nossa língua: os "comunais colaborativos".[3] O termo faz referência a alguns episódios da história americana ou inglesa, especialmente à famosa luta dos criadores de gado contra os *enclosures* (termo também pouco significativo em nos-

---

3   Bens comuns colaborativos. (N.T.)

sa língua), cercas que serviam para definir e proteger os contornos das propriedades privadas, impedindo que o gado circulasse livremente – metáfora que permite entender por contraste a nova lógica da *web*, lógica que almeja o exato contrário, isto é, suprimir continuamente e em todas as áreas todas as formas possíveis e imagináveis de *enclosures* e silos, barreiras e propriedades privadas, para colocar no mundo todo, a qualquer hora do dia ou da noite, todos os indivíduos, todos os *sites* e todas as redes em comunicação entre si.

Não importa o jargão que Rifkin goste de usar – peculiaridade de autor à qual estamos bem acostumados aqui, onde qualquer "pensador" que seja digno desse nome sente-se obrigado a inventar urgentemente algum tipo de neologismo para que todos vejam a incrível singularidade do seu gênio. Basta nos lembrarmos, no mesmo estilo, da "nova filosofia" e do rumo que tomou. Prossigamos. O que conta, ao contrário, é que seu ponto de partida, pelo menos, merece reflexão: enraíza-se na convicção, óbvia aliás, de que é realmente a infraestrutura da *web* que dá origem a novos modos de relações humanas, a começar pelas redes sociais em que, a cada dia, centenas de milhões de indivíduos trocam todo tipo de mensagens, fotos, músicas, filmes e opiniões – sistema aparentemente gratuito, mas que, como veremos, permite coletar continuamente dados privados (os famosos *big data*) cuja venda a outras empresas gera lucros propriamente inacreditáveis, sendo o gratuito, na realidade, uma magnífica cortina de fumaça, um fascinante meio de ganhar dinheiro.

De modo que, como talvez já se pressinta, anunciar *urbi et orbi* o advento de uma sociedade pós-capitalista que deixaria lugar aos "bens comuns colaborativos" e deduzir disso, de passagem, que a humanidade está caminhando para uma organização social e política fora do mercado e fora do Estado é um tanto precipitado. De fato, como mostrarei a seguir, é exatamente o contrário daquilo a que assistimos com a Terceira Revolução Industrial, isto é, uma formidável desregulamentação e uma mercantilização de bens (ativos) privados, de que o UberPop recentemente nos deu um exemplo bastante emblemático – em que veremos que existe um abismo entre a história real e as previsões de Rifkin, abismo que separa a realidade da ideologia, a verdade objetiva da encenação de ilusões destinadas a travesti-la com finalidades mais ou menos interessadas.

Mas não vamos nos antecipar.

Se o leitor não estiver acostumado com as noções e o jargão usados, em geral, pela nova lógica das redes (custo marginal zero, economia colaborativa, bens comuns contra *enclosures*, pluralidade das internets, *big data*, coisas conectadas etc.), se não vir que elas supostamente anunciariam a morte do capitalismo, assim como a da velha dupla "Estado/sociedade civil", que formava a base das sociedades liberais, se não entender também claramente por quais caminhos e técnicas inovadoras a internet torna possível essa nova configuração e como o gratuito gera fortunas, é provável que tenha ficado um tanto perdido nos parágrafos anteriores.

Paciência!

Vou tentar deixar tudo isso o mais claro possível para que o desvio valha a pena. Embora eu não compartilhe das conclusões que Rifkin tira das suas análises quanto ao fim do trabalho, ao eclipse do capitalismo, às novas formas de educação (pelos MOOC – os *massive open online courses*, em outras palavras: o ensino *on-line*), a vitória próxima de uma ecologia fundamentalista ou o surgimento de uma sociedade ideal, baseada no compartilhamento, na renúncia à propriedade privada, na preocupação com o outro e com a natureza e no desinteresse universal, seu ponto de partida é justificado, para não dizer, no sentido próprio, "incontornável". E é provavelmente o que explica seu sucesso, embora, depois, ele se esforce habilmente em usá-lo em prol de uma ideologia, a do eclipse do capitalismo, que dissimula de maneira às vezes espantosa o movimento real da história das sociedades modernas.

A Terceira Revolução Industrial, o surgimento das quatro internets e a infraestrutura da economia colaborativa

Vamos começar pelo começo, isto é, pelo fato de que hoje existem três internets diferentes, todas as três vinculadas entre si dentro de uma quarta, a das coisas conectadas. Como escreve Rifkin:

> A reunião da internet das comunicações, da internet da energia e da internet da logística em uma internet das coisas integradas operando nos bens comuns abre o caminho para a era colaborativa. [...] Portanto, a internet das coisas se compõe de uma internet da comunicação, de uma internet da energia e de uma internet da logística que funcionam juntas em um sistema único. [...] Cada uma das três internets permite que as duas outras funcionem. Sem comunicação, impossível gerar a atividade econômica, sem energia, impossível criar a informação ou alimentar o transporte, sem logística, impossível fazer avançar a atividade econômica ao longo da cadeia de valor. Juntos, os três sistemas operativos constituem a fisiologia do novo organismo econômico.[4]

Obviamente, é essa "fisiologia nova" que supostamente provocará, e isso a partir da segunda metade do século atual, senão a morte total do capitalismo, ao menos seu eclipse definitivo, sua relegação a um segundo plano, já que será dominado pelos bens comuns colaborativos e pela economia do compartilhamento sem fins lucrativos.

Vamos retomá-la, para esclarecer a lógica dessa profecia.

A primeira internet é a mais conhecida, a de todos os dias, isto é, a *internet da comunicação*. É amplamente dominada pelo quase monopólio dos Gafa, aos quais é preciso acrescentar inúmeras redes sociais, como Twitter ou LinkedIn, e também todos os aplicativos que tornam viva a economia colaborativa no modelo Uber, Airbnb, BlaBlaCar, TrocMaison.com, Vente-privee.com, Leboncoin.fr, Drivy.com, ParuVendu.fr, Wikipédia e muitos outros, tantos que precisaríamos de um livro inteiro para citá-los. Hoje, eles agregam e "pilotam", com fins mais ou menos mercantis, centenas de milhões de indivíduos reunidos em comunidades em rede. Essa internet oferece utilizações evidentemente pagas (pagam-se as corridas solicitadas no Uber, os produtos comprados na Amazon ou o aluguel dos apartamentos no

---

4   Jeremy Rifkin, *La nouvelle société du coût marginal zéro*, Les Liens qui Libèrent, 2014, p. 30 e 327 (editado no Brasil como *Sociedade com custo marginal zero*, M. Books, 2015 – N.T.).

site Airbnb), embora algumas pareçam gratuitas, o que não passa de uma ilusão: à primeira vista, utilizam-se gratuitamente os serviços do Google, do Facebook ou do Twitter. A navegação na tela parece gratuita para o usuário: fazemos uma pesquisa na *web* ou postamos mensagens diversas sem gastar um único centavo. Veremos adiante por meio de que estratagemas altamente eficientes essa aparente gratuidade permite, de fato, gerar lucros astronômicos, já que essas prósperas empresas, falsamente desinteressadas, coletam o tempo todo uma infinidade de dados diversos sobre nosso modo de vida, nossas aspirações, nossa saúde, nossas peculiaridades, nossas preocupações e nossos hábitos de consumo (é primeiramente o que se chama de *big data*), os quais revendem a preços exorbitantes a outras empresas – permitindo que estas afinem suas estratégias de comunicação, de inovação e de venda, direcionem e personalizem a publicidade enviada aos seus clientes, ao mesmo tempo que contextualizam cada vez mais as respostas dadas às perguntas dos diferentes internautas. Se você procurar um restaurante japonês no 5º *arrondissement* de Paris às 12h30, é provável que queira almoçar lá. Se a mesma busca for feita à meia-noite, ela muda de sentido: é provável que esteja procurando um serviço de entrega em domicílio...

Sem entrar em detalhes técnicos demais, pode-se dizer que a web, que foi inventada após a internet (com a qual é frequentemente confundida, por engano), no começo dos anos 1990 por Tim Berners--Lee e Robert Cailliau, é um aplicativo da internet (como os serviços de mensagens e de correio eletrônico, por exemplo) que permitiu colocar potencialmente em comunicação (suprimir os *enclosures*, os silos e as barreiras) todas as informações que podem ser encontradas na tela, enquanto antes eram separadas umas das outras, por falta de interface comum. Assim, a web merece seu nome de rede ou "teia mundial" – subentendido: de aranha – de *world wide web* –, e é obviamente nesse intuito que vai servir de infraestrutura para a nova economia (colaborativa), pondo em contato todos os indivíduos que o desejem, não importa onde estejam no mundo e em que horário do dia ou da noite.

Em seguida, vem a *internet da energia* – também chamada de "redes inteligentes" (*smart grids*). É certamente nesse ponto que os trabalhos de Rifkin impressionaram mais os políticos encarregados dessas questões. Baseiam-se na ideia de que as comunidades, seja na escala de um prédio, de uma empresa, de um vilarejo ou de uma região – mas, no final, essas comunidades de energia deveriam acabar cobrindo o planeta –, poderiam se organizar em redes no modelo da *web* para produzir por conta própria sua eletricidade com a ajuda das energias verdes e renováveis (eólica, painéis solares etc.), que nos próximos vinte ou trinta anos entrariam em concorrência em termos de preço e eficiência com as estruturas centralizadas tradicionais do tipo EDF (Électricité de France). Cada comunidade poderia então não somete produzir quantidades de energia suficientes para seu próprio consumo, mas também trocar com outras – por analogia com a primeira internet, a da comunicação – os excedentes de produção gerados, sendo estes então armazenados antes de serem compartilhados. Obviamente, ainda não chegamos lá – os problemas de armazenamento de energia ainda não estão resolvidos, assim como os levantados pelo custo dos investimentos iniciais necessários para fazer funcionar essas redes de energias verdes. Mesmo assim, uma vez esses investimentos realizados e as infraestruturas implementadas, o custo marginal dessas energias indefinidamente renováveis tende a ser quase zero (o vento, o sol, mesmo que não estejam sempre aí, apesar de tudo voltam com regularidade e não custam nada).

A terceira internet é a da *logística*. Diz respeito especialmente às questões de mobilidade que, hoje ainda, são tratadas de modo totalmente irracional. Nossos carros, por exemplo, são utilizados em média apenas 6% do tempo (os 94% restantes ficam estupidamente imobilizados em estacionamentos, o que explica o interesse que desperta o compartilhamento de carros); quanto aos caminhões reservados para o transporte das mercadorias, em geral eles circulam com metade da capacidade de carga, quando não voltam vazios após a entrega. Existem ainda na logística atual muitos defeitos que desapareceriam se organizássemos os transportes rodoviários segundo o modelo das duas internets que acabamos de citar.

É justamente o que propõe, em seu manifesto por uma "internet física", publicado em 2012, Benoit Montreuil, especialista das questões de logística em um prestigioso centro de pesquisas da Universidade Laval, no Canadá. Esse pesquisador, que influenciou consideravelmente Rifkin, propôs mostrar em que e por que nossos transportes rodoviários por caminhões se tornaram, no decorrer do tempo, tão ineficientes quanto "insustentáveis", nos planos econômico, ecológico e social. Montreuil faz uma série de críticas fortes e dificilmente contestáveis aos sistemas hoje vigentes.[5] Diante desse desperdício,

---

5   Vamos mencioná-las rapidamente, antes de citar as soluções que ele propõe e que me parecem ainda mais interessantes por serem hoje retomadas pela maioria dos especialistas da implementação de redes, quer se trate de bits ou átomos, da esfera digital ou da esfera física; hoje, transporta-se demais "ar e embalagens", por causa da falta de contêineres e de acondicionamentos padronizados, o que representa um incrível desperdício se considerarmos os custos em jogo. Em 2009, os Estados Unidos gastaram 500 bilhões de dólares no transporte de mercadorias, mas também 125 bilhões no acondicionamento e 33 bilhões no armazenamento! No total, o custo da mobilidade por caminhão representou para o mesmo ano 1,4 trilhões de dólares, ou seja, 10% do PIB – o que permite medir até que ponto uma racionalização da mobilidade poderia trazer economia.

- Os armazéns são poucos e mal utilizados e frequentemente mal localizados, longe dos locais de distribuição finais das mercadorias a serem entregues.
- Muitos produtos são desperdiçados, não vendidos ou não utilizados.
- A viagem de caminhões vazios não é exceção à regra, o que é economicamente absurdo: por exemplo, nos Estados Unidos, os semirreboques viajam com carga de apenas 60% do total em média, e mundialmente esse nível cai para menos de 10%! Ainda nos Estados Unidos, 20% dos quilômetros são percorridos por caminhões vazios.
- De um ponto de vista ecológico, esses desperdícios têm um custo enorme, incompatível com os objetivos de redução dos gases de efeito estufa anunciados por grande parte dos países ocidentais. Nos Estados Unidos, em 2006, 433 bilhões de quilômetros foram percorridos por caminhões de transporte de mercadorias, o que representa bilhões de litros de gasolina queimados e, consequentemente, um recorde na emissão de dióxido de carbono.
- O abastecimento nas cidades, especialmente nos grandes centros urbanos, tornou-se um pesadelo.

ele propõe uma série de soluções práticas para fazer introduzir no século XXI a mobilidade do transporte rodoviário de mercadorias. A ideia defendida pelo autor do manifesto é justamente que é preciso se inspirar no modelo da internet das comunicações para criar o que poderíamos chamar metaforicamente de "internet física", análoga à primeira (e que chamaremos de "PI", *physical internet*). É curioso notar que, quando do surgimento da internet (das comunicações), era a metáfora inversa que prevalecia: falava-se em criar "vias expressas" da informação, e para conseguir isso era preciso encontrar uma linguagem comum, interfaces comuns entre as redes, que não utilizavam ainda as mesmas tecnologias. É o que a *web* fez, quebrando os "silos" para conseguir colocar o mundo todo em comunicação em uma rede única. É exatamente o mesmo que precisaria se fazer, segundo Montreuil, na área das redes, não mais digitais, mas físicas, para encontrar termos comuns de mobilidade – por exemplo, das embalagens, dos contêineres e dos *chips* de identificação dos conteúdos que sejam finalmente padronizados no nível mundial. É nesse sentido que ele propõe de maneira muito inteligente repensar totalmente a organização e colocação em rede dos armazéns e trajetos.[6]

- Não existem normas comuns para o nível mundial dos contêineres, embalagens, a automação dos processos de carga e descarga, permitindo os *chips* identificar o conteúdo dos contêineres etc.
- As empresas ainda agem de forma individual. Quer se trate dos clientes ou dos prestadores de serviços, lidamos com empresas privadas que funcionam em "silo", cada uma por si, em vez de organizar em conjunto a mobilidade com padrões comuns e uma mutualização dos meios na forma de redes de cooperativas.
- Ademais, as condições de trabalho dos empregados da mobilidade são em grande parte precárias e penosas, o que provoca, com frequência, problemas sociais e movimentos de greve.

6   Subscrevendo os trabalhos de Montreuil, Rifkin dá o seguinte exemplo:

No antigo sistema, um único motorista cuidava de tudo: transportava a carga inteira do centro de produção ao lugar de entrega e, então, dirigia-se para o local de carga mais próximo para pegar outra e entregá-la no caminho de volta. No novo sistema, a entrega é distribuída: por exemplo, um primeiro motorista

Finalmente, a tese principal de Rifkin, aquela que comanda as demais, é que essas três internets estão reunidas em uma única, a quarta: *a internet das coisas conectadas*. Prevê-se que, em 2030, haverá 200 ou até 300 bilhões de coisas conectadas no mundo – coisas que coletarão de forma contínua bilhões e bilhões de "grandes dados" (*big data*) sobre todos os assuntos possíveis e imagináveis. Em geral, quando tentamos em livros e artigos de divulgação explicar ao grande público o que é um "objeto conectado", dá-se invariavelmente o exemplo da geladeira que, equipada com diversos sensores, é capaz de perceber, sozinha, que o leite, a manteiga ou o suco de laranja logo vão acabar. Não somente ela está ciente disso, mas pode também pedir *on-line* seus produtos usuais sem que você precise intervir, os quais lhe serão entregues sem que você precise levantar o dedo ou pensar nisso em nenhum momento. Pois bem. Mas esse exemplo, na verdade não mui-

---

vai entregar a carga a um centro de distribuição próximo, lá pega outra carga já carregada e volta para casa. Um segundo motorista assume o turno e transporta o frete até o centro seguinte, quer se trate de um estacionamento para cargas pesadas ou de um aeroporto. E assim por diante até a chegada da carga ao seu destino. (Jeremy Rifkin, *La nouvelle société...*, op. cit., p. 330.)

Montreuil, no relatório que dedica, para a editora La Documentation Française, à internet física e à nova mobilidade logística, dá um exemplo ainda mais preciso, o de um motorista que vai de Québec até Los Angeles e volta. No sistema atual, o trajeto, que tem cerca de 10.000 km, demora mais de 240 horas, o que, para o motorista, supõe obviamente várias paradas técnicas de todo tipo. No sistema da internet física e da nova mobilidade logística, o mesmo trajeto seria realizado de modo quase ininterrupto por dezessete motoristas diferentes que dirigiriam apenas três horas por dia e poderiam voltar para casa na mesma noite. O frete demoraria cerca de sessenta horas para chegar a Los Angeles (em vez de 120), enquanto o rastreamento do contêiner graças aos sensores da internet das coisas conectadas evitaria qualquer perda de tempo durante os revezamentos.

E há mais ainda: a implementação de uma cooperativa conectada dos 535 mil armazéns que existem nos Estados Unidos permitiria ganhos extraordinários de tempo e rentabilidade, e também de eficiência energética, portanto ecológica, desde que se conseguisse renunciar aos *enclosures* e aos "silos", aos quais as empresas capitalistas centralizadas tradicionais têm tanto apego.

to interessante, dá uma imagem irrisória dessa quarta internet diante das possibilidades imensas e logo indispensáveis que as coisas conectadas vão abrir em todas as áreas da vida humana, desde a saúde ou a prevenção de todo tipo de acidentes até a luta contra a criminalidade. A verdade é que bilhões de coisas conectadas já estão implantadas em setores bem mais essenciais que o de refrigeradores. São implantados em moradias, escritórios, veículos, nas fundações das casas e paredes, nas cadeias de abastecimento, nas pulseiras dos relógios, nas caixas de frutas e legumes, em aviões, animais, lagos, oceanos, plantas, lixeiras, contêineres, estradas, no corpo humano, em montanhas cobertas de neve, vulcões, aves migratórias, sistemas e câmeras de segurança, lojas, locais públicos e mil outros pontos de ancoragem para mil finalidades diferentes, que vão da prevenção de crimes, terremotos ou avalanches à luta contra o câncer, passando pelo acompanhamento de pessoas dependentes, idosas ou deficientes, catástrofes humanitárias ou engarrafamentos nas estradas. Motivo pelo qual essa internet suscita o entusiasmo de Rifkin:

> A internet das coisas insere o meio ambiente construído e o meio ambiente natural dentro de uma rede funcional coerente: permite que todos os humanos e todas as coisas se comuniquem entre si em busca de sinergias, e facilita essas interconexões com o intuito de otimizar a eficiência da sociedade e ao mesmo tempo assegurar o bem-estar global do planeta.[7]

Gosto especialmente dessa conclusão: o bem-estar global do planeta! Nada mais, nada menos! Encontramos aqui rastros do "solucionismo" tão apreciado pelos transumanistas e pelas empresas que financiam suas pesquisas... Tanto melhor para você se acreditar nisso, mas, por enquanto, vamos tentar conservar algum senso crítico.

No entanto, é fato que nesses quatro pontos os trabalhos de Rifkin apresentam pelo menos o interesse de falar das realidades que já vivemos – enquanto grande parte dos nossos intelectuais ainda curte o

---

7   Jeremy Rifkin, *La nouvelle société...*, op. cit., p. 28.

saudosismo do século XIX, até do século XVIII, como se os debates sobre a identidade nacional perdida ao mesmo tempo que os uniformes escolares cinza e as canetas-tinteiro, como se nossas querelas totalmente arcaicas entre esquerda e direita, sobre a retomada do consumo ou a redução da dívida não estivessem completamente ultrapassadas diante das profundas mudanças do mundo que essas polêmicas obsoletas não permitem apreender, nem mesmo parcialmente. Como os transumanistas, no fundo com as mesmas qualidades e os mesmos defeitos, Rifkin tem ao menos o mérito de nos falar sobre as revoluções tecnológicas em andamento, sobre realidades que não pertencem mais à ficção científica, mas que vão, quer queiramos ou não, modificar profundamente nossas vidas e nosso futuro. E ele o faz num momento em que a França parece se esbaldar nas comemorações, na recordação do almirante La Fayette e do seu navio, reconstruído a peso de ouro (há de se perguntar para quem e com que finalidade), nas cerimônias em honra aos mortos da Primeira Guerra Mundial (é mesmo urgente?), na inauguração de todo tipo de museus, da história da França ou da imigração, nos dias disso ou daquilo, da escravidão ou da colonização, em suma, na sacralização do passado vivido às vezes como motivo de arrependimento, às vezes como uma época de ouro perdida, com o meio intelectual acompanhando o movimento geral, mergulhando no pessimismo e na saudade chorosa, em vez de tentar compreender o real, o mundo que está por vir – mesmo que seja apenas para combatê-lo ou corrigir seus defeitos, trabalho certamente indispensável, mas que supõe investimentos intelectuais muito mais exigentes que a idealização dos quadros-negros e dos tinteiros de porcelana de uma escola da Terceira República obrigatoriamente fadada ao desmoronamento geral...

Mas de novo prossigamos, voltando ao nosso fio condutor. Para entender bem a novidade da economia colaborativa e, acessoriamente, a tese do fim do capitalismo que segundo Rifkin a acompanha, é preciso dar mais um passo à frente: o que leva ao que Chris Anderson, cujas principais argumentações Rifkin retoma palavra por palavra, chama de "sociedade do custo marginal zero", fundada na "cauda longa".

A cauda longa e o custo marginal zero

Para chegar lá, é preciso vincular entre si três noções fundamentais: a cauda longa, a lógica do custo marginal zero e a emergência de uma nova forma de "gratuidade"... que não deve ser confundida, como faz erradamente Rifkin, com o fim do lucro. Vamos ver que a aparente gratuidade de fato gera quantias astronômicas para aqueles que souberam se aproveitar dela em primeira mão.

Para o não especialista, essas fórmulas podem parecer difíceis de entender e ainda mais de associar entre si. No entanto, como logo veremos, são de fato bem simples, pelo menos em seu princípio (senão em suas consequências, que são potencialmente infinitas). E, como é absolutamente impossível entender o mundo das novas redes se não as tivermos em mente, se não percebermos sua lógica profunda, não é inútil tomar alguns minutos para apreendê-las. Uma pequena digressão, que, também, vale muito a pena.

Nascido em Londres, mas naturalizado americano, físico de formação, que se tornou jornalista na revista *The Economist*, editor-chefe da *Wired* e, finalmente, criador de uma empresa que fabrica drones, Chris Anderson ficou conhecido no mundo anglo-saxão ao aplicar, em um artigo publicado em 2004, a noção de cauda longa (em inglês *long tail*), originalmente oriunda do universo da matemática (estatística), à economia que se tornou possível graças às novas tecnologias.

Do que se trata? Simplesmente do fato de que, a partir do momento em que o armazenamento e a distribuição de um produto digital não custam quase mais nada (fora os investimentos iniciais), torna-se possível oferecer ao público outras coisas além de *best-sellers*. Pode-se pôr à venda uma série quase infinita de produtos "médios", até marginais, mas que continuam vendendo indefinidamente e sem alarde.

Vamos dar um exemplo para tornar a ideia palpável e concreta. Imagine um vendedor de discos ou livros "à moda antiga", vendendo coisas físicas relativamente volumosas – CDs, livros, até mesmo vinis etc. –, que ocupam um espaço bem real nas prateleiras da loja. Armazenar e distribuir essas coisas "tangíveis" tem um custo, até muito elevado, especialmente se a loja estiver em uma grande cidade onde o aluguel (ou, com mais razão ainda, a compra do imóvel) custa caro, assim como a entrega e os empregados (estoquistas, vendedores, caixas etc.) indispensáveis para o bom funcionamento da empresa. Considere, ao contrário, os modelos do iTunes ou da Amazon ou, melhor ainda, o dos *sites* de *streaming*, e tome o exemplo dos arquivos musicais, dos filmes e livros digitais que eles põem à venda ou para alugar. Nesse caso, não é preciso haver armazenamento físico, porque tudo é inteiramente virtual, ou, para melhor dizer, digital. Quanto à distribuição, ela funciona quase sem empregados, em poucos cliques, e, uma vez realizados os investimentos necessários à logística, ela não custa quase mais nada (e é justamente isso que se chama custo marginal zero, tornando-se nulo o custo do produto a partir do momento em que os custos iniciais vinculados aos investimentos iniciais são amortizados).

Portanto, as novas tecnologias da internet deixam as empresas clássicas (a livraria ou a loja de discos "à moda antiga") em uma situação totalmente diferente da do iTunes ou dos *sites* de filmes e músicas *on-line*. Em um comércio tradicional, um livro ou um disco que vende dez exemplares no ano ocupa o mesmo espaço na loja que um *best-seller* que vende 100 mil exemplares – daí a obrigação óbvia de preferir o segundo. Por outro lado, para as empresas digitalizadas, isso não tem importância, pois o custo marginal do armazenamento e da distribuição tende a ser zero. Assim, o *software* iTunes pode oferecer milhões de títulos, até mesmo pouco conhecidos e pouco vendidos, sem nenhum custo a mais. No entanto, como constata Anderson, com certa surpresa, os antigos títulos, mesmo os que nunca foram sucessos de venda, continuam vendendo quase indefinidamente. Obviamente, vendem pouco, mas a venda nunca ou quase nunca é nula. Ademais, daí seu espanto, no final é essa "cauda longa" que traz mais lucros para a empresa.

Por quê? Você vai perguntar. Simplesmente porque a partir do momento em que o custo marginal do armazenamento e da distribuição se iguala a zero (os investimentos iniciais tendo sido amortizados), vender um milhão de exemplares de um *best-seller* ou vender um milhão de "fracassos", a um exemplar cada, dá no mesmo! Daí, como você deve ter percebido se já comprou na Amazon ou, mais comumente, em outros *sites* de comércio *on-line*, os *links* que lhe são endereçados logo após a compra com frases do tipo: "Os clientes que compraram tal produto, livro ou música etc. também compraram tal outro", o que permite dar uma chance a "produtos de nicho de mercado", isto é, mercadorias que vendem pouco, porém regularmente, e que no final, considerando a enorme quantidade de ofertas desse tipo, acabam trazendo lucros bem maiores que os *best-sellers* para os quais as lojas clássicas de discos ou livros eram obrigadas, já que seu modelo econômico era o contrário deste, a reservar um lugar de destaque em suas prateleiras.

É isso que Anderson chama de cauda longa, a longa série desses produtos – músicas, livros digitais, filmes mais ou menos fora da bilheteria etc. – que não estão mais em cartaz (ou que nunca o estiveram), mas que, continuando a vender com custo marginal zero, acabam lucrando mais que os *best-sellers*. Mas é evidente que, antes da era digital, a única que permite armazenar e distribuir com custo marginal zero, esse tipo de comércio era simplesmente inconcebível.

Eis outro exemplo que acho especialmente claro: na televisão da minha infância, e ainda nos anos 1970/1980, um único programa podia facilmente alcançar um milhão de pessoas em uma única transmissão – ainda mais porque existiam poucos canais disponíveis (no começo havia apenas um). Mas hoje, com a internet, é o modelo exatamente contrário que se impõe: são milhões de programas (vídeos no YouTube, filmes e séries em *streaming*, trechos em *replay* ou ao vivo, *podcasts* de todo tipo etc.), que podem alcançar uma única pessoa com custo próximo de zero no computador pessoal consultado tranquilamente de noite na cama para relaxar um pouco.

Obviamente, a Amazon, por exemplo, vende também coisas "reais", "coisas" formadas de átomos e não somente de *bits* (unidades digitais) – mas na medida em que essa empresa dispõe de uma rede de comerciantes que cobre quase o mundo todo, os problemas de armazenamento e de distribuição são infinitamente menores que os de uma loja física real. De resto, se as coisas que compramos na Amazon precisassem estar todas armazenadas em uma "verdadeira loja", ainda não fiz o cálculo, mas obviamente seria com certeza o maior espaço coberto do mundo, do tamanho de uma cidade inteira, o que tornaria o modelo econômico inviável.[8]

Daí o problema que Anderson logo levanta, e ao qual vai responder de maneira, a meu ver, infinitamente mais crível que Rifkin (que, por sua vez, vale lembrar, fala do "fim do capitalismo", morto pela crescente presença do gratuito que ele assimila erroneamente ao fim do lucro, logo veremos por que): como ganhar dinheiro com o gratuito, como gerar lucros, e mesmo lucros gigantescos como fazem os Gafa, se o mundo da competição capitalista leva à invenção de tecnologias que conduzem ao custo marginal zero? Como escreve Chris Anderson:

> As pessoas estão ganhando muito dinheiro sem cobrar nada. Não exatamente nada, mas nada por coisas o bastante para fazer com que uma economia igual à de um país de tamanho razoável de fato fosse criada em torno do preço de $ 0,00. Como chegamos lá e aonde isso vai nos levar?[9]

Excelente pergunta, cuja resposta agora vamos poder entender.

Como fazer fortuna com o gratuito? O bom uso dos *big data*

De fato, há duas maneiras de conseguir isso, uma clássica e outra nova, que diz muito sobre a natureza exata da economia colaborativa.

A primeira é bem conhecida dos economistas. Para ilustrá-la, evoca-se prontamente o exemplo dos barbeadores Gillette. No começo do século XX, King Camp Gillette lança seu famoso aparelho de barbear seguro que deveria substituir o antigo aparelho dos barbeiros da época. É preciso dizer que, no começo, foi um fracasso total. No primeiro ano da sua comercialização, em 1903, venderam-se apenas 51 aparelhos, ou seja, quase nada. Ele então teve a ideia não de dar gratuitamente seus produtos, como se afirma, às vezes, de forma errada, mas

---

8   O que não impede que a Amazon abra também lojas reais, físicas.

9   Chris Anderson, *Free! Comment marche l'économie du gratuit*, Flammarion, Col. "Champs Essais", 2014, p. 9 (*Free – Grátis, o futuro dos preços*, Elsevier, 2009).

de vendê-los por uma ninharia, quase com prejuízo, a distribuidores privados, entre outros, bancos e empresas, para que os usassem como brindes promocionais. Entramos assim no universo à primeira vista misterioso do gratuito aparente. Quem, nessas condições, vai fazer a fortuna da Gillette? Os acessórios, claro. Porque, para usar o barbeador, é preciso comprar as lâminas descartáveis, e é sobre estas que a Gillette calcula margens confortáveis, gerando o aparelho, aparentemente gratuito, lucros consideráveis pelo seu *status* de produto chamariz para outro produto indispensável ao seu funcionamento. Hoje, encontramos a mesma lógica na oferta de um celular gratuito... sob a condição, obviamente, de contratar uma assinatura por vários anos. O mesmo vale, por exemplo, para os consoles de videogame ou as cafeteiras com descontos, para que compremos os jogos ou as cápsulas necessárias à sua utilização. Nesse caso, o gratuito de fato é apenas um falso gratuito.

Acontece de outra maneira com o modelo instaurado pelo Google ou o Facebook, embora, no final, o resultado seja o mesmo: fazer dinheiro com o gratuito. Porque aí, como vimos na análise da cauda longa e do custo marginal zero, o gratuito se tornou, pelo menos após o investimento, verdadeiramente gratuito. Para o iTunes, enviar a você o arquivo digital de uma música não custa mais nada, uma vez amortizados os custos iniciais. Por outro lado, empresas como Google ou Facebook valem centenas de bilhões de dólares e apresentam todo ano lucros espantosos. Uma questão simples: como conseguem isso sem exigir pagamento da parte dos usuários? Nada comparável, por exemplo, com o que ocorre com um táxi ou um telefone do sistema antigo. Nenhum sistema de cobrança calcula o tempo de navegação. Assim, para o utilizador ingênuo, tudo parece gratuito. Daí a afirmar que logo vamos viver o fim do capitalismo, substituído daqui a poucos anos por redes colaborativas "de particulares a particulares", existe um abismo.

De fato, como diz o *slogan* hoje famoso, se aparentemente você não paga por um produto, "você é o produto" – expressão atribuída a Tim Cook, dono da Apple, que com ela pretendia justamente criticar os lucros insidiosos do Facebook e do Google. Claramente: se não pagamos nada ao utilizar esses serviços, é porque eles coletam, graças às diversas navegações, inúmeras informações a nosso respeito que revendem a preços astronômicos às empresas que, assim, obtêm informações preciosas para atingir seus clientes-alvo. Portanto, lidamos com aquilo que os economistas, como, entre outros, Jean Tirole, prêmio Nobel que trabalhou muito sobre esse assunto, chamam de "mercados bilaterais", um lado gratuito para o particular, o outro pagante para as empresas:

> Qual o ponto comum entre o Google, os jornais gratuitos e os arquivos em PDF? São atividades em que um dos lados do mercado – o dos consumidores – é caracterizado pela gratuidade. Você não paga para utilizar mecanismos de busca do Google, nem para ler um jornal gratuito ou consultar um arquivo em PDF. Porém, esses serviços são direcionados também para outros clientes, empresas que, por sua vez, deverão pagar caro para colocar um anúncio ou criar um arquivo em PDF. Um lado do mercado é gratuito, o outro, pagante: é a característica dos "mercados bilaterais".[10]

Essa é uma das principais fontes de valor desses "grandes dados", os famosos *big data*, vendidos às empresas e que se enriquecem continuamente graças aos bilhões de coisas conectadas que transmitem sem parar na internet. O "pseudogratuito", portanto, é altamente lucrativo para quem domina a arte e a maneira de usá-lo, sendo as redes sociais aparentemente "sem custos" gerenciadas, de forma oculta, como empresas privadas com fins totalmente lucrativos.

Assim, vemos quanto a economia de rede, que se desenvolve de forma exponencial a partir das novas tecnologias e das coisas conectadas, gera um mundo caracterizado por tudo o que quisermos, menos o fim do capitalismo. O que vivemos na nova economia é ao mesmo tempo uma formidável onda desreguladora e antiestatal (como vimos, quase no mundo inteiro, com o exemplo do UberPop) e o surgimento a partir do gratuito de lucros tão rápidos quanto colossais,

---

10 Jean Tirole, "La concurrence ne doit pas être une religion", entrevista dada à revista *Sciences Humaines*, n. 189, jan. 2008.

como provam os lucros extraordinários gerados em um tempo recorde por empresas como Airbnb, Uber, BlaBlaCar, Vente-privee.com e muitas outras que põem os particulares em contato, contornando os tradicionais intermediários "profissionais" (no caso, hotelaria, táxi, serviço de locação de carro, lojas de departamentos etc.). Contrariamente a um suposto fim do capitalismo, assistimos à explosão ultraliberal e mercantil, sob o véu de uma gratuidade tão amena quanto fictícia. Quer se trate das grandes redes sociais ou de *start-ups* construídas no modelo Uber, a meta última permanece a mesma: fazer o máximo de dinheiro no menor tempo possível.

A quem pertencem os *big data* que geram tantos lucros? Nossos dados pessoais são privados ou públicos?
Como destaca um recente relatório do Comissariado Geral para a Estratégia e a Prospecção, que funciona junto ao primeiro-ministro da França,[11] essas novas práticas levantam imediatamente duas questões: primeiramente, quem detém os dados, quem é o proprietário legítimo? Serão, como dizem os juristas, *res nullius*, "coisa de ninguém", a exemplo do ar do céu ou da água da chuva, que pertencem a todos? Não deveriam permanecer propriedade dos indivíduos que os emitem? E, em seguida, os dados colhidos em nossas diversas navegações são públicos ou privados, acessíveis por todos ou, ao contrário, protegidos por um sistema de acesso limitado?

A verdade é que a quase totalidade dos dados pessoais hoje é aberta às grandes empresas de informática, começando pelos Gafa, mas também a empresas privadas que, como a Axiom, a Critero, a Target e muitas outras, apropriam-se dos *big data* para obter todo tipo de informações graças a análises algorítmicas[12] e comercializá-las, como destaca o relatório citado acima:

---

11   *Analyse des big data. Quels usages, quels défis?*, nov. 2013.
12   Sobre o uso dos algoritmos para obter informações a partir dos *big data*, aconselho o livro muito interessante de Dominique Cardon, *À quoi rêvent les algorithmes. Nos vies à l'heure des big data*, Le Seuil, 2015.

No início gratuitos, grande parte dos dados agora é paga e constitui o principal ativo de empresas como Facebook ou Google. [...] Enquanto as organizações produziam e utilizavam até então seus próprios dados, hoje *data brokers* revendem os dados de empresas ou ainda do Estado a diversos atores. Estima-se, assim, que a empresa americana Axiom, especializada na coleta e venda de informações e que teve uma receita de 1,15 bilhão de dólares em 2012, possuiria em média 1.500 dados sobre 700 milhões de indivíduos no mundo

Por assim dizer, sobre quase cada um de nós!

Estamos mesmo nos antípodas de um universo de redes sociais não lucrativas povoadas por bons moços ecologistas, desinteressados e anticapitalistas. Medem-se igualmente de relance os riscos consideráveis que essa nova configuração da economia colaborativa traz para nossa vida privada. Além de grandes empresas como Google ou Facebook se encontrarem, às vezes, em posição de quase monopólio em sua área, o que deixa pairar uma dúvida sobre possíveis manipulações das informações que entregam e sobre o uso que fazem daquelas que coletam, é nossa existência privada que se torna mercadoria – e é isso mesmo que significa a fórmula: "Se você não paga por um produto, você é o produto!". Em outras palavras, se não pagar nada, é você a mercadoria, "você": isto é, seus dados pessoais é que se tornam o "novo petróleo" revendido a preço de ouro.

Imagine, por exemplo, que sua companhia de seguro ou seu próximo empregador vejam (o que agora não deixarão certamente mais de fazer) os rastros que você e seus familiares deixaram nessa ou naquela rede social, ou até os dados que uma empresa especializada nesse novo comércio lhes vendeu. Suponha que esse empregador perceba que você sofre de doença gravíssima, que tem tal ou tal opinião política, tais hábitos, tais gostos que ele despreza, e aí já era. Claro, as grandes empresas que fazem comércio dos *big data* juram por Deus que "anonimizam" os dados coletados, mas a verdade é que nada, absolutamente nada, permite garantir isso, e o Facebook, por exemplo, foi acusado de tê-los fornecido à NSA.[13] Aliás, o verbo "anonimizar" em si é preocupante, já que significa de fato que os dados não são naturalmente anônimos, como destaca no mesmo relatório o Comissariado Geral para a Estratégia e a Prospecção, citado acima:

> [Os] criadores dessas tecnologias instauravam regularmente *backdoors* [portas dos fundos] que lhes permitiam ter acesso a todos os dados armazenados. Assim, fossem quais fossem os dados, eles seriam teoricamente acessíveis pelo prestador do serviço. Ademais, o Patriot Act, implementado nos Estados Unidos após os atentados de 11 de setembro de 2001, dá às autoridades americanas o direito de acessar diretamente os dados armazenados na nuvem em servidores de empresas americanas (ou de empresas estrangeiras com interesses econômicos no país), e isso independentemente do lugar de implantação.

E foi assim que todos os chefes de Estado e de governo europeus foram amplamente "escutados", até em suas mensagens mais privadas, pelos grandes ouvidos dos serviços americanos. Diante da expansão das novas tecnologias, será preciso refletir sobre novas despesas, com categorias de pensamento ainda a serem construídas, se, pelo menos, quisermos introduzir nesses negócios um mínimo de regulação ética. Aliás, o próprio Rifkin é obrigado a dar razão a Anderson admitindo que o gratuito é altamente lucrativo para quem domina a arte e a maneira de usá-lo, sendo as redes sociais gratuitas (os "bens comuns sociais") então gerenciadas como empresas privadas capitalistas com fins totalmente lucrativos:

> Em 2012, o Google transmitiu 3 bilhões de pesquisas por dia, oriundas de usuários de 180 países ou mais. Em 2010, sua participação no mercado de mecanismos de busca foi de 65,8% nos Estados Unidos, 97,09% na

---

13   Trata-se da norte-americana National Security Agency, ou Agência de Segurança Nacional. (N.T.)

Alemanha, 92,77% no Reino Unido, 95,59% na França, 95,55% na Austrália. Suas receitas ultrapassaram 50 bilhões de dólares em 2012. [...] A *web* permite que cada um compartilhe informações com qualquer pessoa, a qualquer momento e em qualquer lugar sem ter que pedir autorização, nem pagar nenhuma taxa. [...] Infelizmente, alguns dos maiores aplicativos da *web*, como Google, Facebook e Twitter, exploram financeiramente essas regras de participação que lhes trouxeram tamanho sucesso, porque vendem em seguida, a quem oferece mais, os *big data* maciços das transmissões que os atravessam – os compradores são empresas comerciais que usam esses dados para anúncios personalizados, campanhas de marketing, esforços de pesquisa, desenvolvimento de novos bens e serviços, e inúmeros outros projetos mercantis. De fato, esses aplicativos exploram os "bens comuns" com fins comerciais. [...] Assim que o usuário se conecta a um *site* de rede social, suas coordenadas vitais – sem seu conhecimento, pelo menos até ultimamente – são imediatamente captadas, aspiradas no silo, fechadas e mercantilizadas. [...] Em 2012, a receita bruta do Facebook chegou a 5 bilhões de dólares. [...] Essas redes são empresas comerciais que têm interesse em maximizar seus lucros vendendo a terceiros informações sobre seus usuários – enquanto os usuários têm interesse em otimizar seus contatos sociais. Em outros termos, essas empresas geram um "comunal social" como uma empresa comercial.[14]

Eu não saberia dizer melhor, mas não vejo bem, para ser franco, em que essa constatação advoga a favor da sua profecia do fim do capitalismo! Mais uma vez, trata-se antes de sua explosão ultraliberal, ou, para melhor dizer, uma explosão desreguladora e mercantil (porque o liberalismo deveria em princípio combater os monopólios que se constituem graças à nova economia), que se espalha diante de nós sob a aparência da gratuidade. De fato, o erro fundamental de Rifkin consiste em confundir a regra e a exceção. A seu ver, a regra deveria ser

---

14   Jeremy Rifkin, *La nouvelle Société...*, op. cit., p. 300 e seguintes.

a da gratuidade em uma economia colaborativa sem fins lucrativos. E ele consegue mesmo ilustrá-la com o caso da Wikipédia, que oferece seus serviços sem *cookies* nem anúncios, de maneira aparentemente desinteressada, como fazem, aliás, inúmeros outros aplicativos – por exemplo, as redes de doentes que se associam livremente para compartilhar experiências, esperanças e descobertas etc. Mas não devemos confundir essas exceções com a regra geral, segundo a qual o gratuito só serve para gerar lucros. Quer se trate das grandes redes sociais que Rifkin cita ou das *start-ups* projetadas a partir do modelo do Uber, a finalidade última, como para qualquer empresa capitalista, permanece mais do que nunca o ganho de capital.

Onde talvez comecemos a medir uma das principais dificuldades da época, os aspectos propriamente "trágicos", isto é, inseparavelmente negativos e positivos (voltarei a tratar desse tema no próximo capítulo) nos quais estamos, *volens nolens*,[15] irremediavelmente mergulhados. Se a Google, como promete, conseguir erradicar o câncer nos próximos vinte ou trinta anos, graças à análise cruzada de bilhões e bilhões de dados que possibilitarão uma medicina totalmente personalizada, quem irá se queixar? Quem desejará abrir mão disso "somente" (coloco aspas de propósito, ciente do que esse advérbio pode ter de obsceno) para proteger as liberdades? O problema é que esses benefícios incontestáveis têm custo e não podemos querer tudo ao mesmo tempo ou, como dizem divertidamente os italianos, "o barril cheio e a mulher embriagada".

Voltaremos a falar disso, mas vamos seguir por mais alguns instantes nossa exploração dos princípios e das consequências possíveis da economia colaborativa. E para ir um pouco mais longe, aprofundemos a hipótese, interessante porém falaciosa, de que a nova economia colocaria em questão a lógica do capitalismo.

---

15   Expressão em latim que significa "querendo ou não". (N.T.)

Fim do capitalismo ou ultraliberalismo?
Vamos mesmo viver, como pretende Rifkin, o "estado último do capitalismo", seu eclipse associado ao fim do trabalho (substituído pelo dos robôs e pelo virtual), ao surgimento do *couchsurfing* (literalmente: passagem de um sofá para outro, isto é, a troca de apartamentos entre particulares no modelo Airbnb), do *crowdsourcing* (consumo colaborativo, a exemplo do compartilhamento de carros promovido pelo BlaBlaCar) e do *crowdfunding* (financiamento colaborativo por particulares que contorna os bancos tradicionais), e por que não do *lovesurfing*, o amor colaborativo, não possessivo nem exclusivo? É a utopia à qual nos convida o bom doutor Rifkin. Seu fio condutor é que a lógica competitiva do capitalismo leva à morte do capitalismo segundo um processo fatal: a concorrência obriga as empresas a fazer tudo que for possível para baixar os custos de produção, portanto reduzir os lucros. Porém, a emergência dos *big data* e das coisas conectadas permite, como acabamos de ver, trocas entre particulares com custo quase nulo. Assim, vamos, segundo nosso novo Lênin, logo entrar em uma nova sociedade que estará, em todos os aspectos, amparada em valores contrários àqueles do velho *Homo economicus* capitalista.

Então, nesse mundo maravilhoso, pleno de gentileza e de humanidade:

- o comunitarismo substituirá o individualismo;
- o uso e o acesso, a propriedade privada;
- os serviços, os bens;
- o imaterial (os *bits*), o material (os átomos);
- a inteligência coletiva, a inteligência individual;
- a gratuidade, o mercantil;
- o sustentável, a obsolescência programada;
- a cooperação, a concorrência;
- o *care* e a preocupação com o outro, a preocupação consigo mesmo e o egoísmo;
- o compartilhamento, a posse;
- o ser substituirá o ter;

- as futuras gerações levarão em conta o "curto-prazismo";
- o comércio justo, a exploração do Terceiro Mundo.

E talvez eu tenha deixado de citar as melhores...

Se acreditarmos em Rifkin, que anuncia todas essas revoluções em um trecho particularmente sintético do livro já citado[16] (deixo meus comentário entre colchetes), viveremos felizes, porque:

> Os mercados começam a ser substituídos por redes, a propriedade se torna menos importante que o acesso, a busca do interesse pessoal é temperada pela atração por interesses colaborativos, e o sonho tradicional do enriquecimento pessoal é suplantado pelo novo sonho da qualidade de vida sustentável. [...] Para funcionar, a sociedade precisa de comunicação, de uma fonte de energia e de uma forma de mobilidade. Essa conjunção da internet das comunicações, da internet da energia e da internet da logística numa internet das coisas leva consigo o sistema nervoso cognitivo e os meios físicos necessários para integrar toda a humanidade em bens comuns mundiais interconectados que cobrem a sociedade como um todo. [...] Ao ligar todas as atividades humanas em uma rede mundial inteligente, gera-se uma entidade econômica inteiramente nova [trata-se obviamente da economia colaborativa]. A antiga entidade da Primeira e da Segunda Revoluções Industriais contava com uma matriz energia/comunicação e uma rede logística que exigiam enormes capitais; assim, era preciso organizá-la em empresas centralizadas de integração vertical para realizar economias de escala. O sistema capitalista e o mecanismo do mercado se mostraram as melhores ferramentas institucionais para promover esse paradigma. Porém, a nova entidade econômica da Terceira Revolução Industrial [a das quatro internets que funcionam sobre outra matriz energia/comunicação/logística] tem natureza diferente: exige menos capital financeiro e mais capital social; integra lateralmente e não verticalmente; é quando a ge-

---

16   Cujo título completo já resume o livro: *Sociedade com custo marginal zero: a internet das coisas, os bens comuns colaborativos e o eclipse do capitalismo*, op. cit.

ramos por bens comuns e não por um mecanismo de mercado estritamente capitalista que ela funciona melhor. [...] Se o antigo sistema favorecia o interesse pessoal autônomo sobre o mercado capitalista, o novo favorece a colaboração aprofundada sobre os bens comuns em rede.[17]

Toda essa hipótese se sustenta na ideia de que a digitalização do mundo levará infalivelmente ao custo marginal zero e, com ele, ao fim do lucro, sendo os investimentos iniciais menores na Terceira Revolução Industrial que nas duas primeiras. Voltemos ao exemplo de um serviço como o iTunes: como vimos, uma vez os investimentos compensados, o custo do armazenamento e da distribuição de um filme ou de uma música é igual a zero. Em outras palavras, se são necessárias mil vendas de uma canção para amortecer os custos de compra dos direitos, de armazenamento e de distribuição, a 1.001ª não custa mais nada. Assim, segundo um raciocínio bem conhecido dos economistas clássicos, os lucros tendem igualmente a zero, com a diferença, rapidamente esquecida por Rifkin, de que o raciocínio é justo se, e apenas se, inúmeros concorrentes também puderem produzir com custo marginal zero. Mas isso é a exceção e de modo algum a regra. Poderia um dia ser verdadeiro na área de certas energias, como já é mais ou menos o caso na área do *streaming*, que compete pesadamente com *softwares* do tipo iTunes – o qual, aliás, precisamente por esse motivo, acaba de criar seu próprio *site* de *streaming*, após ter constatado que muitos jovens não compram mais filmes ou músicas na plataforma da Apple, mas os veem e escutam gratuitamente (ou quase gratuitamente) em *streaming*, o que não é obrigatoriamente ilegal se os direitos autorais estiverem livres ou mediante pagamento de uma assinatura mínima.

Mas, mais uma vez, essa situação está longe de ser a regra, porque a preocupação das empresas digitais é justamente criar barreiras, *enclosures* e "silos" para se proteger da concorrência mais ou menos selvagem (veja, por exemplo, como o próprio Uber é uberizado pelo Hitch), a fim de constituir quase monopólios. Nesse intuito, quatro

---

17   Rifkin, *La nouvelle société*, op. cit., p. 334.

parâmetros são evidentemente essenciais: o tamanho, a quantidade da oferta disponível para a compra, mas também a inovação em termos de qualidade e serviços (com o uso sistemático de patentes), e a marca. Claramente, para retomar esses exemplos, Uber, BlaBlaCar ou Airbnb conseguiram criar em sua área quase monopólios, isto é, esmagar boa parte da concorrência, de modo que o alinhamento do lucro zero quando o custo marginal chega a zero é a exceção. Mais uma vez, a tese de Rifkin seria justa se todo mundo pudesse produzir com custo marginal zero, mas nem todo mundo é iTunes, Airbnb ou BlaBlaCar porque, de novo contrariamente ao que ele afirma, os investimentos iniciais são colossais, muito arriscados, e, uma vez que as marcas se impuseram, que adquiriram fama mundial, é muito difícil competir com elas.

E isso, claro, verifica-se no mundo real, que não se parece em quase nada com o mundo idealizado por Rifkin.

Como escreve com excelência o economista Charles-Antoine Schwerer em um artigo publicado por *La Tribune* em 29 de outubro de 2015:

> A economia do compartilhamento é mercantilizada. Longe dos ideais pós-capitalistas da colaboração entre pares, BlaBlaCar, Airbnb e outros criam um novo modelo ultracompetitivo. Essas plataformas de economia do compartilhamento se inscrevem na linha reta da história do capitalismo. Para falar como um marxista, essa economia (mercantil) do compartilhamento acentua ainda a lucratividade do capital: um indivíduo utiliza sua propriedade pessoal (carro ou moradia principal) para fornecer um serviço pago a outro indivíduo (condução e hospedagem, nesse caso). Enquanto, antes, o preço da corrida BlaBlaCar diminuía conforme a lotação do veículo, hoje é fixada por passageiro. A renda aumenta conforme o número de passageiros: adeus à lógica inicial do compartilhamento das despesas, bem-vindo ao lucro! Airbnb, BlaBlaCar e o antigo UberPop se inscrevem na continuidade histórica do capitalismo: uma inovação tecnológica faz surgir novos serviços que levam a esfera mercantil para áreas de gratuidade ou informalidade. BlaBlaCar, Airbnb

e UberPop estenderam, simplificaram e monetizaram a carona, a troca de moradia e o compartilhamento da condução. De informais e marginais, essas práticas alcançaram a amplitude de um mercado, e hoje implicam transação financeira!

Devemos confessar que faz bem ler esses comentários de bom senso após os delírios ideológicos sobre o fim do capitalismo dos quais mal entendemos como puderam se iludir. A ideia segundo a qual a economia do custo marginal zero significaria o fim do lucro é risível, já que é exatamente o contrário que ocorre na realidade, e isso por um motivo bem simples: o custo marginal nulo induz um aumento da inovação que permite recriar permanentemente monopólios temporários a partir dos quais se realiza o lucro – cada mercado da economia digital sendo dominado durante um tempo por um número bem pequeno de atores, até por um único ator dominante. Aliás, basta ter encontrado alguns criadores de *start-ups* para se convencer de que o desprendimento não é nem a virtude, nem a preocupação primeira deles. Quanto aos usuários do Uber, BlaBlaCar e outras plataformas do tipo Airbnb, sua principal motivação, diga-se bem legítima, é obviamente o interesse, a preocupação em fazer economia, tendo acesso a serviços de qualidade sem passar por intermediários inúteis e caros. Em que isso, por menos que seja, é contrário ao espírito mercantil do capitalismo, à lógica do *Homo economicus*? A verdade é que a economia colaborativa nos faz entrar na era do capitalismo mais ferozmente concorrencial do que nunca. Um autêntico liberal poderá se alegrar com isso, é seu direito, nada o impedirá, nesse mundo finalmente nem tão novo assim, de lutar bravamente contra os monopólios, mas não venham dizer que se trata do fim do capitalismo! É exatamente o contrário, o advento de um hipercapitalismo cuja lógica profunda não invalida em nada a destruição criativa cara a Schumpeter, e sim a multiplica por dez, cem, mil – motivo pelo qual, aliás, os apologistas da nova configuração falam hoje prontamente de "disrupção criativa" para traduzir essa mudança não de natureza, como quer Rifkin erroneamente, mas simplesmente de escala.

Não apenas não se tornou gratuito o que não o era, não apenas se transformam propriedades antes ainda privadas em bens mercantis, mas é também toda a lógica da proteção social instaurada pelo Estado-providência que está sendo contestada, como escreve Schwerer no artigo citado antes:

> As plataformas da economia mercantil do compartilhamento levam a um novo grau de *low cost*. A lógica da Ryanair ou da Lidl é simples: reduzir o trabalho da empresa e aumentar a ação do indivíduo. A ideia se espalha por todos os setores, o cliente escaneia seus artigos e substitui o caixa, enche o tanque de gasolina e substitui o frentista, seleciona seu lugar no avião e tira do circuito o operador de turismo. O digital leva a lógica ao máximo: alguns indivíduos criam um serviço (para o Airbnb ou BlaBlaCar), um conteúdo (para o YouTube ou Facebook), um produto (para os aplicativos da Apple) que a plataforma vai monetizar.

Poderíamos acreditar que o único interesse de uma empresa de compartilhamento mercantil seja reduzir os custos mediante a supressão de cargos, mas se trata também de levar o cliente a fazer um trabalho que escapa de qualquer lei social, e vemos de novo aqui quanto o discurso sobre o fim do capitalismo provém de um embuste ideológico, acrescentando-se a desregulamentação à mercantilização do mundo, como insiste Schwerer apropriadamente:

> A imensa vantagem da produção pelos indivíduos é a ausência de normas e obrigações sociais: o *geek* que cria um aplicativo Apple pode trabalhar de noite, o motorista do BlaBlaCar não precisa ter pausas, a moradia do Airbnb não respeita as normas [para os] deficientes. Os indivíduos se remuneram por conta própria e não estão sujeitos a encargos sociais. Assim, as plataformas digitais realizam o sonho de muitas empresas, promovem um choque de simplificação e uma diminuição de encargos que ultrapassam (amplamente) qualquer (parca) tentativa governamental. Rentabilidade do capital, criação de novos mercados, exteriorização em direção aos indivíduos, choque de simplificação e supressão de encargos:

a economia mercantil do compartilhamento constitui um novo grau do capitalismo. Para completar esse *business model* ultracompetitivo, as plataformas veiculam (justamente) uma imagem de vínculo social reavivado.

Mas, como sempre, a ideologia tem a necessidade de pintar com as cores da ética a lógica simples e brutal dos interesses mercantis. É essa tática desgastada que Rifkin emprega de novo para tentar nos persuadir de que suas previsões se confirmariam com o surgimento, nas jovens gerações Y e Z, de uma moral ainda inédita do compartilhamento e do desinteresse.

As gerações Y e Z mais generosas que as anteriores? Outra grande piada...

É, de fato, um dos principais argumentos que ele apresenta para sustentar sua tese do fim do capitalismo: os "jovens de hoje", como diziam nossos avôs, seriam muito diferentes de nós, prefeririam o uso à propriedade, o ser ao ter, o compartilhamento à posse, o sustentável ao efêmero, a preocupação com o mundo ao "curto-prazismo", a ecologia ao desgaste do planeta, em suma, vivendo de amor e água fresca, eles se afastariam totalmente do mundo do dinheiro e do lucro. Com o UberPop, o Airbnb ou o BlaBlaCar, finalmente o altruísmo venceria o individualismo e a ganância. Vamos ouvir de novo o bom doutor Rifkin:

> Os jovens de hoje, conectados entre si no espaço virtual e físico, eliminam prontamente as últimas fronteiras ideológicas, culturais e comerciais que, por muito tempo, separaram o "seu" do "meu" no sistema capitalista operando pelas relações de propriedade privada. [...] A nova abertura de mente deles derruba os muros que, por muito tempo, dividiram os seres humanos. [...] A sensibilidade empática que manifestam se estende lateralmente tão rápido quanto as redes mundiais conectam todos os habitantes da Terra. Centenas de milhões de seres humanos, suspeito até que sejam bilhões, começam a sentir o outro como um eu.

Pois é!

Que pena que minhas filhas não ouviram essa mensagem irenista ao disputar tão acirradamente a propriedade do *short* azul ou da camiseta verde! Quando as vejo lamentar o fim do UberPop, e com a proibição do aplicativo, passar a usar o Hitch (que, embora equivalente, ainda consegue se manter alegando que trabalha apenas das 20h às 6h da manhã), duvido que seja por motivos filantrópicos. Temo até que elas não estejam nem um pouco preocupadas nem com a concorrência desleal sofrida pelo infeliz motorista de táxi, que teve que pagar pela licença, nem pela magra renda do motorista que trabalha de noite para pagar as contas. E, no entanto, elas não são nem piores nem melhores que os outros jovens, simplesmente a única consideração que as leva a essas novas formas de transporte diz respeito à comodidade e sobretudo ao preço, muito inferior ao do táxi tradicional. Rifkin destaca repetidas vezes, como se fosse um sinal do fim da propriedade privada, portanto do capitalismo, que os jovens renunciam cada vez mais à compra de carro para privilegiar o acesso ou o uso, no modelo do carro compartilhado ou do Autolib'. Mas, mais uma vez, trata-se de uma grande piada, não tendo essa suposta "renúncia" obviamente nada a ver, em absoluto, com qualquer renúncia que seja à propriedade privada, mas tudo com o fato de que possuir um carro se tornou simplesmente um estorvo por causa da formidável urbanização dos países ocidentais. Seguro, estacionamento e manutenção hoje custam uma fortuna e são inacessíveis para os jovens, especialmente nas grandes cidades e, *last but not least*, o ideal da mobilidade fluida que o automóvel ainda representava nos anos 1950 inverteu-se completamente, segundo o processo que um hegeliano chamaria de "dialético": os congestionamentos, as diversas proibições, os limites de velocidade e os engarrafamentos de domingo à noite transformaram a fluidez e a liberdade que o automóvel nos prometia em um verdadeiro pesadelo. Nessas condições, não é preciso ter desprendimento ou preocupação com outrem para renunciar facilmente àquilo que se tornou mais um peso, totalmente inútil, na vida de um estudante!

E há mais ainda.

Uma recente pesquisa realizada nos Estados Unidos junto a uma população de 14 mil estudantes dos *colleges* demonstra exatamente o contrário daquilo que Rifkin acredita saber. O estudo, iniciado pela Universidade de Michigan e apresentado na reunião anual da Association for Psychological Science, chegou, após meses de entrevistas conduzidas conforme as regras, à seguinte conclusão:

> Encontramos a maior diminuição de empatia após o ano 2000! Os jovens de hoje mostram 40% menos empatia que seus homólogos de vinte ou trinta anos atrás, segundo os dados coletados graças a testes padronizados para esse traço de personalidade.

No entanto, as perguntas feitas aos estudantes favoreciam respostas mais positivas e valorizadoras:

> Você sente com frequência ternura e empatia por pessoas menos favorecidas que você? – ou ainda: – Acontece de você tentar entender seus melhores amigos imaginando como as coisas se apresentam do ponto de vista deles?

Não adiantou nada, pois o número de respostas negativas, segundo essa pesquisa, é 40% maior que nas gerações anteriores, provando, pelo menos, que nossos jovens não têm medo de ser sinceros. Mas o mais engraçado, se assim posso dizer, é que, ao contrário das afirmações lenitivas de Rifkin, os pesquisadores, para explicar esses resultados decepcionantes, incriminam justamente o "narcisismo hipertrofiado" que reina nas redes sociais! Ele que, essencialmente, explicaria essa tendência para o egocentrismo e o ensimesmamento. Obviamente, se as jovens gerações aprovam o Autolib', o BlaBlaCar, o Hitch ou, antes ainda, o UberPop, não é em absoluto por gostar de compartilhar, pela preocupação com os outros, pela rejeição do capitalismo selvagem e outras bobagens que nos são vendidas em inúmeros livros. É justamente, insisto, exatamente o contrário: não estão nem aí para o infeliz motorista de táxi "uberizado" de maneira selvagem! Nem para o professor que faz bico como motorista após as aulas para poder pagar as contas no fim do mês! O UberPop era mais barato e mais cômodo que um táxi, ponto e basta! Conclusão: é raro assistirmos de maneira tão clara à emergência daquilo que Marx chamava de ideologia, isto é, um discurso inteiramente destinado a transfigurar a realidade para dar alguma legitimidade a uma nova configuração econômica, nesse caso com o intuito de mostrar as pessoas como elas não são e a desregulamentação desenfreada como uma nova faceta da ética.

Para completar o quadro, nosso futurólogo anuncia, de passagem, o fim do trabalho. O tema parece, à primeira vista, mais sério. Vejamos do que se trata de verdade.

O fim do trabalho? O Uber vai matar Schumpeter?

Inicialmente, é preciso rever duas ideias bastante generalizadas, em primeiro lugar que a uberização e a digitalização do mundo seriam duas noções praticamente idênticas; em seguida, aquela segundo a qual todas as profissões seriam "uberizáveis" ou "digitalizáveis".

Vamos acertar os ponteiros: se muitas tarefas repetitivas em inúmeras profissões são digitalizáveis, isso não significa, nem de longe, que todas as profissões sejam "uberizáveis". E sejamos específicos: "uberizar" não significa digitalizar; frequentemente (embora nem sempre) significa colocar um bem pessoal, um "ativo privado", no mercado para entrar em concorrência com empresas de profissionais bem instaladas: por exemplo, com o Airbnb, coloco meu apartamento à disposição de outro indivíduo mediante pagamento. O mesmo com meu carro, para compartilhá-lo. Isso, obviamente, só se torna possível graças a um aplicativo digital, mas essa operação comercial, que consiste em tirar do circuito os profissionais tradicionais, não é propriamente uma digitalização.

Por outro lado, faz parte da digitalização a automação de algumas tarefas bem simples, como classificar uma lista de endereços, algo que as secretárias faziam "manualmente" dez ou quinze anos atrás, e que qualquer computador hoje faz em menos de um segundo. No entanto, isso não significa em absoluto, como se vê com frequência, que a profissão de secretária vai desaparecer. São as tarefas (algumas ao menos) que serão automatizadas pela digitalização, mas bem mais raramente as profissões em si. É claro que as secretárias ainda vão existir, mas cuidarão de outras coisas enquanto o computador as livrará das tarefas mecânicas, de resto maçantes e desprovidas de interesse. Segundo um relatório da McKinsey & Company,[18] 45% das tarefas poderão assim ser automatizadas, porém apenas 10% das profissões, o que relativiza muito a famosa tese do fim do trabalho. O que é possível, por outro lado, é que uma diminuição dos lucros, associada ao aumento da produtividade, à falta de adaptação dos indivíduos e à flexibilidade do mercado de trabalho gere, como é o caso na França, desemprego, mas, no entanto, este não será nem estrutural, nem irreversível.

Assim, nem o Uber, nem os robôs, nem a digitalização estão prestes a matar Schumpeter. Vamos lembrar brevemente em que e por quê.

Como havia entendido o grande economista, a lógica do capitalismo é fundamentalmente a da "destruição criativa". Em outros termos, as inovações tecnológicas que permitem aumentar a produtividade e oferecer continuamente novos produtos e novos serviços destroem empregos também continuamente, mas aposta-se que esses antigos empregos sejam substituídos sempre por outros, criados justamente pelas inovações. Portanto, o capitalismo é um universo de desenraizamento permanente, e também de criação permanente, esta compensando aquele. No entanto, para os que têm apego ao mundo passado eliminado pela lógica da inovação destruidora, o movimento do capitalismo surge como insuportável, como apenas negativo e destruidor.

Vamos dar a Cesar o que é de Cesar e citar, para recordar, o que Schumpeter dizia sobre a "destruição criativa" nos anos 1940:

---

18 "Four Fundamentals of Workplace Automation", nov. 2015. Agradeço a Éric Labaye por ter me comunicado de forma tão amigável e comentado esses relatórios pelos quais foi responsável.

De fato, a impulsão fundamental que mantém em movimento a máquina capitalista é marcada pelos novos objetos de consumo, os novos métodos de produção e de transporte, os novos mercados, os novos tipos de organização industrial – todos elementos criados pela iniciativa capitalista. [...] A abertura de novos mercados nacionais ou externos e o desenvolvimento das organizações produtivas, desde o ateliê artesanal ou a fábrica até empresas amalgamadas como a U.S. Steel, constituem outros exemplos do mesmo processo de mutação industrial – perdoem-me essa expressão biológica – que revoluciona permanentemente a partir do interior a "estrutura econômica", destruindo continuamente seus elementos envelhecidos e criando continuamente elementos novos. Esse processo de "destruição criativa" constitui o dado fundamental do capitalismo: é nele que consiste, em última análise, o capitalismo, e qualquer empresa capitalista deve, de boa ou má vontade, adaptar-se a ele.

O que impressiona nesse resumo que Schumpeter faz de sua própria teoria é que já aparecem nas entrelinhas elementos de contenção, de preocupação e de reticência à inovação. Obviamente, a inovação tem seu lado bom, o do "progresso". No entanto, muitos aspectos negativos não deixam de estar intrinsecamente vinculados à sua implacável lógica. Como escreve o economista Nicolas Bouzou, adaptando às condições de hoje a análise de Schumpeter:

> A destruição criativa sacode o corpo social permanentemente. Quanto mais forte é o crescimento, mais o corpo social é sacudido. Mas, sem crescimento, as condições de vida deixam de melhorar. Obviamente, a desestruturação do corpo social é proporcional à magnitude das ondas inovadoras. Atinge seu paroxismo quando aparecem o que os americanos chamam de *general purpose technologies*, o que se traduz por tecnologias multiuso (TMU). Trata-se de tecnologias que têm impacto não somente em seu setor de origem, mas também na economia como um todo. É o caso da máquina a vapor, da eletricidade, da informática, das nanotecnologias. Além dos maciços efeitos de destruição criativa que oca-

sionam, possuem outra característica perturbadora: demoram muito tempo para produzir os efeitos mais positivos e mais visíveis. Quando são introduzidas, o grande público entende mal seu interesse. Somente após décadas é que suas áreas de aplicação se tornam evidentes. É então também que geram inovações secundárias, novos empregos e salários mais altos. Fala-se nesse caso de "síntese criativa".[19]

Somente mais tarde, quando aparece uma "síntese criativa", é que medimos o quanto a internet tem mudado e facilitado nossa vida: os diversos *downloads*, a educação, a informação e o comércio *on-line* se desenvolvem a ponto de ninguém, exceto alguns intelectuais que vivem da crítica do mundo moderno (e mesmo assim vendem seus livros na Amazon após aparecer inúmeras vezes na odiada mídia), mais pensar em viver sem ela, do mesmo modo que ocorre com o telefone ou a máquina de lavar roupa. Sim, a síntese criativa é um "momento mágico", como diz Bouzou, a abertura de uma era de progressos incontestáveis, mas, para uma opinião pública que vive no curto prazo, que não conhece nem entende *a priori* os aspectos técnicos da inovação, e com mais razão ainda a natureza eventual das suas consequências em termos de saúde, de nível de vida, de emprego, até de liberdade, o novo aparece inicialmente apenas sob seus aspectos negativos: desestruturação permanente do corpo social, flexibilidade preocupante, aumento do desemprego, desigualdades e reconversões difíceis, prioridade aos diplomas e às qualificações de ponta etc. – em que, inevitavelmente, a inovação parece mesmo mais destruidora do que criativa.

Daí as revoltas que sempre acompanharam a inovação destruidora inerente ao capitalismo, por exemplo, as dos ludistas ingleses em 1811 ou dos *canuts* de Lyon, França, em 1831, onde operários tecelões rebelados quebraram as máquinas de tecer, já que, a seu ver (e é bem compreensível), elas apenas serviriam para destruir os empregos. A automação, em si um progresso por liberar os humanos de tarefas repetitivas, tediosas e, finalmente, desprovidas de qualquer sentido,

---

19   Nicolas Bouzou, *On entend l'arbre tomber mais pas la forêt pousser*, JC Lattès, 2013.

para eles era a própria imagem do inimigo, desse adversário temido que é o desemprego. Talvez ela crie novos empregos (mesmo que apenas para outros artesãos, os que vão construir as máquinas), mas não para os ludistas ou os *canuts*, porque exigirão outras competências, não serão obrigatoriamente situados perto do local onde vivem etc. Por isso é que aqueles que, no processo de destruição criativa, são afetados pelo momento da destruição não podem se tranquilizar diante da perspectiva do segundo momento, o da criação, que não lhes dirá respeito. Vamos traduzir em termos atuais: há cerca de 3 mil livrarias na França e altos riscos de que sejam, um dia ou outro, como foi o caso das lojas de disco, atacadas de frente pela Amazon e muitas delas sejam assim "destruídas". A Amazon cria certamente outros empregos, mas não são os mesmos, e para dizer as coisas de forma simples: muito poucos livreiros desempregados pelos gigantes da internet vão trabalhar para eles.

Daí o fato de o velho tema ludista do fim do trabalho – o emprego sendo ameaçado pela lógica da inovação – encontrar hoje um novo fôlego com o surgimento dos Gafa e sua extensão mundial, por exemplo com outro gigante, chinês dessa vez, o Alibaba – o equivalente asiático da Amazon. E, evidentemente, Jeremy Rifkin se tornou o defensor dessa hipótese, no livro *O fim dos empregos* (M. Books, 2004), com prefácio de um Michel Rocard, que, na época, decidira defender a jornada de trabalho de 35 horas semanais. No seu livro várias vezes citado, Rifkin reitera sua opinião:

> O envio de e-mails em poucos segundos no mundo inteiro, com custo marginal de mão de obra quase nulo, abalou fortemente os serviços postais de todos os países. [...] A automação substitui o trabalho humano em todo o setor logístico. A Amazon, que é tanto uma empresa de logística quanto uma varejista virtual, mune-se de veículos inteligentes, automatizados e autoguiados, robôs automatizados e sistemas de armazenamento automatizados nos armazéns, e, assim, pode eliminar o trabalho manual menos eficiente em todas as etapas da cadeia de valor logística. [...] Esse objetivo hoje está adequado à introdução dos veículos

sem motorista. [...] Os Estados Unidos, sozinhos, contam hoje com mais de 2,7 milhões de caminhoneiros. É bem possível que em 2040, funcionando os veículos sem motorista com custos marginais de mão de obra quase nulos, boa parte dos caminhoneiros do país sejam eliminados. [...] A automação, a robótica e a inteligência artificial eliminam o trabalho humano tão rapidamente nos serviços, nos escritórios, quanto na indústria e na logística. Secretárias, documentalistas, telefonistas, agentes de turismo, atendentes de banco, caixas e inúmeros outros empregados dos serviços quase desapareceram nos últimos 25 anos, porque a automação reduziu o custo marginal desse trabalho a quase nada.[20]

Daí também a hipótese, defendida por alguns economistas, segundo a qual poderíamos assistir daqui em diante a um crescimento sem emprego, à importância crescente de empresas do tipo Uber ou Airbnb, que obtêm lucros enormes sem entretanto criar trabalho assalariado, funcionando esses aplicativos essencialmente na internet, com poderosos algoritmos, permitindo uma automação e uma digitalização quase completa do trabalho, reduzindo-se cada vez mais a parte do ser humano, onerosa e, em geral, difícil de gerenciar socialmente.

Esse também é o cenário desenvolvido por muitos *think tanks* hoje, como, por exemplo, o consultor estratégico Roland Berger em uma nota que data de outubro de 2014 e trata das "classes médias diante da transformação digital". Ele considera, ao contrário do relatório da McKinsey citado acima, que no mercado do trabalho, na França, "42% das profissões apresentam uma probabilidade de forte automação por causa da digitalização da economia", insistindo a nota no fato de que, pela primeira vez, os empregos ameaçados não são apenas os manuais, mas todas as tarefas, até mesmo intelectuais, desde que sejam suficientemente repetitivas para serem executadas pela inteligência artificial de um robô ou computador. Aliás, se estes são capazes de derrotar o campeão mundial de xadrez ou de vencer um jogo em língua natural como Jeopardy!, é difícil ver o que poderia

---

20 Jeremy Rifkin, *La nouvelle société...*, op. cit., p. 190-191.

impedi-los de executar com êxito certas tarefas hoje ainda realizadas por secretárias, caixas ou atendentes de balcão. Assim, a nota de Roland Berger afirma que, até 2025, 3 milhões de empregos poderiam ser eliminados na França por causa da digitalização, evolução que, a seu ver, desestabilizaria profundamente as classes médias, já que muitos empregos de serviços seriam ameaçados. E, de maneira bem concreta, a nota detalha um por um os setores que poderiam ser mais ou menos atacados pela digitalização, mas também as diferentes fontes de onde poderiam vir os ataques (os *big data*, a robótica e os veículos autônomos ocupam o primeiro lugar entre as novas tecnologias com forte impacto sobre o emprego).

Obviamente, esse estudo ameniza algumas profecias sombrias – sombrias pelo menos no aspecto social: primeiro, fica claro que as profissões com forte criatividade serão poupadas por mais tempo. É possível fabricar canções, artigos de jornais esportivos ou livros em série, mas estes raramente, para dizer o mínimo, são obras-primas. O mesmo na medicina: as análises de laboratório e vários outros serviços (a distribuição dos remédios, por exemplo) poderão ser automatizados e digitalizados, mas o papel do médico ainda será crucial em termos de controle, de estratégia de diagnóstico e de terapêutica, assim como na relação humana com os pacientes. Em seguida, e talvez seja o essencial – e obviamente é nesse ponto que reside o problema, e esse tipo de previsão é, como logo veremos, singularmente frágil –, fala-se aqui apenas da destruição de empregos em termos de "perdas brutas", como esta nota reconhece, com certa prudência:

> Nosso modelo [de previsão] estima, assim, que 3 milhões de empregos serão atingidos. Consideradas por si sós, essas perdas de emprego significariam um crescimento insustentável do nível do desemprego na França. No entanto, trata-se de uma perda bruta, que não considera a emergência de novas atividades e novas profissões, nem o efeito de retorno vinculado aos ganhos de produtividade que estimulam a economia sob certas condições. O desafio reside então na capacidade da economia francesa de produzir novas atividades que substituirão aquelas

em que os ganhos de produtividade reduziram o número de empregos, de modo similar à substituição da indústria pelos serviços no século XX.

Não há como ser mais claro, e, como se pode ver, voltamos à teoria defendida por Schumpeter, do qual, definitivamente, não é tão fácil se livrar quanto pensa Rifkin com muita ingenuidade (ou malícia, porque a paixão ideológica conduz sempre a destacar no real apenas o que vai no sentido da própria tese). De fato, se especificarmos as coisas de maneira mais concreta, é preciso ver que na França atualmente são eliminados 10 mil empregos por dia... mas também são criados 9 mil! Essa diferença explica obviamente o aumento relativo do desemprego, mas mostra também que, de fato, bastaria pouca coisa, que se eliminassem apenas mil empregos a menos ou se criassem mil empregos a mais, para a situação melhorar. Assim, voltamos à problemática da destruição criativa, que resiste muito bem ao pessimismo do fim do trabalho – o que não anula, claro, e a honestidade me leva a repetir isso, o problema social e humano que ela gera: o que dizer ao livreiro que fecha seu comércio por causa da concorrência da Amazon, que ele julga, com toda razão, desleal? Ele não gerenciou mal seu negócio, exerce sua profissão com paixão e talento, e, mesmo assim, deve encerrar suas atividades: não é injusto, insuportável? Ainda mais porque os novos empregos eventualmente criados pela Amazon não são para ele, já dissemos, não lhe cabem, nem em termos de gosto, nem mesmo de competências. Dizer-lhe demagogicamente, como prêmio de consolação, que a Amazon vai ser fechada, assim como foi fechado o UberPop, é absurdo. Primeiro, porque é impossível, em seguida porque, de qualquer maneira, tal medida não resolveria absolutamente nada. Seria apenas tentar interromper o progresso com as mesmas chances que se tentássemos parar o rio do mesmo nome (com duas letras a mais, Amazonas) com um coador de chá. A solução não está aí, não está na proteção dos empregos perdidos, mas na das pessoas, especialmente na formação permanente, cuja carência atual constitui um dos maiores escândalos da França.

Uma variante do fim do trabalho: os argumentos de Daniel Cohen sobre o declínio do crescimento

Será que nos dirigimos, por efeito das novas tecnologias, para o fim do crescimento, senão para o fim do trabalho? Deveremos nos acostumar a viver sem crescimento, a nos desintoxicar, a preferir o qualitativo ao quantitativo, o ser ao ter, a sabedoria dos antigos à dependência consumerista dos modernos? Esta é a tese defendida por Daniel Cohen em seu último livro (*Le monde est clos et le désir infini* [O mundo é fechado e o desejo infinito], Albin Michel, 2015). Seu principal argumento não é aquele que esperaríamos *a priori*, o que acabamos de ver ao evocar os ludistas ingleses de 1811 ou os *canuts* de Lyon de 1831, o famoso raciocínio segundo o qual as máquinas modernas destruiriam os empregos, os progressos da técnica provocando o desemprego. Essa tese, de fato, é fácil de refutar mostrando, como acabo de sugerir a partir de Schumpeter, que as destruições foram até então sempre compensadas por novas criações. Isso é inegável, mas, se olharmos mais detalhadamente, e esse é ao menos o ponto levantado por Cohen, a destruição foi criativa com uma condição, a de que o setor novo no qual acontecia o "despejamento" de um mundo transformado pela tecnologia para outro fosse um setor também produtivo e gerador de crescimento. Para ser mais claro e dar um exemplo, foi esse o caso quando a industrialização e a urbanização esvaziaram o setor agrícola em prol do setor industrial, que era mais produtivo: consequentemente, o "despejamento" foi bem-sucedido, fator de nova dinâmica de crescimento. Mas, hoje, as profissões de serviços destruídas pela "uberização" do mundo, pelas revoluções digitais e pela economia colaborativa não são mais "despejadas" em setores produtivos. As novas tecnologias melhoram certamente nossa vida, porém destroem também empregos sem compensação suficiente em relação às perdas.

Para se fazer compreender, Cohen cita o exemplo de um comediante de espetáculo ao vivo (setor B tradicional) que sofre a concorrência de Hollywood (setor A, supermoderno e tecnológico, que invade o planeta com custo marginal zero, já que se pode ver um filme americano sem pagar nada na televisão): o setor A esvazia assim o setor B, mas essa situação é totalmente diferente da transição representada pela passagem da agricultura à indústria. Em 1900, 40% da população ativa dos Estados Unidos trabalhavam na agricultura. Hoje são apenas 2%. Essa transição é o modelo de um "despejamento" bem-sucedido. Entende-se por quê: os camponeses, o setor B em nosso exemplo, migraram para empregos industriais, o setor A; mas, diferentemente do exemplo proposto, este último estava também em fase de crescimento da sua produtividade industrial. A transição pela qual passamos hoje é diferente. Os trabalhadores em grande parte já migraram da indústria para os serviços, e é dentro dos serviços [que se efetua o novo despejamento]. A questão então é saber o que ocorre com os trabalhadores deslocados. Se a nova produtividade deles estagna, por exemplo em empregos de entregadores de pizza, o resultado é claro: o potencial de crescimento fica consideravelmente reduzido.

Daí a necessidade, segundo Cohen, de aprender a viver sem crescimento. No entanto, alguns economistas propõem outra análise. É, entre outros, o caso de Nicolas Bouzou, de quem recomendo fortemente a leitura do último livro, publicado em 2015, *Le grand refoulement* (O grande recalque) (editora Plon). Segundo Bouzou, não somente as novas tecnologias vão gerar crescimento e emprego como nunca antes, mas bastaria abordar de modo finalmente racional o mercado de trabalho para resolver a lancinante questão do desemprego, como ocorreu na Suíça, na Alemanha, na Holanda e na Áustria. As soluções são simples e bem conhecidas: um seguro-desemprego altamente regressivo, que encoraje a busca de outra atividade, uma nova legislação para o trabalho independente, que, aos poucos, vai crescer em relação ao trabalho assalariado, uma reformulação dos contratos de trabalho, uma redução drástica do número de setores de atividade, o fim das 35 horas semanais, alguns setores, por exemplo, precisando apenas de 32 horas, outros de 43 horas e, finalmente, uma formação de base mais eficiente e uma formação profissional orientada essencialmente para os desempregados. Então, as novas tecnologias não destruiriam o crescimento nem aumentariam o desemprego, mas criariam, ao contrário, riqueza e emprego como nunca antes.

Independentemente da conclusão desses debates, que, obviamente, não posso antecipar aqui, uma coisa, pelo menos, está certa: é que, mais uma vez, a palavra regulação se impõe diante de uma mercantilização e uma desregulação do mundo sem nenhum equivalente na história humana. Motivo pelo qual deveremos sair da antinomia estéril do otimismo e do pessimismo, duas categorias que, embora dominantes, não têm nenhuma pertinência para a compreensão da realidade de hoje.

Conclusões. O ideal político da regulação
Para além do pessimismo e do otimismo

DIANTE DA AMPLITUDE E DA RADICALIDADE DAS INTERROGAÇÕES levantadas tanto pelo transumanismo como pela economia colaborativa, alguns pensarão que o ideal de regulação não é suficientemente radical, justamente, aberto demais a compromissos, contemporizador demais, em suma, "social-democrata" demais para ser honesto. Para os ultraliberais, defensores otimistas do "deixar fazer, deixar passar", parecerá um retorno às velhas ideias do socialismo estatal. Para os religiosos e todos aqueles que sonham em deter o movimento, em bloquear a sociedade civil para preservar as "conquistas sociais" e em restaurar a época de ouro perdida, a regulação parecerá "laxista" demais, para empregar um vocábulo apreciado pelos diversos defensores da volta para trás. É verdade que as questões levantadas pelas novas tecnologias são abissais. Do lado da economia, tratar-se-á de saber se nossos sistemas de proteção social e nossas profissões tradicionais resistirão à concorrência, às vezes legítima, frequentemente desleal, que lhes opõe a lógica nova das redes. Como conseguiremos resolver os conflitos que vão se multiplicar no modelo daquele que já opõe os táxis ao Uber ou os hoteleiros ao Airbnb? Como conseguiremos conceder um estatuto social digno desse nome ao trabalho independente, que, aos poucos, vai se implementar ao lado, ou até no lugar, do trabalho assalariado, sabendo que a proibição é tão desprovida de sentido quanto a indiferença neoliberal? Do lado da medicina e da biologia, as questões levantadas pelas novas tecnologias serão ainda mais preocupantes, já que simplesmente é a identidade da nossa espécie, a própria humanidade do ser humano, que está em pauta, ameaçadas de se transformarem de maneira irreversível pelos avanços da engenharia genética.

No entanto, a regulação é o único caminho plausível, a única saída em democracias nas quais a imposição de limites tornou-se tão crucial quanto problemática, e isso por motivos que não têm nada de anedóticos, mas, ao contrário, dizem respeito à estrutura essencial, propriamente metafísica, das sociedades modernas dentro da globalização. Como tive frequentemente a chance de explicar em meus livros anteriores – mas com o transumanismo e a economia colaborativa essa reflexão toma hoje uma dimensão e uma significação inéditas –, nossas democracias globalizadas apresentam nesse aspecto duas características fundamentais.

A primeira delas: sua dinâmica não é somente a descrita por Tocqueville ao falar de "equalização das condições", mas também uma grande onda que opera uma transferência permanente daquilo que pertencia à tradição para o âmbito da liberdade, uma erosão contínua das heranças e dos costumes impostos em prol do domínio do seu destino pelos seres humanos. E essa onda irriga todas as áreas da existência humana. Na vida política assim como estética, religiosa ou amorosa, nossas democracias aspiram à autonomia, termo que aqui deve ser entendido no sentido etimológico: trata-se de proporcionar a si mesmo sua própria lei, com a convicção, já formulada de maneira canônica por Rousseau, de que a liberdade, a verdadeira, não é nada mais que "a obediência à lei que se prescreve a si mesmo". Assim, passamos, no universo político, do absolutismo ao parlamentarismo; no mundo religioso, das teocracias estatais à fé pessoal; na ordem da cultura, das obras sacras às criações profanas, e, na esfera privada, do casamento imposto pelos pais e pelas aldeias ao casamento escolhido pelos indivíduos.

Na realidade, o transumanismo e a economia colaborativa apenas dão seguimento a esse processo inerente à própria essência do humanismo democrático. Em ambos os casos, trata-se de lutar contra as figuras tradicionais da alienação, as da loteria natural da evolução de um lado, com o *slogan "from chance to choice"*; e, de outro lado, as dos intermediários, que se opõem às relações diretas entre indivíduos. Nessas condições, é inútil querer tudo parar, lançar o anátema sobre tudo que avança em nome da preservação do passado. Seria combater uma lógica democrática tão essencial ao indivíduo moderno que a tarefa, admitindo até que fosse desejável (o que não é o caso, considerando os benefícios que as inovações também trazem), estaria de qualquer modo fadada ao fracasso.

Portanto, é preciso, queiramos ou não, regular, evitar que a humanidade caia naquilo que os antigos gregos chamavam de *hybris*, a arrogância e o descomedimento, isto é, fixar limites para o homem prometeico. Mas não nos enganemos. Para impor regras à sociedade civil, para pôr ordem e colocar limites à lógica do individualismo, é preciso não apenas dispor de um Estado esclarecido, de uma classe política que entenda as evoluções da sociedade, os movimentos de fundo que a transformam, suas novas aspirações, às vezes radicalmente inéditas, mas também de um Estado forte, capaz de se fazer respeitar por essa esfera privada pela qual se pretende responsável. Mas é justamente aí que está o ponto, no fato de que a globalização, que tem na universalidade da tecnociência que atravessa todas as fronteiras um aspecto inseparável, levanta um problema particularmente crítico: o da impotência pública num contexto no qual, tendo o mercado se tornado mundial, enquanto as políticas permaneciam estatais e nacionais, isto é, locais, a eficiência real dos Estados-nações se reduz aos poucos a quase nada.

Permita-me aqui lembrar, de forma resumida, o raciocínio que possibilita sustentar essa observação. É o que chamei de "desapropriação democrática", uma realidade cuja raiz precisamos entender para medirmos com alguma exatidão a dimensão do problema hoje levantado em ambas as áreas, a do transumanismo e a da economia colaborativa, pelo ideal de regulação.

A "desapropriação democrática": rumo a uma inversão dialética da democracia em seu oposto?

Originalmente, quando seus primeiros princípios modernos, e não somente os antigos, começaram a desabrochar no século do Iluminismo, a democracia nos fazia entrever a promessa de que íamos finalmente, deixando os tempos obscuros do absolutismo e do Antigo Regime, construir juntos nossa história, dominar coletivamente nosso destino, em suma, alcançar a idade adulta e a autonomia no plano político e na vida privada. Fosse pela magia do sufrágio universal, do pluralismo e da expansão contínua dos direitos individuais na Europa, poderíamos pensar, ainda há pouco, que a promessa estava em vias de se realizar. Porém, é precisamente essa esperança que a globalização tende a trair enquanto o declínio do Estado-nação torna bem duvidosas as reações "soberanistas" que pretendem "retomar o controle", apoiando-se somente nas alavancas das políticas nacionais.

É evidente que essa realidade tem forte impacto sobre a questão da regulação, seja econômica, ecológica, moral ou financeira. Por isso, é crucial, nesse novo contexto, entender bem a natureza exata desse processo de "desapropriação democrática".

Para isso, tomemos como ponto de partida esta observação bem banal: a cada ano, a cada mês, quase a cada dia, os objetos ao nosso redor, celulares, computadores ou carros, por exemplo, mudam. Evoluem. As funções se multiplicam, as telas aumentam, ficam mais coloridas, as conexões com a internet melhoram, as velocidades aumentam, os dispositivos de segurança progridem etc. Esse movimento é diretamente gerado pela lógica da competição mundial. É tão irreprimível que uma marca que não o acompanhasse estaria imediatamente fadada a desaparecer. Há aqui uma obrigação de adaptação que nenhuma delas pode ignorar, quer queira, quer não, quer isso faça sentido ou não. Não é uma questão de gosto, uma escolha entre outras possíveis, nem um grande projeto, um ideal, mas simplesmente um imperativo absoluto, uma necessidade indiscutível se uma empresa quiser sobreviver. Nesta globalização que leva permanentemente à inovação, porque deixa todas as atividades humanas em estado de concorrência contínua, a história avança, portanto, exatamente ao contrário do que prometia o ideal democrático, cada vez mais fora da vontade dos homens. Vejamos uma metáfora banal, porém eloquente, que uso com frequência para me fazer entender: da mesma forma que uma bicicleta deve andar para não cair, ou um giroscópio girar permanentemente para permanecer no eixo e não cair do fio no qual foi posto, precisamos inovar o tempo todo, inventar, mudar, mover, em suma, "progredir", mas esse progresso mecânico induzido pela luta em prol da sobrevivência não precisa ele mesmo estar situado dentro de um projeto mais amplo, integrado em um grande propósito que teria um verdadeiro sentido.

Obviamente, aproveitaríamos suas repercussões, por exemplo, no plano da saúde, da expectativa e do nível de vida. Desde os anos 1950, este último foi multiplicado por três, enquanto ganhávamos mais de vinte anos de expectativa de vida. Quem não desejaria, até entre os mais pessimistas antimodernos, quando hospitalizados, beneficiar-se das técnicas de ponta, do *scanner* mais moderno, dos remédios mais eficazes? Isso não está sendo questionado. O que se indaga, ao contrário, é a questão da democracia, isto é, a da regulação e do controle que os homens podem ou não exercer sobre a própria história, assim como a da finalidade desta mesma história.

Mas é justamente nesses dois pontos essenciais, o controle e o sentido do nosso destino comum, que a globalização detona grande parte do ideal de autonomia e de liberdade que acabo de mencionar. É algo fácil de entender se considerarmos por um instante a diferença abissal que separa os primórdios da "globalização" do que vivemos hoje.

De fato, a globalização começa verdadeiramente apenas com a Revolução Científica dos séculos XVII e XVIII. Por que esse ponto de referência? Simplesmente porque o discurso da ciência moderna é certamente, senão o único, pelo menos o primeiro a possuir uma verdadeira e crível vocação "mundial" na história da humanidade, o primeiro a poder legitimamente pretender valer para todos os homens, em qualquer tempo e qualquer lugar, para os ricos e os pobres, os poderosos e os fracos, os aristocratas e os plebeus. A lei da gravitação é, nesse sentido, tão democrática quanto universal. Antes, a humanidade se movia ainda em uma vida do espírito cuja famosa coleção "Contos e Lendas", que embalou nossa infância, dá uma boa ideia. Decerto, existem religiões, e até algumas que se querem universais, existem cosmologias e mitologias, filosofias e poesias, mas todas, de fato, são locais, regionais. Nenhuma pode pretender razoavelmente se impor ao mundo inteiro. Apenas a ciência moderna, com os princípios de inércia ou de gravitação universal, conseguirá.

Porém, e essa é a grande diferença em relação ao tempo presente, no racionalismo dos séculos XVII e XVIII o projeto de domínio científico do universo possuía ainda um sentido, uma finalidade emancipatória. Em seu princípio, ao menos, permanecia ainda submetido à realização de algumas finalidades superiores, até de objetivos grandiosos considerados benéficos para a humanidade. Não havia apenas interesse nos meios que nos permitiriam dominar o mundo, mas nos objetivos que essa própria dominação teria permitido, se fosse o caso, que realizássemos – o que mostra que esse interesse não era ainda puramente "técnico", "instrumental" ou somente "pragmático". Para Kant ou Voltaire, tal como já para Descartes, tratava-se de dominar o universo teórica e praticamente pelo conhecimento científico e pela vontade dos homens, e não pelo simples prazer de dominar, ou pela pura fascinação narcisista por nossa própria potência. Não se almejava dominar por dominar, mas verdadeiramente entender o mundo e poder utilizar nossa inteligência para alcançar alguns objetivos superiores que se reuniam, por fim, em dois itens principais: a liberdade e a felicidade, dois ideais novos na Europa, pelo menos em seu formato moderno, isto é, humanista, universalista e democrático. Para os grandes representantes do Iluminismo, a finalidade do progresso das ciências e das artes (da indústria) era primeiramente emancipar a humanidade das correntes do "obscurantismo" medieval (daí a metáfora da luz, justamente, que encontramos na época em todas as línguas da Europa), mas também da tirania que a natureza brutal faz pesar sobre nós. Em outras palavras, o domínio científico do mundo não era um fim em si, mas um meio para uma liberdade e uma felicidade democratizadas, finalmente acessíveis a todos – como demonstra de modo admirável o projeto dos enciclopedistas, que pretendiam espalhar as Luzes até o povo. Pouco depois, no começo do século XIX, os grandes museus nacionais assumirão esse papel, com o mesmo ideal de democratização da cultura, com a vontade de subtrair as grandes obras ao mesmo tempo ao vandalismo, mas também ao segredo dos gabinetes de curiosidades privados. Por trás dos progressos e do compartilhamento do conhecimento havia a esperança claramente afirmada e firmemente pensada de uma melhoria da civilização em geral.

Com a segunda globalização, que estamos vivendo hoje, a da competição universal, a história muda radicalmente de sentido, ou, melhor dizendo, perde o sentido: em vez de se inspirar em ideais transcendentes, no progresso ou, mais exatamente, no *movimento* das sociedades, reduz-se aos poucos a não ser mais que o resultado mecânico da livre concorrência entre seus diferentes componentes. A história não é mais "aspirada" por causas finais, pela representação de um mundo melhor, de uma finalidade superior, mas obrigada ou "empurrada" por causas eficientes, pela necessidade única da sobrevivência, pela obrigação absoluta de inovar ou morrer. Uso propositalmente o linguajar dos físicos, porque, de fato, não estamos mais no registro das causas finais, mas verdadeiramente no das causas eficientes.

Para entender bem essa ruptura radical com as primeiras formas de globalização, com o tempo do Iluminismo, basta refletir um instante sobre o seguinte: dentro das empresas, a necessidade de se comparar continuamente com os outros – o *benchmarking* –, de aumentar a produtividade, de inovar, de desenvolver conhecimentos e, sobretudo, suas aplicações na indústria, na economia, em suma, no consumo, tornou-se um imperativo simplesmente vital. A economia moderna funciona como a seleção natural para Darwin: em uma lógica de competição globalizada, a empresa que não se adapta e que não inova quase todo dia está fadada a desaparecer. Daí o formidável e incessante desenvolvimento da técnica, voltado para o crescimento econômico e amplamente financiado por ele. Daí também o fato de o aumento da potência dos homens sobre o mundo ter se tornado um processo realmente automático, incontrolável e até cego, já que ultrapassa por todo lado não somente as vontades individuais conscientes, como também as dos Estados-nações tomados isoladamente. Não é mais do que o resultado necessário e mecânico da competição. No mundo técnico, isto é, doravante no mundo inteiro, já que a técnica é um fenômeno sem limites, planetário, não se trata mais de dominar a natureza ou a sociedade para ser mais livre ou mais feliz, mas de controlar por controlar, de dominar por dominar. Para quê? Para nada, justamente, ou porque é simplesmente impossível agir de outro modo se não quisermos ser "ultrapassados" e eliminados.

De modo que, ao contrário do ideal de civilização herdado do Iluminismo, a globalização técnica é realmente um processo ao mesmo tempo incontrolável no estado atual do mundo e sem finalidade, desprovido de qualquer espécie de objetivo definido. Claramente, não sabemos aonde vamos nem por quê. Aliás, admitindo até que se proíba tal ou tal aspecto da economia colaborativa ou do transumanismo na França, que se proíbam as manipulações genéticas germinativas e tal aplicativo do tipo UberPop, ninguém poderá impedir que essas práticas existam em outro lugar, no estrangeiro, bem nas nossas fronteiras, em países que terão menos escrúpulos do que nós.

Dessa breve análise, podemos tirar duas conclusões que interessam diretamente ao nosso assunto.

A primeira é que a "desapropriação democrática", cujo principal mecanismo eu acabo de descrever brevemente, deve ser entendida em dois sentidos: desapropriação *de* democracia, no sentido em que a globalização engendra um rumo para o mundo que não controlamos, mas também desapropriação *pela* democracia, no sentido em que por seu próprio movimento ela mesma se desapropria, por assim dizer. A segunda é que esse processo é claramente "dialético", no sentido mais filosófico do termo, no sentido em que um termo tem por finalidade gerar, sem querer nem saber, seu contrário. Aqui, a democracia não é ameaçada nem atacada de fora. É do seu próprio movimento que ela produz o contrário das promessas de autonomia e de liberdade que nos fez originalmente, e é certamente isso, embora percebido de forma muito confusa por nossos conterrâneos, que contribui fortemente para que fiquem preocupados.

Daí ainda o fato de o otimismo do Iluminismo tender a dar lugar hoje a uma inquietação difusa e multiforme, sempre prestes a se cristalizar em alguma ameaça particular, um sentimento de medo e de declínio do qual a ecologia política se alimenta, assim como as ideologias do regresso ao antigo, à identidade perdida, ao franco e às fronteiras, em suma, aos bons e velhos tempos. Não será normal, nessas condições, que o pessimismo prospere a passos de gigante, acompanhado, com frequência, por uma vontade de proibir a inovação e, mais geralmente, de desacreditar tudo o que é ou se quer "moderno"? Do mesmo modo, não será compreensível que, em reação, um otimismo forçado, de fachada e tático, esteja se desenvolvendo paralelamente no mundo empresarial para tentar elaborar um tipo de contraveneno?

A antinomia do século ou o obstáculo obrigatório: pessimistas e otimistas

Em todos os assuntos prementes, não importa quais sejam, duas atitudes hoje compartilham o "mercado" da opinião pública.

De um lado os otimistas, que lutam valentemente em prol do crescimento e da inovação, contra a depressão psicológica e moral que, supostamente, mina a economia impedindo de "arregaçar as mangas" para "enfrentar os desafios da competição mundial". Esse discurso, em geral, faz sucesso entre os empresários... e fracassa totalmente entre os intelectuais. Quantas vezes já ouvi um empresário me dizer, com certa aflição na voz, o quanto precisávamos de otimismo, reatar com a esperança, o desejo de futuro, em suma, reencontrar a *confiança*. Eis a palavra, cuja etimologia (formada por *cum* e *fides*: "com fé"), já traça o programa que o empresário gostaria tanto que todos nós tivéssemos em mente. Invariavelmente, explico o quanto sou favorável à inovação, que, de fato, é ela que vai salvar nosso modelo econômico e social, que é urgente passar de uma política da demanda para uma política da oferta, como, aliás, já fez a Alemanha bem antes de nós, mas o que posso fazer se a verdade me obriga, apesar de tudo, a segurar as duas pontas da corrente, a dizer *também* que a inovação, como Schumpeter entendera de modo genial, possui um lado escuro, que é não somente, pelo menos em um primeiro tempo, destruidora de empregos, mas também de tradições morais, estéticas e até espirituais? Não é à toa que o século XX europeu terá sido o de todas as desconstruções, da liquidação desenfreada das autoridades e dos valores tradicionais, da figuração e da tonalidade na arte, assim como da ortografia e da civilidade na escola, fenômeno profundo que, precisamente, alimenta o pessimismo daqueles que ocupam o outro lado do quadro, o dos intelectuais outrora ainda de esquerda, antes "progressistas", porém agora convertidos às filosofias da decadência, às funestas teorias do declínio do Ocidente.

A tentação do pessimismo ou a alegria do desespero

Como não ver isso? Existem inúmeros livros anunciando a derrota da civilização ocidental, o suicídio das nossas democracias, a queda vertiginosa do nível escolar, a morte do civismo, o crescimento do comunitarismo, a atomização do social, a submissão próxima do Ocidente ao islã, o desamparo cultural, a perda das fronteiras morais e geográficas, da identidade nacional, o desmoronamento da Europa no mundo dos negócios americanizado e, por fim, o declínio irreversível do velho continente e, dentro dele, especialmente, da França. Não que tudo esteja errado nesse diagnóstico – sempre há algo de verdade na crítica do tempo presente, qualquer que seja ela –, mas tudo ocorre como se o pessimismo se tornasse uma cama aconchegante, um sofá confortável em que o intelecto pode se acomodar tranquilamente com essa alegria do desespero para a qual os românticos alemães popularizaram a palavra *Schadenfreude*, essa paixão pelo desastre que gosta tanto de não gostar que chega a ruminar as más notícias com deleite.

Se acreditarmos em nossos novos pessimistas, nunca antes o Ocidente teria conhecido tamanho declínio, tamanho colapso no desamparo. No entanto, apesar de alguns traços de perspicácia nos pormenores – sim, é verdade, o nível dos nossos alunos baixou em certas áreas, é o mínimo que se pode dizer, mas por culpa de quem, senão de parte da esquerda de 1968 à qual a maior parte dos pessimistas atuais pertenceu? –, a análise não deixa de ser falsa, tanto no plano histórico quanto no filosófico.

Ao contrário dos estereótipos que ela consegue implantar nas mentes, a verdade é que jamais, apesar de todos os defeitos mais ou menos reais que quisermos encontrar, as sociedades foram mais amenas, mais ricas, mais protetoras, mais preocupadas com as pessoas, com seus direitos, seu bem-estar, sua educação e sua cultura quanto nossas velhas democracias. Em nenhum lugar e em nenhuma outra época, insisto, a preocupação com os outros – crianças, loucos, deficientes, idosos, a igualdade entre homens e mulheres e até a instrução pública – foi maior do que aqui e agora. Desafio quem quer que seja a provar o contrário, a mostrar um único exemplo de uma sociedade real, seja na história ou na geografia, que tenha cuidado mais não somente dos seus cidadãos, mas também dos estrangeiros, mesmo que ilegais, que tenha desenvolvido um Estado-providência mais poderoso e mais eficiente que aquele de que nossos filhos hoje se beneficiam assim que nascem.

Quer isso seja insuficiente, quer as desigualdades possam aumentar de novo em época de crise, quer o nível escolar baixe na esteira de uma fraca renovação pós-1968, quer os conflitos externos tenham repercussões em uma Europa pós-colonial que não acaba de pagar as extravagâncias de suas antigas conquistas, quer os fanáticos possam, nesse contexto, vir infernizar nossa vida, quem vai contestá-lo? Mas tudo isso, essencialmente, é nossa culpa, faz parte dos problemas que nós mesmos criamos, que podemos e devemos resolver como sempre fizemos no passado, no tempo do estalinismo ou do nazismo, por exemplo. Em qualquer hipótese, quem poderia acreditar que a humanidade tenha feito melhor antes ou em outro lugar? Digam-me, apresentando fatos e argumentos, e aceito deixar-me enforcar debaixo de um morangueiro! Na França, raros são os intelectuais que têm a lucidez de admiti-lo, que podem, como André Comte-Sponville, levantar da cama aconchegante do pessimismo e da nostalgia dos tempos passados para observar o real sem óculos deformantes:

> Alguns esperam que com [a] crise, "vamos voltar a um pouco mais de generosidade, um pouco menos de egoísmo". É que não entenderam nada da economia nem da humanidade. Voltar? Mas a que, meu Deus, ou a quando? Acham que a sociedade do século XIX era mais generosa ou mais egoísta do que nossa? Releiam Balzac e Zola! E no século XVII? Releiam Pascal, La Rochefoucauld, Molière! Na Idade Média? Releiam

os historiadores! Na Antiguidade? Releiam Tácito, Suetônio, Lucrécio! O egoísmo não é uma ideia nova.[1]

Eu não poderia ser mais claro.

Que é preciso recorrer ao ideal para criticar o real, ao direito natural para opô-lo ao direito positivo, quem pensaria em negar isso? Ainda assim, é preciso determinar de que real falamos e que ideal nós reivindicamos. Porém, neste caso, apesar dos defeitos que possamos achar, o real dos nossos Estados-providência é simplesmente o mais ameno e próspero que a história humana já conheceu. Quanto ao ideal em nome do qual se denunciam seus malfeitos, permitam-me duvidar, ainda e sempre, de que a volta aos bons e velhos tempos (mas, afinal de contas, qual!?) ou a renovação delirante do amor pela "hipótese comunista", pelo maoísmo ou o trotskismo, essas doutrinas que invariavelmente geraram as piores catástrofes humanas em todos os lugares em que foram impostas aos povos, sejam hoje capazes de fazer melhor que essa mistura de liberdade e de bem-estar que nossas repúblicas democráticas conseguiram nos assegurar. Nosso nível de vida, não importa o que se diga a torto e a direito, é hoje, em média, três vezes mais alto na França que no tempo da minha infância, e vinte vezes mais que no século XVIII. Nossa expectativa de vida foi praticamente multiplicada por três desde a época de Molière, e basta ir à África, à Índia, à China ou até à América Latina para medir a que ponto, apesar de todas as críticas que podemos sempre formular, nossas democracias são incrivelmente privilegiadas em termos de proteção jurídica e social, mas também, apesar dos esforços dos nossos últimos ministros para baixar esse nível, em termos de educação. Embora seja difícil admitir para aqueles que se deleitam naquilo que Goethe chamava de "espírito que sempre nega" (*der Geist, der stets verneint*), nosso mundo europeu é não somente mil vezes menos rude, mas também mil vezes menos inculto que no passado, quando, é preciso lembrar, o analfabetismo era a regra nas áreas rurais. Fala-se hoje muito na an-

---

[1] André Comte-Sponville, *Le goût de vivre et cent autres propos*, Albin Michel, 2010.

gústia dos jovens, mas, para chover no molhado, os lugares-comuns não se tornaram mais verdadeiros: por acaso era mais fácil ter 20 anos em 1914, ser dissidente soviético ou jovem judeu nos anos 1930, ser recrutado na França nos anos 1950, quando era preciso ir para a Argélia e descobrir o horror da tortura e o absurdo da colonização? A geração do *baby-boom* terá sido a primeira em nossa história moderna a não conhecer a guerra. Não é um imenso progresso para nosso continente, que já conheceu tantos conflitos mortais?

Mas não há nada que se possa fazer.

Por mais que se citem estatísticas irretocáveis, fatos históricos incontestáveis, que ainda se lembre que, apesar de "casos" famosos, a corrupção foi infinitamente mais disseminada durante a Terceira e a Quarta Repúblicas, o sentimento de que o declínio intelectual, econômico e moral toma conta do Ocidente parece inevitável. Ganha terreno à direita e à esquerda. À direita, porque nele se cultiva facilmente a saudade dos esplendores passados. *Laudator temporis acti*: "louvor ao tempo passado", como dizia para zombar, em um pequeno livro de mesmo título, meu velho amigo Lucien Jerphagnon – divertido breviário de comentários depressivos em que o autor zomba gentilmente do lugar-comum, ele mesmo tão velho quanto a humanidade, segundo o qual "antes era melhor", nos "bons e velhos tempos", enquanto hoje, como se sabe bem, "tudo está desandando". À esquerda, é outra coisa, outra canção, mas igualmente "declinista": o mundo do dinheiro, dos bancos, dos mercados, em suma, o horror econômico e liberal teria acabado por nos levar a uma descida aos infernos, rumo a um universo em que apenas a avidez, a especulação e a competição selvagens fazem ofício de lei. Longe de ser feliz, a globalização não teria feito nada mais do que empobrecer os pobres e enriquecer os ricos a despeito de qualquer consideração ética.

É aí que a argumentação fica confusa e se perde, que falha em se sustentar por fatos, em encontrar qualquer referência histórica ou geográfica minimamente comprobatória. É fácil denunciar as deficiências do tempo presente, o estado da escola ou a crise econômica, porém é infinitamente mais difícil arriscar-se a citar qualquer época áurea. Todos os trabalhos dos historiadores, e, com eles, toda a literatura, demonstram abundantemente que os tempos antigos eram em todos os aspectos infinitamente mais duros, mais incultos e menos preocupados com os outros que nossos Estados-providência. Leia os historiadores, ou, em vez deles, Victor Hugo e Dickens sobre o século XIX, Voltaire sobre as cartas régias no século XVIII, Hugo, ainda, sobre a Idade Média ou o Império Romano, para entender o que eram a miséria dos povos, o analfabetismo generalizado, o egoísmo dos poderosos, a rudeza do mundo dos miseráveis, a crueldade das guerras, das torturas e das execuções, o abandono dos doentes, dos deficientes e dos desempregados, a violência das grandes cidades, o horror dos hospitais, da grande bandidagem e das hordas selvagens.

Em 1736, em um famoso poema intitulado "O mundano", Voltaire já se inquietava com as tendências à nostalgia que começavam a aparecer em sua época, desse desconhecimento das vantagens do mundo moderno que acompanhava os primeiros suspiros do Romantismo e das ideologias do declínio do Ocidente. Daí seu elogio politicamente incorreto do supérfluo, dos bens materiais vinculados ao desenvolvimento, ainda muito recente, daquilo que logo seria chamado de "mundo industrial", elogio que se opunha de antemão a Rousseau e à sacralização católica da frugalidade, da pobreza, para não dizer da miséria e do sofrimento como vetores de uma salvação que não é deste mundo, e sim acessível apenas no além (deixei meus comentários entre colchetes):

> Lamentará quem quiser os bons e velhos tempos,/ E a idade de ouro, e o reino de Astrea [*alusão a A Astrea, romance de Honoré d'Urfé publicado em 1607, que se desenrola na Gália dos druidas, no século V, e conta os amores de Astrea e Celadon*]/ E os belos dias de Saturno e de Reia,/ [*evocação do tempo de Cronos/Saturno e de sua mulher Reia, os pais de Zeus, que são, segundo Hesíodo, os soberanos da idade de ouro*] E o jardim dos nossos primeiros pais./ [*trata-se, evidentemente, do Jardim do Éden, onde vivem Adão e Eva*]/ Dou graças à natureza sábia/ Que, para o meu bem, fez-me nascer nessa idade/ Tão desacreditada por nossos tristes críticos:/ Esse tempo profano feito

para meus costumes./ Amo o luxo, e até mesmo a volúpia,/ Todos os prazeres, as artes de toda espécie,/ A limpeza, o gosto, os ornamentos:/ O homem honesto tem desses sentimentos./ É bem doce para meu coração tão imundo/ Ver aqui a abundância ao redor/ Mãe das artes e dos trabalhos felizes/ Trazer-nos sua fonte fecunda/ E necessidades e prazeres novos./ O ouro da terra e os tesouros da onda,/ Seus habitantes e os povos do ar,/ Tudo serve ao luxo, aos prazeres deste mundo./ Ah, o bom tempo que é este século de ferro!/ O supérfluo, coisa muito necessária,/ A reunir um e outro hemisfério./ Vês [sic!] esses ágeis navios/ Que de Texel, de Londres, de Bordeaux,/ Vão buscar, por uma troca feliz,/ Novos bens, nascidos às margens do Ganges,/ Enquanto ao longe, vencedores dos muçulmanos,/ Nossos vinhos da França embriagam os sultões?/ Quando a natureza se encontrava em sua infância,/ Nossos bons antepassados viviam na ignorância,/ O que poderiam ter conhecido? Não tinham nada [...]

Infelizmente, a tolice do pessimismo, tão bem apreendida por Voltaire, anda par a par com a do otimismo, sobretudo quando toma a forma paroxística daquilo que, na esteira do transumanismo, chama-se hoje de "solucionismo".

A tolice do otimismo "solucionista"
Para ele, naturalmente, as soluções estão prontas. Basta ter um pouco de confiança e energia, ser liberal e progressista, ativar-se com um pouco de otimismo para descobri-las. Já tivemos a oportunidade de citar as declarações de Eric Schmidt ou Mark Zuckerberg anunciando, com fé inabalável, como as novas tecnologias iam permitir, "se fizermos corretamente", resolver "todos os problemas do mundo". Nada mais, nada menos! Desde a criminalidade, os acidentes de trânsito, o câncer ou a obesidade, até a fome e a poluição, passando pelo aquecimento global e os conflitos do Oriente Médio... Esse tipo de convicção, que anima os ideólogos da economia colaborativa, mas também grande parte da corrente transumanista e, por meio dela, quase tudo o que há de inovador no Vale do Silício, tem algo de orwelliano: esse ideal de uma sociedade

da conexão universal e da transparência generalizada, essa pretensão gentilmente totalitária de controlar tudo, de prever tudo, esse universo em que cada um poderá saber tudo sobre os outros, esse mundo aberto em que seremos – graças aos dados pessoais que Mark Zuckerberg, via Facebook, oferece tão graciosamente à NSA – escutados, escrutados, descriptografados permanentemente, esse universo em que nossos objetos conectados, desde nossa balança até nossa geladeira, passando por nossos relógios de pulso, vigiarão continuamente nossa alimentação, a quantidade de passos dados durante o dia, os batimentos cardíacos, a taxa de colesterol e outras alegrias de mesma ordem que tornarão nossa vida totalmente normativa. Bem-vindos a Gattaca, em uma nova era de melhoria do humano e de controle social universal!

Eu já disse acima como essa vontade exorbitante, essa tecnofilia às vezes delirante, se transformava dialeticamente em seu contrário: a desapropriação democrática dos indivíduos, que, contudo, lutavam contra a alienação, uma impotência pública crescente das nossas democracias diante do surgimento de um mundo da técnica que se extravasa e as ultrapassa por todo lado, um universo de tecnologias novas que, por sua velocidade, sua potência e sua complexidade, escapa a cada dia mais de qualquer forma de controle e regulação democráticas, em um contexto em que, tendo o mercado se tornado mundial, mas nossas políticas permanecendo nacionais, tinham cada vez menos ascendência sobre o real.

Assim, começamos talvez a entender melhor por que os desafios da regulação, e mais geralmente da política moderna, são tão difíceis de encarar.

No entanto, a análise que acabo de esboçar não deve de modo nenhum conduzir à inação, ao sentimento de que, se o curso da história nos escapa por causa da globalização, não haveria mais nada que se pudesse fazer. É exatamente o contrário. De fato, essa situação objetiva nos obriga a ultrapassar a antinomia do otimismo e do pessimismo para, num primeiro momento, aproveitar ao máximo as margens de manobra que subsistem, mas também, em médio prazo, para tentar tanto quanto possível tirar dela novas margens para retomar o controle do rumo deste mundo, que tende a nos escapar, para reaver, mesmo que por meio de entidades mais poderosas que a nação, como a União Europeia, se esta não estivesse em tão mau estado, um poder de regulação finalmente real sobre o real. Muitos conterrâneos, desde que não se deixem lograr pelas armadilhas brandidas pelos extremos, começam a entender que, apesar do poder do fenômeno inédito da globalização, a impotência pública – seja na redução dos déficits públicos ou nos sucessivos combates para tentar reerguer o nível da educação nacional, limitar o desemprego, promover a retomada do crescimento, sanear certos bairros etc. – não vem somente de obstáculos externos a nós, mas também das nossas próprias deficiências. Motivo pelo qual não é de otimismo ou pessimismo que precisamos, porém, como já entendera Max Weber, de sentido trágico e de coragem, de vontade e de inteligência das antinomias da ação histórica, assim como de capacidade para resolvê-las quando nos cabe fazê-lo.

Permita-me, antes de algumas pistas de reflexão sobre a regulação, um breve esclarecimento sobre uma categoria, a do trágico, que não tem nada a ver com o pessimismo, e que oferece, a respeito do mundo o único ponto de vista que me parece hoje convir aos desafios que são nossos.

O sentido do trágico grego: uma categoria que transcende a antinomia otimismo/pessimismo e a única que permite pensar nosso mundo

Lembremo-nos de *Antígona*, a genial peça de Sófocles, cujo argumento resumo aqui em poucas palavras: Édipo, então rei de Tebas, ao descobrir que é autor do assassinato do próprio pai, Laio, e que a mulher com quem se casou, Jocasta, de fato é sua mãe, fura os próprios olhos e se exila em Colono, subúrbio de Atenas onde, acompanhado da sua filha Antígona, vai ao encontro da morte. Assim que Édipo deixa o trono, seus dois filhos, Etéocles e Polinices, brigam pela sucessão. Para resolver a disputa, decidem compartilhar o poder, ocupando-o um por vez, alternadamente. Mas Etéocles, uma vez no trono, recusa-se a dar o lugar para o irmão quando chega sua vez. Este então levanta um exército estrangeiro para atacar sua própria cidade. Os dois irmãos lutam e acabam se matando um ao outro. Sobrevive Antígona, desesperada diante de tantos desastres. Creonte, seu tio, irmão de Jocasta, retoma seu antigo lugar no trono de Tebas, que já ocupara provisoriamente por ocasião da morte de Laio. Seguindo a lei da cidade, Creonte ordena que se dê uma sepultura digna a Etéocles, que defendeu a cidade contra o irmão. Ao contrário, considerando Polinices traidor, ele publica um decreto proibindo, sob pena de morte, que ele seja enterrado. Manda jogar o corpo fora da cidade, aos cães e aos pássaros. Antígona, filha de Édipo, sobrinha de Creonte e irmã de Polinices, discorda dessa decisão. Opondo a lei da família à da cidade, o direito da tradição e dos deuses ao dos simples mortais, decide desafiar a proibição de Creonte e enfrentar corajosamente sua sentença de morte para dar ao seu irmão as homenagens fúnebres às quais, a seu ver, ele tem direito.

Trata-se, portanto, de um conflito entre duas leis, a dos homens e a dos deuses, a da razão de Estado e a do coração, a da cidade e a da família, que a tragédia encena. Tendo cada um dos protagonistas obviamente razão do seu ponto de vista, tendo ambos, Creonte e Antígona, excelentes argumentos para fazer valer, o conflito parece insolúvel, e é por isso, porque opõe duas legitimidades defensáveis, que surge como propriamente trágico.

Daí os traços fundamentais dessa categoria que eu gostaria aqui de ressaltar para diferenciá-la nitidamente do pessimismo.

Trata-se, acima de tudo, de uma categoria extramoral: o trágico não opõe bons e maus, justos e canalhas, mas legitimidades, senão equivalentes – Antígona defende, apesar de tudo, um ponto de vista que se mostrará, no final da peça, superior ao de Creonte, porque dos deuses –, pelo menos defensáveis e não mesquinhas. Como bem viu Hegel, cada momento do drama opõe personagens íntegras, de caráter forte, que possuem essa peculiaridade de conter em si seu próprio contrário, de incorporar inevitavelmente o ponto de vista do seu adversário, o qual, embora recusem, não pode deixar de ser também, de certo modo, o deles mesmos: embora irmã de Polinices, Antígona não deixa de ser cidadã de Tebas e mesmo filha do antigo rei, Édipo, e sobrinha do atual soberano; e, embora seja o mais alto magistrado da cidade, Creonte não pode permanecer insensível à lei da família, já que é tio de Polinices e de Antígona. A tragédia, portanto, compõe-se de uma série de cenas que são inúmeras confrontações dilacerantes entre pontos de vista aos quais nenhuma das personagens, mesmo que fechadas em sua própria opinião, pode ficar insensível. Creonte e Antígona não são nem canalhas, nem covardes, têm coragem, senso de dever e uma grande estima tanto por si mesmos como pelos valores que defendem.

A verdade, ao contrário do que pensa hoje a maior parte dos nossos moralistas de mente estreita, é que os conflitos que ensanguentam hoje o mundo são trágicos, no sentido de que opõem muito mais legitimidades opostas do que bons e maus ou justos e canalhas. Se eu fosse ucraniano ocidental e de origem polonesa, é provável que desejasse que meu país entrasse na União Europeia, até mesmo na Otan; mas se eu fosse da parte oriental, pertencente a uma família russófona e russófila há gerações, é quase certeza que eu desejaria antes um vínculo com a Rússia. Se eu tivesse 15 anos nos territórios ocupados, é provável que eu fosse antissemita, e se eu tivesse a mesma idade em Tel-Aviv, eu certamente detestaria as organizações palestinas. Existem exceções, sem dúvida, conflitos mais simples que outros no sentido de que se encarnam em indivíduos execráveis, detestáveis em todos os aspectos, mas, finalmente, são bastante raros, motivo pelo qual a categoria do trágico, a ideia de um conflito dilacerante entre legitimidades senão igualmente defensáveis, pelo menos parcialmente justificadas, parece-me infinitamente mais adequada ao real que a postura fácil das belas almas que defendem valentemente os direitos humanos.

O mesmo ocorre aqui, tanto do lado do transumanismo como na economia colaborativa. A maior parte daqueles que defendem um aumento do ser humano que erradique os males dos quais sofremos o fazem de boa-fé, assim como aqueles que a isso se opõem veementemente. O mesmo nos conflitos que opõem profissionais e particulares: o trabalhador independente que ingressa no Uber considera que tem o direito de trabalhar e que impedi-lo seria uma violação intolerável não somente à sua liberdade, mas também ao seu direito de garantir sua subsistência; por seu lado, o motorista de táxi ressalta também seu direito porque pagou uma licença caríssima e essa concorrência é desleal. O mesmo para o hoteleiro que deve pagar seus funcionários, arcar com os encargos sociais, adequar o estabelecimento às normas de segurança etc., e que vê necessariamente com hostilidade o particular que, isento de todas essas obrigações, limita-se a registrar seu apartamento em um aplicativo sem se preocupar com o resto. Ninguém, aqui, é anjo ou demônio. O fato é que objetivamente o mundo está dilacerado, daí o motivo pelo qual o trágico, enquanto categoria extramoral, só pode ser eliminado pelo compromisso, pela regulação (ou pelo desaparecimento de um dos dois termos, mas quem pode desejar isso?). Para retomar o exemplo da Ucrânia, é evidente que apenas a solução federalista teria podido e ainda poderia pôr fim à guerra civil.

Uma segunda característica do trágico como categoria que permite apreender as rachaduras do mundo é não somente que se move fora da moral, além do bem e do mal, além do otimismo e do pessimismo, mas também que ridiculariza amplamente as tolices atuais sobre a ideia de felicidade, essas doutrinas da moda que gentilmente querem nos persuadir de que podemos ser felizes não importa o que aconteça, onde quer que seja, já que a felicidade só depende de nós, da nossa pequena subjetividade, de exercícios de sabedoria e de "psicologia positiva" que todos nós podemos fazer sobre nós mesmos. Como dizia Kant em *Fundamentos da metafísica dos costumes*, "se a Providência quisesse que fôssemos felizes, não teria nos dotado de inteligência". Comentário ao qual Flaubert acrescentou outro, não desprovido de humor e bom senso, na carta a Louise Colet, de 13 de agosto de 1846: "Ser estúpido, egoísta e ter boa saúde: eis as três condições requeridas para ser feliz. Mas se a primeira lhe faltar, tudo está perdido".

Em seu *Dicionário filosófico*, André Comte-Sponville propõe uma abordagem mais modesta da ideia de felicidade, uma abordagem que difere das afetações narcisistas dos mercadores de ilusões. Partindo da constatação, já levantada por Kant, de que nenhum de nós pode definir positivamente e com toda a certeza o que poderia deixá-lo permanentemente feliz, ele apresenta a ideia de que, para entender o que é ou poderia ser a felicidade, é melhor começar por identificar seu contrário, a infelicidade, que é, como acabamos de sugerir, muito mais fácil de apreender. A infelicidade, diz ele em essência, é quando acordo de manhã e sei que nenhuma alegria será possível, certamente nem hoje nem nos próximos dias, porque perdi um ente querido, porque meu médico acaba de informar, a mim ou a alguém próximo, uma doença incurável, mais simplesmente ainda, porque perdi meu emprego, minha mulher me deixou e sinto-me velho e cansado demais para recomeçar minha vida – ou qualquer outra coisa que se queira imaginar que venha estragá-la radicalmente. E, naquela manhã, não há nada que se possa fazer, com razão ou não, temos certeza de que é para sempre.

É partindo dessa identificação da infelicidade absoluta que, ao contrário, uma definição minimalista, mas pelo menos realista, da felicidade pode surgir. Porque a felicidade é simplesmente o contrário da infelicidade, não uma serenidade infinita e sem mancha, menos ainda um estado de satisfação consigo mesmo completo e durável, mas o sentimento de que, naquela manhã, não excluo totalmente a possibilidade da alegria, a eventualidade de que o dia possa não acabar sem que eu a tenha cruzado em um momento ou outro. Obviamente, isso não significa que eu seja estúpido, tenho consciência de que essa alegria será momentânea. Poderá ser um café tomado harmoniosamente com um velho amigo, um momento de grande criatividade, de amor com a mulher que amo, o sorriso de um dos meus filhos que passou num exame, uma boa notícia sobre a saúde de alguém com quem eu me preocupava, ou simplesmente um desses instantes de graça, uma tarde, num terraço ensolarado, quando o mundo parece, por uma vez ao menos, cheio de ternura e beleza.

Pode-se dizer que essa definição da felicidade não corresponde em nada àquilo que costumamos entender por esse termo, uma noção que supõe ao mesmo tempo duração e completude, que designa um estado de felicidade perfeita que deve se prolongar por toda a vida.

Acordar de manhã dizendo "simplesmente" que a alegria é possível, que ela pode surgir, é suficiente mesmo, é verdadeiramente o que se chama de felicidade? Os vendedores de sabedoria em quinze lições lhe dirão que não. O que eles prometem, por sua vez, é algo sólido. Por que e como conseguem? Assegurando-lhe que tudo depende de você e somente de você, que a sabedoria da felicidade está ao seu alcance, porque está inteiramente dentro de você e não depende dos outros nem do estado do mundo. Que palhaçada! Se acreditar nisso, tanto melhor para você, claro, mas é alto o risco de que um dia se decepcione, que essa tirania da felicidade obrigada o deixe infeliz à custa de obrigações e exigências irrealizáveis. Prefiro me contentar com uma sabedoria mais modesta. Uma ausência de infelicidade me basta, praias de serenidade que entreabrem humildemente a porta a momentos de alegria que devemos saber o quanto são efêmeros e, em qualquer hipótese, dependentes dos outros infinitamente mais do que do nosso pequeno ego. Porque é a lucidez que salva, tendo as miragens ideológicas invariavelmente efeitos patológicos os quais duvido que possam tornar alguém verdadeiramente feliz.

Finalmente, o trágico reconhece em nossa vida a parte importante do destino, da fatalidade. Édipo, por exemplo, é inocente de tudo o que lhe acontece. É um homem corajoso, que arriscou a própria vida para salvar Tebas da maldição da Esfinge, um bom rei, bom pai e bom marido. A infelicidade o atinge sem que ele tenha cometido intencionalmente qualquer falta. O mesmo ocorre com cada um de nós. A doença, o acidente e a morte podem nos atingir a qualquer momento, não importa o que façamos. Esses males são como a chuva, que molha tanto os bons como os maus, totalmente indiferente ao que somos. Assim vemos também que a história das ideias comporta pensadores trágicos e pensadores antitrágicos, ruptura que, em si, já representa um dos aspectos do trágico. Do lado dos antitrágicos: Jesus e Marx, Buda e Sócrates, e também Keynes e as filosofias da felicidade em geral. Para eles, tudo tem sentido, tudo acaba bem, pela salvação terrestre ou celeste. Do lado dos trágicos: Kant e Freud, Nietzsche, Max

Weber e Schumpeter, para quem não há luz sem sombra, visível sem invisível, felicidade sem infelicidade, nem amor sempre feliz.

Que não haja mal-entendidos: extramoral não quer dizer imoral. O grande erro que cometem às vezes aqueles que reclamam do trágico consistiria em querer nos obrigar a escolher entre a moralidade e os dilaceramentos do mundo, como se devêssemos, em nome do terceiro excluído,[2] fechar-nos em uma ou outra das duas categorias. Isso vai contra qualquer fenomenologia da vida do espírito. Existem ordens do real: às vezes estamos e devemos estar na moral. Como agir de outro modo diante do racismo, do antissemitismo, da violência absurda contra inocentes? Em nome do que deveríamos renunciar a qualquer ponto de vista ético, à revolta, à resistência contra a opressão, à maldade e à estupidez? Mesmo assim, em outras circunstâncias, diante do luto do ente amado, por exemplo, da doença, dos acidentes da vida, dos "danos colaterais" das guerras, a moral não tem mais sentido, é o trágico que se impõe para além do bem e do mal. Então, o moral ou o trágico? Ambos, obviamente! Para que se mutilar a esse ponto, privar-se das dimensões mais essenciais da vida do espírito senão por vaidade intelectual inapropriada, desprovida de sentido e de fundamento? Sim, existem ordens do real, e, entre elas, há evidentemente a moral e o trágico, que não se conciliam, mas também não se excluem. Às vezes, julgamos e ficamos indignados, às vezes, entendemos e choramos como os espectadores dos grandes trágicos gregos, os quais, segundo Aristóteles, eram "tomados pelo temor e pela piedade".

Liberdade absoluta, Big Brother ou regulação

Por esse motivo é preciso entender bem, insisto para concluir, que, para além do fundo liberal e desregulador que subtende mais ou menos secretamente o transumanismo e a economia colaborativa, tanto os crentes do primeiro como os usuários da segunda são animados por um

---

2   Referência à lei do terceiro excluído, uma das leis do pensamento, segundo a qual para qualquer proposição, ou essa proposição é verdadeira, ou sua negação é verdadeira. (N.E.)

ideal de emancipação, para não dizer pela utopia da liberdade absoluta. Trata-se, de fato, para eles, de afastar tanto quanto possível os limites da tradição para serem livres em todos os setores da vida.

Livres porque liberados pela técnica dos determinismos tanto biológicos quanto econômicos que pesam desde sempre sobre nossa existência; livres em suas palavras, devendo a ética da discussão prevalecer em qualquer circunstância sobre os argumentos de autoridade; livres de qualquer custo financeiro, quer seja no acesso aos dados, à saúde, aos *softwares* em *open source*, ou às navegações na *web*, o gratuito se tornando a regra universal; livres, porque sem intermediários, quer seja dentro das redes de pacientes ou de particulares trocando bens e serviços; livres de ir aprender a qualquer hora do dia ou da noite graças aos MOOC,[3] os cursos *on-line*; livres, porque desobstruídos da publicidade e dos *spams*, graças aos *softwares* que nos poupam deles; livres, porque libertados dos profissionais da informação, jornalistas, editores e até gráficas, porque é possível informar-se diretamente na internet e nas redes sociais, e também porque dispomos hoje de todos os meios para nos autoeditar e colocar nossos livros *on-line* com custo marginal zero...

Em suma, é a utopia de uma autonomia desenfreada que constitui ao mesmo tempo a infraestrutura metafísica, o ideal moral e o objetivo último das novas tecnologias e das suas múltiplas consequências na vida cotidiana – outros, ao contrário,[4] defendem a tese rigorosamente inversa, identificando nessa dominação planetária da técnica a sombra de um Big *Brother*, um novo tipo de totalitarismo suscetível de em pouco tempo aniquilar nossas liberdades. Ouso confessar que acho essas atitudes propriamente "trágicas"? Ambas carregam certa parte de legitimidade. Como as de Creonte e Antí-

---

3   Em inglês, *Massive Open Online Course*, ou Curso On-line Aberto e Massivo. (N.E.)

4   No gênero, o livro de Evgeny Morozov, *Pour tout résoudre cliquez ici. L'aberration du solutionnisme technologiques* (Para resolver tudo, clique aqui: a aberração do solucionismo tecnológico) (Fyp Éditions, 2014), chega ao cúmulo. Infelizmente, a pesquisa de fundo é de uma rara mediocridade.

gona, são tão evidentemente complementares que nem conseguem mais perceber que remetem uma à outra, como as duas faces de uma única realidade. Porque, obviamente, teremos um e outro lado, a liberdade absoluta E o *Big Brother*, e o segundo por causa do primeiro, se não formos capazes de regular, se nossas democracias, ultrapassadas pela tecnicidade e a rapidez das inovações, se mostrarem incapazes de cuidar dos diaceramentos do mundo para fixar desde já limites inteligentes e finos.

Uma regulação política sustentada por um princípio superior: definir limites, sim, porém jamais proibir sem uma razão fundamentada

É indispensável aqui que a política, desta vez, não transfira a responsabilidade dessas questões para qualquer comitê de ética como já existem alguns, com a legitimidade e a eficiência que conhecemos, isto é, quase nulas. É no cerne da vida política, por exemplo representada de maneira simbólica por um Ministério da Inovação, mas também no Parlamento, dentro de uma comissão permanente finalmente dedicada a essas questões, que deverá se manifestar a vontade de não baixar os braços, de não se deixar ultrapassar pelo mundo da técnica. Como decidir em outro lugar o que será preciso autorizar ou proibir em matéria de engenharia genética ou de regulação econômica e social? Como escolher, e a partir de que critérios, entre as três possibilidades que se abrem agora para nós: proibir totalmente as manipulações genéticas como pedem os "bioconservadores"; limitá-las a fins exclusivamente terapêuticos, como muitos o desejam, ou chegar até a colocá-las a serviço de um aumento do ser humano, mas, nesse caso, de que melhorias se poderia, e deveria, tratar? Em que condições? Para alguns ou para todos? Com que finalidade e preço? Quem mais senão, em última instância, um Estado esclarecido poderá legitimamente decidir, já que isso envolve o coletivo, e não somente o indivíduo? Onde poderíamos decidir sobre aquilo que corre o risco de nos desumanizar ou sobre o que, ao contrário, poderia nos tornar mais humanos senão em um lugar de decisão e de visibilidade legítima para a nação como um todo, informado por debates nos quais peritos e intelectuais de todas as áreas poderiam obviamente desempenhar um papel, desde que, pelo menos, finalmente se preocupem com isso, proporcionem os meios e manifestem interesse?

Sem entrar nos pormenores, parece-me que um princípio fundamental deverá reger esses futuros debates.

De fato, é preciso que se entenda bem que, em cada assunto a ser tratado, o essencial não é "bradar" sua opinião, nem mesmo ter pessoalmente uma convicção ("sou a favor disso, contra aquilo"). O que se precisa ter exatamente é a coragem de se exceder a si mesmo, levando o outro em conta, se esforçando para chegar a uma ideia que abranja o ponto de vista dos outros. Porque o essencial, nesses assuntos, é não se ater às opiniões, à *doxa*. O essencial é se perguntar em nome do que eu posso, e às vezes até mesmo devo, tentar compartilhar minhas ideias, minhas convicções com os outros, porque a própria forma da lei, sua universalidade, me obriga a isso. É óbvio que pessoalmente tenho uma opinião, por exemplo, sempre fui a favor da PMA ou RMA (procriação ou reprodução medicamente assistida) que a Igreja reprova. Por outro lado, sou contra a legalização da gestação por substituição[5]. Mas o problema não cessa apenas porque, com razão ou não, expressei minha opinião. A questão só se torna séria a partir do momento em que me pergunto por que e sob que forma (jurídica ou somente moral, imperativa ou incitativa etc.) deveria valer também para os outros. Em outras palavras, o que nos deve fazer refletir melhor é a passagem da convicção íntima à lei, a passagem da intuição subjetiva, mesmo que refletida, à obrigação para os outros. Mas, na maioria das vezes, nem pensamos nisso. Nosso "querido eu", como diz Freud, está tão feliz consigo mesmo que se considera satisfeito quando tem a "sua" convicção, a certeza de que ela deveria ser imposta aos outros, como se fosse, por assim dizer, algo natural. Erro, erro grave: para obrigar o outro, é preciso ter motivos, e bons motivos para fazê-lo. Não é porque sou contra a gestação por substituição que devo automaticamente elaborar uma lei proibindo que se recorra a esse

---

5   Ou "barriga de aluguel". (N.T.)

procedimento. Para tanto, é preciso que haja razões que ultrapassem minha subjetividade, que considerem o coletivo, o interesse geral, valores universais até, e é aí em geral que reside o problema. Gostaria de demonstrar isso com dois exemplos concretos que não deixam de ter vínculo com as questões que a lógica do transumanismo vai levantar: o da PMA para as mulheres na menopausa e o do diagnóstico de pré-implantação, que por muito tempo provocou rebuliço no pequeno mundo da bioética.

Apesar das relutâncias que ainda provoca em algumas pessoas, a PMA se impôs pelos fatos: curou tanto e tão bem a esterilidade de certos casais que hoje milhões de crianças já nasceram por esse meio no mundo todo. Em geral, gozam de boa saúde, igual à das outras, e fazem a alegria dos seus pais. Evidentemente, já se disse, e ainda se diz às vezes, essas novas técnicas inauguram o reino da "criança-objeto", encomendada como um simples brinquedo na loja de departamentos da medicina moderna. Mas esse argumento especioso já deu o que tinha que dar: hoje se entende bem que uma criança desejada tem mais chances de ser acolhida em um ambiente favorável ao seu desenvolvimento que uma criança não desejada, fruto de um momento de desatenção ou de simples descuido. Ora, o mínimo que se pode dizer é que o bebê gerado por PMA terá sido querido pelos pais. Até demais, talvez, dirão alguns psicanalistas, mas enfim, como diz a sabedoria das nações, "demais nunca faz mal".

Por outro lado, parece que a maioria dos franceses (e, sobretudo, das francesas!) é contra a autorização da PMA para mulheres acima da idade de procriar. Mas, justamente, é aí que se deveria aplicar o princípio fundamental que mencionei acima: para que um sentimento, qualquer que seja ele, seja transformado em uma lei proibitiva, é preciso elevá-lo ao nível de uma razão fundamentada. Deve valer não só para mim, mas também para os outros, pelo menos potencialmente, até para aqueles que, *a priori*, justamente não concordam comigo. Quando proíbo o assassinato, até mesmo o criminoso, embora abra uma exceção para si mesmo, no fundo pode concordar comigo, porque as razões que apresento valem também para ele, quando ele pensa, por exemplo, naqueles que ama ou ajuda. Porém, no debate público como observamos hoje, é preciso reconhecer que as razões apresentadas para dar fundamento à proibição do recurso à assistência na procriação das mulheres na menopausa são, em geral, de lamentável indigência. Diz-se, por exemplo, argumento usado permanentemente também contra o transumanismo, que a natureza, com a menopausa, indica por si o limite moral que não deve ser ultrapassado. Sejamos francos: o argumento é absurdo porque, claro, não é felizmente a natureza que faz a lei jurídica – em particular quando a legislação diz respeito à medicina, uma arte quase em todos os aspectos artificial e destinada essencialmente a corrigir os danos provocados por essa natureza. Nada mais natural que o vírus da gripe ou do HIV. No entanto, não viria à mente de ninguém declarar que ele indica o caminho a seguir! Quem quiser pode considerar, com os ecologistas fundamentalistas, a natureza como uma norma, mas trata-se de uma escolha ideológica, entre outras, que não poderia, por si, isentar-se do dever de ser justificada pelos outros antes de se tornar lei.

Já se disse ainda que era impensável um filho de 20 anos ter uma mãe de 80 anos. Mas não se entende por que aquilo que é permitido aos homens, até no contexto da PMA, não é permitido às mulheres, nem em que, admitindo mesmo que se invoque de novo a suposta sabedoria da natureza, escolhas estritamente pessoais e privadas, mesmo contestáveis, competiriam ao legislador. Não digo que seja bom ter filhos aos 80 anos – acho até totalmente insensato, mas, se quisermos legislar, é preciso pensar em todas as consequências, entre outras a seguinte: iremos também proibir os homens, e, se não, por que somente as mulheres? Não será necessário, nesses assuntos, contar com a sabedoria dos indivíduos, em vez de implementar legislações que entram tão profundamente na vida privada que se tornam intoleráveis? Deve-se fazer valer, com razão, o interesse da criança, neste caso seu interesse em não ter pais velhos demais, como também é o caso na homoparentalidade, quando se afirma que a criança precisa de um pai e de uma mãe para garantir seu equilíbrio. Talvez sim, talvez não; duvido, para dizer a verdade, sendo a psicologia tudo menos uma ciência exata, que possamos demonstrar alguma coisa com certeza nessa área. Conheço, nas minhas relações, muitas pessoas que foram criadas somente por um homem ou uma mulher, outras por dois pais de mesmo sexo, outras pelos avós, e que não me parecem melhores nem piores que aquelas criadas por dois pais "normais". Mas, sobretudo, independentemente das nossas convicções íntimas, como não ver que, ao considerar nesse modo puramente psicológico apenas o interesse da criança, abrimos uma verdadeira caixa de Pandora? Nessas condições, de fato, a criança tem também interesse, e certamente muito mais ainda, em não ter pais alcoólatras, excessivamente neuróticos, psicóticos... e paro aí essa lista para não sentir ódio de mim mesmo! E se um dia existir uma carteira para ter filhos, tão necessária quanto a carteira de habilitação, ou até mesmo, considerando a importância do assunto, ainda mais imprescindível?! Posso perfeitamente, em função das minhas escolhas privadas, reprovar tal ou tal ação, mas daí a proibi-la também aos outros há um salto, que vai da ética pessoal ao direito e que merece singularmente reflexão. Não é incoerente, para utilizar mais um exemplo que tem valor simbólico, ser a título pessoal contra o aborto e, mesmo assim, a favor da sua despenalização no plano jurídico.

Os mesmos princípios devem reger as questões levantadas pelo diagnóstico de pré-implantação (DPI), que, digamos claramente, é uma verdadeira forma de eugenismo. Do que se trata, de fato? No caso de certas afecções hereditárias graves (a fibrose cística, por exemplo), pode-se hoje oferecer aos casais que querem ter um filho imune à doença duas possibilidades de diagnóstico. A primeira (diagnóstico "antenatal" clássico) consiste em detectar a presença de distúrbio genético no feto. Sua conclusão "lógica" (deixo o termo entre aspas porque essa lógica pode ser claramente contestável) em caso de teste positivo é o aborto (já que os casais que recorrem a esse diagnóstico em geral aceitam esse princípio de antemão). A segunda ("diagnóstico de pré-implantação", ou DPI) permite evitar essa saída. Consiste em recorrer à fecundação *in vitro*. Começa-se então a obter vários embriões, e, por meio de testes genéticos, identificam-se os portadores da anomalia. Serão reimplantados apenas os embriões imunes. Essa técnica já permitiu dar à luz milhares de crianças saudáveis, primeiro na Inglaterra, nos Estados Unidos e na Bélgica, e, nos últimos anos, em quase todos os países ocidentais, inclusive na França. Entretanto, suscita duas objeções principais por parte dos adversários: em primeiro lugar, é acusada de eugenismo (anátema que evoca o espectro do nazismo, mas não resolve nada); acrescenta-se em seguida que ela nos levaria a uma "ladeira escorregadia" onde ninguém conseguirá parar: por que não, ao mesmo tempo, autorizar a escolha do sexo, e, logo, a cor dos olhos, dos cabelos etc.?

Esses argumentos, que impressionam o público e possuem toda a aparência do bom senso e da virtude, parecem-me de fato pouco rigorosos. Contornam a verdadeira questão, que é justamente a da regulação, a dos limites *nuançados* que devemos impor nesses assuntos, em vez de autorizar ou proibir tudo. Aqui, é preciso recusar da forma mais nítida a falsa noção de "ladeira escorregadia". De fato, pode-se defender com argumentos eficientes, até mesmo na prática real, o dispositivo que, aliás, foi em grande parte adotado na França: apenas alguns centros hospitalares estão habilitados a praticar o DPI; equipes médicas, assistidas se preciso por personalidades externas, estão encarregadas então de fixar por si, em diálogo com os pacientes, o limite que não será ultrapassado, inspirando-se no seguinte princípio: sim ao DPI com fins terapêuticos, para afecções hereditárias graves, não em todos os casos que são de simples conveniência. Esse princípio permite evitar que se sucumba à fantasia da criança perfeita, limitando-se a terapêutica a descartar os embriões doentes, sem procurar selecionar os "melhores". A deontologia assim elaborada deve obviamente ser transparente. Deve ser objeto de uma avaliação rigorosa, permitindo garantir que o princípio geral tenha sido corretamente aplicado. Supõe apenas que se dê um mínimo de confiança aos indivíduos envolvidos e que se saiba também que, embora não seja proibido proibir, ninguém está autorizado a fazê-lo sem razão. Eis, a meu ver, o princípio supremo que geralmente deveria reger o diálogo entre as convicções, religiosas ou não, em uma sociedade laica.

Sobre os dois obstáculos que qualquer regulação deverá se esforçar para evitar

Não deveremos esquecer também que a regulação vai enfrentar, mesmo que se desenrole em condições de argumentação perfeitas, duas dificuldades que já mencionei, mas que recordo uma última vez.

A primeira diz respeito àquilo que poderíamos chamar de geopolítica da regulação. É claro que, diante da possibilidade de aumentar o ser humano, mesmo que para fins "somente" terapêuticos, alguns países serão menos reticentes que outros, para não dizer muito mais entusiastas, menos exigentes em relação aos limites que nossa tradição republicana, humanista e orientada pelos direitos humanos, considera como não ultrapassáveis. Saibamos tirar desde já ensinamentos disso e dizer as coisas francamente: que sentido poderia ter no mundo atual uma regulação apenas nacional? Quase nenhum. Como já vimos várias vezes com a PMA, o DPI, a gestação por substituição: o que é proibido em Paris, mas autorizado em Bruxelas ou Londres, não faz muito sentido. Portanto, cabe no mínimo à Europa como um todo inventar as regras de amanhã, o que, dado o estado da União, não será uma tarefa fácil.

Em seguida, na medida em que a coletividade será obrigatoriamente interpelada por esses assuntos, a ideologia neoliberal segundo a qual cada indivíduo deve ser livre para decidir por si e por sua família sobre aquilo que quer aumentar ou não irá evidentemente à contracorrente da realidade – motivo pelo qual, como eu já disse acima, é indispensável que o âmbito político não seja substituído por comitês apenas oriundos da sociedade civil (embora estes possam ter um papel esclarecedor). Assim, é crucial que nossas democracias não se deixem ultrapassar pela rapidez e tecnicidade das revoluções em curso, que nossos políticos, em uma comissão parlamentar permanente e vinculada a um ministério exclusivo, façam o esforço, certamente considerável, de se informar, de dedicar tempo e inteligência à compreensão do mundo que está por vir, e não se limitem, como ainda é o caso, aos bons e velhos debates do século XIX entre socialistas e liberais.

É, por definição, dentro do espaço público que a regulação deve ocorrer, e não em uma sociedade civil, que, por essência, é o lugar de expressão dos interesses particulares e, consequentemente, pouco propícia à expressão do interesse geral. É no mais alto nível que é preciso retomar o controle do rumo deste mundo, que nos escapa cada dia mais. Depende apenas de nós que isso aconteça, que reencontremos margens de manobra indispensáveis à regulação, que sejamos capazes de criar instâncias legítimas – isto é, políticas – suscetíveis de fazê-lo, mas com uma condição: que os políticos e os intelectuais finalmente se disponham a mobilizar a atenção da opinião pública para outro assunto que não seja o passado, que acabemos com as veleidades restauradoras agressivas, as lamentações midiáticas a repetir a ladainha de que "o mundo está desabando", para finalmente nos interessarmos pelo real, pelo presente e pelo futuro que nossos filhos deverão verdadeiramente enfrentar, sem recorrer à saudade e às comemorações.

Tomara que este livro contribua abrindo um caminho para isso.

Anexo. Para entender as NBIC

COMO DISSEMOS NA INTRODUÇÃO AO CITAR DIFERENTES RELATÓ-rios consagrados a esses assuntos, estamos vivendo a emergência e a convergência cada vez mais integradas de várias revoluções na área das tecnociências, revoluções que vão alcançar todos os setores da vida humana, especialmente os da medicina e da economia: nanotecnologia, biotecnologia, informática (*big data*, internet das coisas), cognitivismo (inteligência artificial) – é o que chamamos de NBIC –, às quais acrescentaremos, para completar, a robótica, a impressora 3D, as terapias reparadoras com a ajuda de células-tronco, assim como as diferentes formas da hibridação homem/máquina. A própria economia colaborativa tornou-se possível por meio de algumas dessas novas tecnologias, razão pela qual ela compartilha parte da plataforma tecnológica com o transumanismo.

O intuito deste anexo não tem nenhuma pretensão. Trata-se apenas de dar ao leitor algumas referências elementares para ajudá-lo a entender pelo menos onde se enraízam os desafios filosóficos, econômicos, éticos e políticos colocados pelas revoluções técnicas em curso. É nessa ótica que propõe alguns elementos de informação básicos, mas também bibliográficos, sobre as nanotecnologias, os *big data*, a inteligência artificial, a biocirurgia e a engenharia genética, e, para colocá-los em perspectiva, permita-me o leitor citar novamente este trecho do livro do dr. Laurent Alexandre, A *morte da morte*, ao qual eu gostaria de voltar:

> Dentro de algumas décadas, as nanotecnologias vão nos permitir construir e reparar, molécula por molécula, tudo o que é possível imaginar. Não somente os objetos usuais, mas também os tecidos e os órgãos vivos. Graças a essas revoluções concomitantes da nanotecnologia e da biologia, cada elemento do nosso corpo se tornará reparável, em parte ou na totalidade, como peças avulsas. [...] Os quatro componentes das NBIC se fertilizam mutuamente. A biologia, em especial a genética, aproveita-se da explosão das capacidades de cálculo informático e das

nanotecnologias indispensáveis para ler e modificar a molécula do DNA. As nanotecnologias se beneficiam dos progressos da informática e das ciências cognitivas, que, por sua vez, se constroem com a ajuda dos demais componentes. De fato, as ciências cognitivas utilizarão a genética, as biotecnologias e as nanotecnologias para entender e então "aumentar" o cérebro e elaborar formas cada vez mais sofisticadas de inteligência artificial, talvez diretamente ligadas ao cérebro humano. [...] Implantados aos milhões em nosso corpo, nanorrobôs nos informarão em tempo real qualquer problema físico. Serão capazes de estabelecer diagnósticos e de intervir. Circularão no corpo humano, limpando as artérias e expulsando resíduos celulares. Esses robôs médicos programáveis destruirão os vírus e as células cancerígenas.

As disciplinas que citei aqui são obviamente bem diferentes umas das outras. Um especialista em nanotecnologia, um geneticista, um economista e um informático especializado na concepção de algoritmos ou na análise dos *big data* (um *data scientist*) certamente não exercem a mesma profissão. Não possuem nem a mesma formação, nem as mesmas competências, de modo que associar essas diferentes disciplinas como se sua "convergência" fosse natural nem sempre é pertinente, longe disso. Resta o fato de que elas apontam cada vez mais para certas formas de interdisciplinaridade. Para dar um único exemplo, é claro que, sem os progressos da informática, dos *big data*, das coisas conectadas e da inteligência artificial, sem a capacidade de tratar milhares de bilhões de dados na *web*, nem a economia colaborativa, nem o sequenciamento do genoma teriam surgido. Nada de Uber, Airbnb ou BlaBlaCar sem aplicativos que suponham a capacidade de tratar à velocidade da luz quantidades extraordinárias de informações enviadas por coisas conectadas. A hipótese de Laurent Alexandre – mas, obviamente, ele não é o único a pensar assim – é que com essa convergência se acelerando, todas essas revoluções há pouco tempo ainda inimagináveis chegarão mais depressa do que pensamos. Por isso, parece-me útil entender, mesmo que minimamente, alguns dos seus traços fundamentais.

O que é a nanotecnologia?

O que queremos dizer exatamente quando evocamos o famoso "N" pelo qual começa a sigla (NBIC), e quais são as consequências potenciais dessa disciplina que revoluciona hoje o mundo da física clássica? Em um longo relatório de 2004 dedicado à nanotecnologia, a Royal Society and Royal Academy of Engineering propõe a seguinte definição:

> A nanociência é o estudo dos fenômenos e a manipulação de materiais em escala atômica, molecular e macromolecular, na qual as propriedades diferem significativamente daquelas observadas em escala maior.

Mesmo considerando que hoje uma definição perfeita é impossível, tão diversas as realidades abrangidas pela nanociência/nanotecnologia, Étienne Klein, no excelente livro que lhe dedica[1] (cuja leitura aconselho fortemente), propõe três critérios: 1) uma ordem de grandeza espacial, a do nanômetro; 2) a existência de propriedades originais, às vezes até surpreendentes, da matéria nessa escala; e 3) o recurso a uma instrumentação específica para observar e, sobretudo, manipular, até mesmo fabricar, máquinas em escala nanométrica.

Para dar uma ideia da escala em questão, é preciso lembrar que o nanômetro representa um bilionésimo de metro, que esse comprimento está para o metro assim como o diâmetro de uma avelã está para o da Terra! Para ser ainda mais ilustrativo, embora na realidade seja bastante difícil conceber a coisa, um objeto do tamanho de um nanômetro teria uma espessura 50 mil vezes menor que a de um cabelo. Porém, nessa escala, as propriedades da matéria diferem sensivelmente das que a física de Newton descreve corretamente no "macromundo", o dos objetos cotidianos, em particular por um motivo que, à primeira vista, parece totalmente paradoxal: quanto menor for um objeto, maior é sua superfície, ao contrário do que poderíamos imaginar, o que aumenta consideravelmente seus vínculos potenciais com os demais objetos ao seu redor.

---

1   *Le small bang des nanotechnologies*, Odile Jacob, 2011.

Para explicar esse paradoxo – que é essencial para compreender as diferenças de propriedades que o real apresenta nessa escala nanométrica –, Étienne Klein sugere um exemplo, o de uma caixa comum de açúcar, uma embalagem retangular de pequenos torrões brancos, retangulares também. Com esse exemplo, entendemos imediatamente por que a superfície de um objeto grande (a caixa inteira) é muito inferior àquela dos objetos pequenos (os torrões de açúcar) em conjunto. Em outras palavras, quanto mais fragmentamos o real, mais sua superfície aumenta, portanto mais suas relações eventuais com os demais objetos em volta mudam. No caso de um remédio, por exemplo, isso pode modificar totalmente seus efeitos, de modo que um excelente remédio ao nível macro pode se tornar um veneno violento ao nível nano! Daí as preocupações e incessantes polêmicas que suscita a pesquisa na área da nanociência, como destaca Étienne Klein:

> A incerteza sobre a toxicidade das nanopartículas é real: à escala do nanômetro, uma substância tem comportamento muito diferente do que conhecemos em escalas maiores, por causa da superfície de exposição que se torna mais significativa proporcionalmente à quantidade de matéria. Seu comportamento varia também de acordo com a forma da nanopartícula, o que não ocorre à escala macroscópica e exige dos toxicologistas que elaborem métodos específicos de análise, contagem e detecção. É possível, por exemplo, que, por causa do seu pequeno tamanho, as nanopartículas atravessem as membranas de certos tecidos ou certas células.[2]

Essas características provocam riscos ainda impossíveis de serem avaliados para a saúde humana.

Então, você irá me perguntar por que tanto interesse pela nanociência, um interesse, na verdade, tão grande que alguns pesquisadores deploram o fato de que hoje, para obter financiamento de pesquisas, seja preciso apresentar um projeto rotulado "nano"? Para

---

2 Ibidem, p. 55.

entender isso, deve-se examinar o terceiro critério de definição da nanociência, isto é, uma instrumentação específica: o "microscópio de efeito túnel", aparelho concebido há cerca de trinta anos por dois físicos, Gerd Binnig e Heinrich Rohrer, invenção que lhes valeu o prêmio Nobel em 1986.

Aqui vai o que Étienne Klein diz sobre isso:

> Esse aparelho abriria caminho para a revolução técnica de primeira ordem que hoje está ocorrendo diante dos nossos olhos. [...] Permite não somente formar imagens de átomos individuais, mas também, pela primeira vez na história, tocar um único átomo por vez e deslocá-lo à vontade. Em geral, quando tocamos levemente um objeto, uma caneta, por exemplo, milhares de átomos que pertencem aos nossos dedos "entram em contato", por assim dizer, com outros milhares de átomos pertencentes ao objeto. Cria-se, então, uma bela confusão, uma mistura geral e invisível na intimidade superficial da matéria. Graças ao microscópio de efeito túnel, [...] podemos edificar com carícias sucessivas, átomo após átomo, arquiteturas materiais inéditas.

Por isso, também, as aplicações dessas novas tecnologias no setor industrial são quase infinitas. Vão da melhoria da capacidade das baterias ao melhor rendimento dos painéis solares, passando pela criação de todo tipo de materiais mais leves, mais sólidos ou dotados de qualidades inéditas – por exemplo, a possibilidade de alguns "nanotecidos" de recuperar a energia do corpo para transformá-la em eletricidade, o que permitiria, assim, que qualquer um recarregasse permanentemente seu celular ou, mais importante ainda, seu marca-passo. Para dar um único exemplo – mas é provavelmente aquele de maior influência sobre o surgimento da ideologia transumanista –, torna-se idealmente imaginável modelar a matéria segundo arquiteturas precisas para melhor utilizar as propriedades inéditas dos nano-objetos, construir assim as "nanomáquinas" ou "nanorrobôs" mencionados por Laurent Alexandre, que seriam eventualmente capazes, no futuro, não somente de identificar as disfunções em nosso organismo, mas até, conforme o caso, de repará-las imediatamente. Deixemos mais uma vez a palavra a Étienne Klein, cientista pouco interessado em ficção científica, físico amante do espírito crítico com o qual não corremos o risco de ser levados, por pouco que seja, a delírios tecnófilos, mas que, mesmo assim, reconhece as potencialidades, há pouco ainda inimagináveis, abertas pela nanociência na área médica:

> Ao se associar saúde, medicina e nanotecnologias, pensa-se imediatamente no desenvolvimento da "nanomedicina", muito promissora e repleta de altas tecnologias: evocam-se tratamentos direcionados e regulados de várias patologias, todo tipo de próteses miniaturizadas, a possibilidade agora certa de introduzir artefatos no cérebro ou de implantar no corpo humano mecanismos nanométricos com fins médicos. [...] Pode-se prever nanorremédios para tratar células doentes. A ideia é utilizar nanovetores que concentrariam moléculas medicinais ou suplementos vitamínicos e poderiam alcançar especificamente células ou órgãos definidos. Para tanto, inúmeros trabalhos são realizados sobre a maneira de integrá-los a alimentos com sabor e textura ainda atraentes. [...] Podemos até falar em mecanismos "últimos" no sentido de que suas peças são átomos individuais. [...] Essa evolução questiona evidentemente a concepção que temos da nossa própria humanidade: que taxa de hibridação desejamos estabelecer entre técnica e natureza? Entre o que é inerte e o que é vivo?

Assim, entende-se por que o "N" das NBIC figura em primeiro lugar na elaboração das doutrinas transumanistas – e vemos também o quanto a diferença entre ciência e ideologia se torna a cada dia mais profunda, havendo sempre o risco de a realidade científica que subtende o discurso ideológico ser instrumentalizada com fins dogmáticos, ou até, mais simplesmente ainda, mercantis.

Biocirurgia: "cortar/colar" o DNA com o "Crispr-Cas9", um passo de gigante

Chegamos ao "B" das NBIC, isto é, à esfera da biotecnologia. Lembrarei que o primeiro sequenciamento do genoma humano, realizado no ano

2000, custou 3 bilhões de dólares, que hoje custa cerca de 3 mil dólares e que, antes do final da década, custará menos de 100 – de modo que poderemos conhecer nosso DNA, com suas anomalias eventuais, da mesma maneira que fazemos hoje um simples exame de sangue. Mas talvez o essencial não esteja nisso. Diz mais respeito ao fato de que, graças a uma descoberta bem recente, a do "Crispr-Cas9", um nome verdadeiramente bárbaro (a estirpe dos sábios de Molière ainda não se extinguiu),[3] vamos poder "cortar/colar" nosso DNA, até hibridá-lo tão facilmente quanto corrigimos um erro ortográfico ou deslocamos uma frase em um *software* de edição de texto. Com essa descoberta, tudo ou quase tudo se torna possível em matéria de biocirurgia. Pode-se, por exemplo, mostrar ou ocultar à vontade a expressão de um gene, modificá-lo, retirá-lo ou hibridá-lo – o que, obviamente, oferece perspectivas quase ilimitadas, embora ainda não atuais, para a engenharia genética humana. Remeto aqui à entrevista muito interessante dada à revista L'*Obs* por Alain Fischer, professor no Collège de France, diretor do Instituto de Doenças Genéticas, em 10 de dezembro de 2015:

> **Alain Fischer:** É preciso lembrar a que ponto o sistema Crispr-Cas9 constitui um salto tecnológico maior nas ciências da vida e talvez amanhã na terapia gênica. Já sabíamos modificar e cortar o DNA, mas não de maneira tão precisa e tão fácil. [...]
> **Pergunta:** O que ocorre se modificarmos as células germinais?
> **Alain Fischer:** É aí que o questionamento começa realmente. Alguns se perguntam: por que não modificar um embrião humano que corre o risco de desenvolver uma doença? Mas isso não faz sentido. Um casal com riscos pode ter um filho imune graças a uma fecundação *in vitro* e depois um diagnóstico de pré-implantação [DPI], que permite identificar os

---

3   A sigla, uma vez explicitada, não é mais esclarecedora, já que significa: "*Clustered Regularly Interspaced Short Palindromic Repeats*", e o Cas9 designa "apenas" que a coisa em questão (que programa uma endonuclease bacteriana, isto é, uma proteína chamada Cas9 que corta o DNA) está associada à proteína 9 (*associated protein 9*). Quando a ciência se torna poética...

embriões doentes. [...] Portanto, não há nenhum interesse em corrigir os embriões doentes!

Com certeza, no estado atual das coisas, o professor Fischer tem toda a razão, com a ressalva de que é preciso lembrar o seguinte: primeiro, que a luta para autorizar o DPI foi longa e difícil, considerando que enfrentou inúmeras resistências, religiosas, claro, mas não só. Uma parte da esquerda bem-pensante via nele a volta insidiosa de um eugenismo que remetia aos sombrios tempos do nazismo. Sei disso por ter participado de discussões e ter publicado, desde o final dos anos 1980, principalmente com René Frydman, no jornal *Le Monde*, vários artigos em prol da autorização da triagem de embriões no caso de doenças como a fibrose cística. Em seguida, é óbvio que, além da utilidade ou inutilidade prática imediata de manipulações genéticas germinativas, as quais podemos, de fato, substituir mais facilmente por um DPI, do ponto de vista da pesquisa científica a perspectiva é bem diferente. Infinitamente mais perigosa, decerto, até assustadora, já que será transmitida às futuras gerações, mas também, precisamente por esse motivo, mais radical e promissora se refletirmos na erradicação definitiva de tal ou tal patologia. Ademais, Alain Fischer, apesar de sua hostilidade a essas hipóteses de trabalho, não consegue deixar de evocar a questão, mesmo que para finalmente descartá-la pelos perigos que apresenta:

> Algumas variantes dos nossos genes são fatores de riscos de doenças cardiovasculares, de câncer... Por exemplo, o gene CCR5 é um receptor que permite a entrada do vírus da AIDS. Em algumas raras pessoas, esse gene sofreu mutação, tornando-as refratárias à infecção pelo HIV. Não seria possível generalizar a inativação desse gene para que todo mundo fosse resistente à infecção? O procedimento é muito complexo, porque é preciso modificar o genoma de embriões. E como teremos certeza de que não vamos provocar efeitos colaterais? O gene CCR5 permite também que o sistema imunológico combata algumas infecções virais. Temos o direito de modificar o genoma da nossa descendência?

É a pergunta essencial, de fato, ao menos aquela que está no cerne do transumanismo, respondendo seus defensores afirmativamente, é óbvio, desde que se tomem precauções, que se façam experimentações em animais, que os efeitos perversos possam ser controlados etc. Mas será possível? Podemos controlar tudo? A maneira como Alain Fischer critica os transumanistas, sem lhes dar nome, é totalmente compreensível e característica das reticências legítimas que o projeto levanta:

> No sonho de alguns, essa técnica poderia também ser utilizada para aumentar o desempenho humano: correr mais rápido, aumentar a vigilância... Queremos mesmo isso? A medicina tem outras finalidades: dar a cada um as melhores chances de viver o maior tempo possível dentro de suas capacidades naturais. Se utilizarmos as novas tecnologias para salvar a vida de uma criança de 2 anos, tudo bem. O mesmo se curarmos o câncer de um adulto. Mas querer encompridar a vida de todos além dos 100 anos é, a meu ver, descabido. Queremos viver em um mundo composto por idosos?

A argumentação de Fischer é evidentemente forte... e frágil. Forte porque os perigos das manipulações genéticas são imensos, os efeitos perversos ainda totalmente desconhecidos e a imprudência dos doutores Fantásticos preocupante; frágil porque nada nos diz que não conseguiremos controlar esses efeitos perversos, não sendo os progressos das biotecnologias limitados *a priori*, nem do ponto de vista científico, nem mesmo do ponto de vista moral; frágil também porque não há dúvida de que, se alguns países escolherem o caminho do aumento, é bem improvável que os demais os assistam sem fazer nada; frágil, finalmente, porque, na hipótese em que chegássemos a prolongar a vida humana, seria certamente aumentando também sua qualidade, pois o sonho transumanista não almeja a velhice eterna, mas a juventude eterna. É claro que ainda não chegamos lá, assim como é evidente o fato de existirem obstáculos que parecem insuperáveis no estado atual dos nossos conhecimentos, mas ninguém pode afirmar hoje que o sonho nunca poderá se tornar realidade, do mesmo modo como não podemos imaginar que os limites impostos pela natureza se confundam obrigatoriamente com aquele que a ética recomendaria.

Permita-me insistir de novo, porque é realmente essencial. A natureza é um fato, nunca uma norma, é um dado material, jamais um valor ético, e se pudéssemos viver com boa saúde por mais de cem anos, se tivéssemos o gosto e a vontade disso, se fôssemos capazes de resolver os problemas demográficos, econômicos e políticos que tamanha perspectiva não deixaria de abrir, não vejo por que deveríamos *a priori* nos privar disso pelo motivo de que "não é natural". Aliás, toda a história da medicina não será a de uma luta contra os danos de uma natureza cega e radicalmente insensível no plano moral? Se a natureza fosse a regra, não deveríamos deixar este mundo uma vez que nossos genes fossem transmitidos às futuras gerações? Se nossa esperança de vida é hoje de cerca de 80 anos, não será porque, pelo menos nas democracias modernas, empurramos os limites, contrariamos amplamente a lógica brutal da seleção darwiniana? Então, quem pode dizer seriamente onde devemos parar esse processo e com que idade é "bom" morrer? Cada um tem sua própria resposta, mas por eu ver ao meu redor, à medida que envelheço, cada vez mais idosos, entre os quais alguns que amo infinitamente, sei que muitos deles, embora de idade avançada, ainda têm gosto pela vida e não estão nem um pouco entusiasmados com a ideia de ir embora, ponto de vista tão legítimo, a meu ver, quanto o dos herdeiros que, às vezes, gostariam de fato que sua espera chegasse ao fim...

O que são os *big data*?

Vamos nos interessar agora pelo "I", informática, da nossa sigla. E, para começar, o que são exatamente os *big data*? Literalmente, são os "grandes dados", digamos o volume gigantesco de dados brutos ou já estruturados, públicos ou privados, que circulam permanentemente em todas as redes do mundo inteiro por causa da nossa troca de e-mails, de SMS, das nossas navegações na *web*, especialmente via Google, ou das nossas múltiplas intervenções (música, fotos, mensagens escritas etc.) nas redes sociais (Facebook, Twitter, LinkedIn...), mas igualmente dos objetos conectados que, cada vez mais numerosos, enviam permanentemente quantidades gigantescas de informações na internet. O volume desses dados digitais aumentou de forma exponencial no decorrer dos últimos anos, e é contabilizado hoje não mais em *petabytes* (10 elevado à potência 15 *bytes*), nem mesmo em *exabytes* (10 à potência 18 *bytes*), mas em *zettabytes* (10 à potência 21 *bytes*). Para dar uma ideia do caráter vertiginoso do volume de dados que circula sem parar na *web*, basta saber que um *petabyte* já representava o equivalente a 2 bilhões de fotos de resolução média!

Como podemos imaginar, o conjunto desses dados gera problemas gigantescos de armazenamento (ao menos para quem quisesse armazená-los, e, nessa perspectiva, o que se chama de *cloud comuting*, o armazenamento na "nuvem", isto é, em *data centers* localizados fora dos nossos terminais, oferece soluções eficientes e relativamente baratas) e, mais ainda, de análise: quais informações tirar deles? Que sentido lhes dar? O que elas podem nos ensinar sobre as expectativas dos consumidores, sobre o gosto das diversas categorias de população, mas também sobre sua saúde, seus deslocamentos, suas viagens turísticas, o modo de consumo, as opções políticas, as participações em associações, as correntes ideológicas, até as atividades terroristas? As informações que podemos extrair dos *big data*, se soubermos utilizá-las, são de uma diversidade ilimitada. Podem servir para as mais diversas finalidades, desde o tratamento das epidemias, a resposta a catástrofes naturais, a gestão de prêmios de seguro ou a luta contra o crime, até o sequenciamento do genoma humano, passando pela regulação dos transportes aéreos, do trânsito rodoviário, do carro autodirigido, a luta contra o câncer, a assistência domiciliar aos doentes, aos idosos dependentes, a publicidade personalizada ou a escolha e o acompanhamento da eficiência dos temas selecionados pela equipe de um candidato em campanha eleitoral! Podem servir também, é o reverso da medalha, para fins abomináveis, por exemplo o ciberterrorismo. Tudo é questão de análise, de *data mining* (menciono de propósito os termos agora usados pelos especialistas, termos que, como notaremos, e não é por acaso, são todos oriundos do uso anglo-americano), da capacidade de extrair sentido dos *data*, capacidade que depende principalmente da escolhas dos algoritmos que permitem deixar aparecer significados úteis a partir de uma massa a princípio globalmente informe (embora parte desses dados já esteja estruturada, portanto com certo sentido), de modo que a profissão de *data scientist* se torna em alguns setores totalmente essencial.

Para resumir, tomou-se o hábito de caracterizar a análise dos *big data* por uma série de "V": volume, velocidade, variedade, valor. Volume, já dissemos por quê. Velocidade, porque como os dados se acumulam a cada segundo, aos milhões, é preciso agora conseguir analisá-los em tempo real; variedade, porque se trata de fotos, imagens, conteúdo multimídia, filmes, músicas, dados geográficos, médicos etc., cifrados ou em texto; e, finalmente, porque sua análise pode, em alguns casos, ter muito valor, não somente comercial (em termos de publicidade e de direcionamento ao cliente), mas também "moral" e político, quando se trata de combater o crime, os acidentes, as doenças, de fornecer tratamentos para pessoas isoladas ou de socorrer populações em perigo.

Evidentemente, existe ainda outro lado sombrio desses avanços, aliás incontestáveis e úteis, em particular no plano médico: trata-se da ameaça que pesa sobre nossa vida privada, com uma questão no fundo análoga àquela já levantada na luta contra o terrorismo com a generalização dos grampos: até que ponto estamos prestes a sacrificar partes inteiras das nossas liberdades e da nossa vida privada para nos beneficiar em contrapartida das vantagens dos *big data*? E, para ser honesto, é preciso acrescentar esta outra pergunta: será que isso ainda depende de nós, das nossas escolhas individuais e até políticas, considerando que de qualquer maneira nada daquilo que colocamos na *web* hoje é confidencial? Tudo, digo mesmo tudo, que emitimos no mundo digital, quer se trate dos nossos e-mails, dos nossos SMS, das informações emitidas por nossos objetos conectados, das nossas navegações na *web* ou das nossas conversas nas redes sociais, é potencialmente descriptografável, se não de fato descriptografado.

O tempo todo, dados que ingenuamente acreditamos privados – por exemplo, nossas navegações na internet, que, de fato, são seguidas por meio de *cookies*, sensores implantados no disco rígido dos computadores pessoais, ou ainda as informações que um relógio ou uma balança conectados enviam para a *web* – tornam-se possivelmente públicos naquilo que hoje chamamos de *open data*, isto é, justamente esse processo que consiste em tornar, aos poucos, disponíveis para a análise, e para populações inteiras, todos os dados privados ou públicos, sem nenhuma restrição jurídica nem econômica – processo que, logo entendemos, pode ser altamente útil para muitas empresas (para atender a demanda dos clientes) e organizações diversas (por exemplo, as seguradoras), mas que ao mesmo tempo colocam problemas consideráveis de proteção da vida privada.

Para ilustrar esse assunto, tornou-se muito difícil hoje manter o segredo médico. Basta comunicar seus problemas de saúde a alguém próximo, membro da família e amigo que, sem maldade, fala com outra pessoa numa rede social para que a informação, doravante irreparável, se torne potencialmente pública e, por que não, seja imediatamente descriptografada por seu plano de saúde, que, conforme o caso, poderá utilizá-la. É apenas um exemplo entre dezenas de outros que poderíamos dar sobre as vantagens (para uns) e os inconvenientes (para outros) da análise dos dados de massa.

Para resumir esse aspecto bastante negativo das abordagens dos *big data* (mas, mais uma vez, é indispensável compará-los com os aspectos positivos), por cinco motivos pelo menos, a anonimização e a proteção dos nossos dados pessoais são em grande parte um engodo, a despeito dos esforços louváveis da Comissão Nacional da Informática e das Liberdades (CNIL) e das autoridades competentes. Primeiro, é preciso saber que os endereços IP que figuram em nossos computadores são tão transparentes quanto um número de telefone: indicam a quem quiser o nome do usuário provável da máquina, ainda mais porque cruzando essa informação com eventuais dados de localização fica quase impossível escapar de uma pesquisa de identificação. Em seguida, é preciso observar que existem inúmeros *soft-*

wares, simples e baratos, que permitem grampear todas as nossas conversas telefônicas e decodificar todos os nossos e-mails e SMS. Não podemos esquecer que o ex-presidente da França Nicolas Sarkozy foi grampeado pelo governo, embora dispusesse de um aparelho em princípio "seguro" (digo mesmo o governo, porque é inimaginável que o ministro da Justiça não tenha sido informado desse grampo, inimaginável também que não tenha avisado o primeiro-ministro, que, por sua vez, avisou obrigatoriamente o presidente). Prossigamos: é preciso saber também que, após os atentados de 11 de setembro de 2001, a legislação americana sobre a luta contra o terrorismo (o famoso Patriot Act) autorizou as autoridades competentes a acessar diretamente e sem permissão especial todos os dados armazenados na "nuvem" de todas as empresas americanas, até mesmo, claro, as que trabalham no estrangeiro. Embora a Comissão Europeia tenha protestado, contestado a legitimidade dessa legislação, tentado, mal ou bem, implementar sistemas europeus de armazenamento (é a isso também que responde o projeto "Andromède"),[4] não houve resultado. Primeiro, porque os Estados Unidos não se importam, em seguida, porque, de qualquer modo, as empresas que instituem os diferentes tipos de nuvem se reservam alguns *backdoors*, portas dos fundos, que lhes permitem acessar os dados por elas armazenados e supostamente protegidos; ademais, porque, de qualquer modo, nada garante que esses sistemas não sejam arrombados mais cedo ou mais tarde, considerando que ocorrem todo dia milhares de tentativas com essa finalidade! Por fim, sejamos claros: as implicações econômicas relativas aos *big data* são gigantescas. Para dar uma pequena amostra, um número cada vez maior de empresas se especializa, nos Estados Unidos em particular, na coleta, armazenamento e revenda de dados que poderiam ser úteis a outras empresas para segmentar seus clientes, responder às expectativas destes, fazer campanhas publicitárias etc. Assim, como já dissemos em um capítulo anterior, o excelente relatório que

---

4   Projeto de nuvem com soberania digital lançado pelo governo francês em 2011 com o codinome "Andromède". (N. T.)

o Comissariado Geral de Estratégia e Prospecção dedicou em novembro de 2012 aos *big data* observa que a empresa Axiom obteve em 2012 uma receita de pouco mais de 1 bilhão de dólares graças a esse tipo de venda, enquanto se orgulha de ter em média 1.500 dados sobre mais de 700 milhões de indivíduos no mundo!

Cognitivismo: da inteligência artificial (IA) fraca à IA forte?

Algumas palavras, para encerrar, sobre o C, de "cognitivismo", que conclui nossa sigla. Aqui, é preciso distinguir claramente o que chamamos de inteligência artificial (IA) fraca, que já é realidade, da IA chamada de "forte", que ainda permanece (e, a meu ver, para sempre, mas os especialistas da IA têm na maioria uma opinião diferente da minha) uma utopia. Para ir ao essencial e em primeira aproximação, poderíamos dizer que a IA forte seria a inteligência de uma máquina capaz não somente de imitar de fora a inteligência humana, mas que seria na verdade dotada de dois elementos até então exclusivamente humanos (ou, pelo menos, presentes apenas em inteligências encarnadas em corpos biológicos, sendo os grandes macacos e os animais superiores, certamente, também capazes de possuí-los, mesmo que em grau inferior): a consciência de si e as emoções – o amor e o ódio, o medo, o sofrimento e o prazer etc.

A IA fraca se limita, por sua vez, em resolver problemas. Pode certamente imitar a inteligência humana, mas se trata sempre de uma imitação mecânica, externa, como prova, aliás de modo suficiente, o fato de que por enquanto nenhum computador conseguiu passar no famoso teste de Turing, batizado com o nome do matemático britânico que imaginou uma experiência na qual um ser humano dialoga com uma "entidade" escondida sem saber se se trata de um computador ou de outro ser humano. O computador imita o diálogo, mas somente como um psicanalista ruim que, ao ouvir a palavra "mamãe", responde "Sua mãe, ah, bem, claro, então associe livremente" etc. Depois de algum tempo, o computador fica tão defasado e, é preciso dizer, tão estúpido, que até o mais ingênuo dos seres humanos acaba percebendo que está conversando mesmo com uma máquina.

Ainda assim, a maior parte dos cognitivistas está convencida de que um dia chegaremos a fabricar máquinas semelhantes ao cérebro humano, computadores suscetíveis de terem consciência de si mesmos e de sentirem emoções, algo contestado por muitos biólogos que garantem que é preciso um corpo vivo para ter esses dois atributos. A *priori*, temos espontaneamente tendência em favor do biológico, mesmo que os defensores da IA forte argumentem, baseando-se no monismo materialista, que o próprio cérebro não passa de uma máquina como outras, apenas mais sofisticada, um simples material organizado que um dia conseguiremos imitar perfeitamente, mesmo que seja por meio de hibridações entre homem e máquina, hibridações que já estão em vias de se realizar, por exemplo, com o coração artificial, uma máquina, certamente, mas coberta com tecidos biológicos.

Daí a ideia (a meu ver, uma fantasia) de que um dia seria possível armazenar a própria inteligência e a memória em um tipo de *pendrive* (ou seu equivalente daqui a algumas décadas), e também fabricar máquinas verdadeiramente inteligentes, isto é, capazes de consciência de si e de emoções. Assim, vemos que a utopia de uma mudança insensível do fraco para o forte se introduziu no universo dos matemáticos informáticos materialistas. Porque, de agora em diante, as máquinas realizam – pelo menos é a tese deles – quase tudo o que os seres humanos são capazes de fazer: são autônomas, ao menos tão amplamente quanto eles, podem tomar decisões, aprender, corrigir seus erros, reproduzir-se, e logo, assim é a utopia, conseguirão passar no teste de Turing. Daí a tese de um Kurzweil, segundo a qual poderemos alcançar a imortalidade ao nos hibridarmos com essas entidades novas e ao nos tornarmos, assim, pós-humanos.

Digo logo que o interesse renovado pelo materialismo filosófico enfrenta, a meu ver, várias objeções sérias.

Com certeza, se assumirmos um ponto de vista simplesmente "behaviorista", comportamentalista, se julgarmos as máquinas somente de "fora", a distinção entre elas e o ser humano, como no excelente seriado *Real Humans*, poderá um dia se tornar difícil, ou até impossível, de estabelecer. Embora ainda não seja o caso, nada impede que um dia uma máquina passe no teste de Turing. Porém, mesmo assim, o que prova que ela terá "verdadeiramente" consciência de si mesma, que experimentará "verdadeiramente" sentimentos, amor e ódio, prazer e pena? Não é porque uma imitação é perfeita que deixa de ser uma cópia. A menos que eu mergulhe em um delírio paranoico, parece-me absurdo atribuir a máquinas emoções que elas não têm nem meios, nem motivos para sentir. Mesmo que imitem perfeitamente a vida, não estão vivas, assim como um papagaio que fala não entende o que diz. Diz-se que o próprio cérebro não passa de uma máquina. Mas o pensamento existe fora dele. Para ser bem claro: com certeza é preciso ter um cérebro, e um cérebro muito bem-feito, para descobrir, assim como Newton, a lei da gravidade universal. Porém, essa lei não está em nossa mente, é descoberta por nós, não inventada nem produzida por nós, mas encarnada no real – o mesmo vale para os famosos casos de igualdade dos triângulos que aprendemos na infância: é preciso um cérebro para entendê-las, mas as leis da matemática existem fora de nós, de modo que me parece impossível renegar certo dualismo.

De resto, eu gostaria, por exemplo, que alguém me explicasse, de um ponto de vista estritamente monista e materialista, que diferença pode existir entre um cérebro humano de direita e um cérebro humano de esquerda, até entre o cérebro que erra uma adição e o mesmo, logo depois, que acerta e corrige seu erro. Não sou "biologicamente" o mesmo quando cometo um erro e quando o corrijo? Parece-me que é em outro lugar, na vida psíquica dos seres vivos, que reside a diferença em relação às máquinas, e é, por definição, o que a abordagem behaviorista, que se limita aos sinais externos, não consegue enxergar.

Mas vamos deixar de lado esse debate metafísico sem fim para voltar à IA fraca, que, por sua vez, tem pelo menos o mérito de não pertencer à utopia materialista na qual não acredito nem por um segundo, mas à realidade bem real.

De fato, quem teria apostado um centavo, no começo do século XX, que uma máquina derrotaria o melhor jogador de xadrez do mundo? Teria certamente parecido uma piada de mau gosto, um sonho infantil digno de um plágio ruim de Júlio Verne. E mesmo assim... Desde a vitória do computador chamado "Deep Blue" contra o campeão mundial de xadrez, sabemos que isso é possível, mas hoje, ademais, qualquer aplicativo do seu PC ou do seu humilde *smartphone* é quase capaz do mesmo! E há coisas ainda mais impressionantes na área dos progressos realizados nos últimos anos em matéria de IA fraca. O programa de informática da IBM que responde pelo doce nome de Watson, como o parceiro de Sherlock Holmes, venceu com folga em 2011 o famoso jogo televisivo Jeopardy!, que, até então, era recorde de audiência nos Estados Unidos, derrotando dois dos seus campeões. Tratava-se, no entanto, de um incrível desafio para uma máquina: encontrar a questão correspondente a uma resposta formulada em língua natural, no caso em inglês corrente. Utilizando notadamente o *software* Hadoop (*software* de tratamento de *big data*), Watson mostrou-se capaz de percorrer em alta velocidade 200 milhões de páginas de texto, o que lhe permitiu vencer seu concorrente humano. Ainda era preciso, para tanto, não somente que "entendesse" corretamente as perguntas, que pudesse ler em poucos segundos somas de documentos que exigiriam várias vidas de um ser humano, mas que deduzisse a reposta adequada à pergunta feita (no caso, insisto para que se meça bem o tamanho do desafio: encontrar a pergunta por trás da resposta que o apresentador dava!). O desempenho, simplesmente vertiginoso, espanta. Mesmo que permaneçamos convencidos de que a IA forte não passa de uma utopia, a IA fraca, que hoje ultrapassa, e de longe, algumas capacidades intelectuais dos simples mortais, já levanta problemas bem reais, como mostra a carta aberta, sobre a qual já falei, contra a fabricação e a utilização pelo exército dos famosos "robôs matadores", assinada por Elon Musk, Stephen Hawking e Bill Gates em julho de 2015 – uma petição à qual finalmente se associaram mais de mil pesquisadores no mundo todo.

    Essas três personalidades, ainda que apaixonadas por ciências e tecnologias novas, chamam nossa atenção para os consideráveis perigos que representam para a humanidade a mudança de drones e mísseis teleguiados, portanto pilotados por humanos, mesmo que a distância, para robôs matadores supostamente "inteligentes" e, como tais, capazes de decidir por si sós "apertar o botão", de decidir entre a vida e a morte de tal ou tal indivíduo. Em sua carta, os três cientistas/empresários abordam argumentos pró e contra esses robôs e, não ocultam o fato de que poderiam, numa guerra, substituir os humanos e, consequentemente, evitar perdas inúteis. Mas, como escrevem logo, o perigo não é menos imenso, amplamente superior à vantagem que podemos obter:

> De baixo custo e sem requerer materiais raros, o que não é o caso das bombas atômicas, essas armas logo se tornariam onipresentes. Rapidamente, serão encontradas no mercado negro, os terroristas também poderão obtê-las facilmente, assim como os ditadores que querem subjugar seu povo, os chefes de guerra com tendências genocidas etc.

Daí o alerta dos três subscreventes, que é bom ouvir:[5]
Primeiro, vamos escutar Bill Gates:

> Faço parte daqueles que se preocupam com a superinteligência. Em um primeiro momento, as máquinas cumprirão muitas tarefas em nosso lugar e não serão superinteligentes. Isso será positivo se soubermos gerenciar adequadamente. Várias décadas depois, no entanto, a inteligência será suficientemente potente para criar problemas. Concordo com Elon Musk e outros, e não entendo por que as pessoas não estão preocupadas.

E Stephen Hawking acrescenta: "Conseguir criar uma inteligência artificial seria um grande acontecimento na história do homem. Mas, também, poderia ser o último".

Por que o último? Porque qualquer ser dotado de inteligência "darwiniana", e na hipótese em que se coloca Hawking seria este o caso das máquinas, tem por finalidade primeira e principal a sobrevi-

---

[5] Que cito do modo como relatou o *site L'Express/L'Expansion* em julho de 2015.

vência, portanto a eliminação daqueles que ameaçam sua vida. Porém as máquinas inteligentes, como nos piores roteiros de ficção científica, sendo capazes de ler em poucos segundos milhões de páginas, saberiam quase tudo sobre nós, começando pelo fato de que nós, os seres humanos, somos os únicos a poder desligá-las, o que faria com que fôssemos seus primeiros e principais inimigos. Controlando todos os serviços informatizados, portanto os exércitos, seriam facilmente capazes de nos destruir.

Deixemos finalmente a palavra a Elon Musk, entre outras coisas o brilhantíssimo dono de Tesla:

> Penso que deveríamos ser muito prudentes. Se eu tivesse que adivinhar o que representa a maior ameaça para nossa existência, provavelmente diria que é a inteligência artificial. Estou cada vez mais propenso a pensar que deveria haver uma regulação, de nível nacional ou internacional, simplesmente para garantir que não estamos fazendo nada estúpido. Com a inteligência artificial, invocamos um demônio.

E, juntando o gesto à palavra, Musk destinou 10 milhões de dólares do próprio bolso para um fundo dedicado à pesquisa sobre a segurança dos futuros avanços da inteligência artificial, mostrando, assim, se ainda havia necessidade, que o ideal da regulação talvez seja realmente vital para nós, hoje.

Do mesmo autor

Philosophie politique I. Le Droit: la nouvelle querelle des Anciens et des Modernes, Paris, PUF, 1984.

Philosophie politique II. Le Système des philosophes de l'histoire, Paris, PUF, 1984.

Philosophie politique III. Des droits de l'homme à l'idée républicaine, Paris, PUF, 1985 (en coll.).

Systèmes et critiques, Bruxelles, Ousia, 1985 (en coll.).

68-86. Itinéraires de l'individu, Paris, Gallimard, 1987 (en coll.).

Heidegger et les Modernes, Paris, Grasset, 1988 (en coll.).

Pensamento 68: ensaio sobre o anti-humanismo contemporâneo, São Paulo, Ensaio, 1988 (com Alain Renaut).

Des animaux et des hommes. Une anthologie, Paris, Hachette, "Le Livre de Poche", 1994 (en coll.).

Homo Aestheticus: a invenção do gosto na era democrática, São Paulo, Ensaio, 1994.

Por que não somos nietzscheanos, São Paulo, Ensaio, 1994.

Le Sens du beau, Paris, Cercle d'art, 1998.

A sabedoria dos modernos, São Paulo, Martins Fontes, 1999 (com André Comte-Sponville).

Philosopher à dix-huit ans, Paris, Grasset, 1999 (en coll.).

Lettre à tous ceux qui aiment l'école, Paris, Odile Jacob, 2003 (en coll.).

La Naissance de l'esthétique moderne, Paris, Cercle d'art, 2004.

O que é uma vida bem-sucedida?, Rio de Janeiro, Difel, 2004.

Comment peut-on être ministre? Réflexions sur la gouvernabilité des démocraties, Paris, Plon, 2005.

O homem-Deus ou o sentido da vida, Rio de Janeiro, Difel, 2007.

Apprendre à vivre 2: la sagesse des mythes, Paris, Plon, 2008.

Pour un service civique, Paris, Odile Jacob, 2008 (en coll.).

Depois da religião, Rio de Janeiro, Difel, 2008 (com Marcel Gauchet).

Famílias, amo vocês, Rio de Janeiro, Objetiva, 2008.

Vencer os medos, São Paulo, Martins Fontes, 2008.

A nova ordem ecológica, Rio de Janeiro, Difel, 2009.

A sabedoria dos mitos gregos: aprendendo a viver II, Rio de Janeiro, Objetiva, 2009.
Combattre l'illettrisme, Paris, Odile Jacob, 2009 (en coll.).
Kant: uma leitura das três "Críticas", Rio de Janeiro, Difel, 2009.
Le Christianisme, la pensée philosophique expliquée, Vincennes, Frémeaux & Associés, 2009.
Qu'est-ce qu'une vie réussie?, Paris, Hachette, "Le Livre de Poche", 2009.
Philosophie du temps présent, Vincennes, Frémeaux & Associés, 2009.
Apprendre à vivre: traité de philosophie à l'usage des jeunes générations, Paris, Flammarion, 2009.
Diante da crise: materiais para uma política de civilização, Rio de Janeiro, Difel, 2010.
Mythologie, l'héritage philosophique expliqué, Vincennes, Frémeaux & Associés, 2010.
Faut-il légaliser l'euthanasie? (avec Axel Kahn), Paris, Odile Jacob, 2010.
Heidegger, l'oeuvre philosophique expliquée, Vincennes, Frémeaux & Associés, 2010.
A tentação do cristianismo: da seita a civilização, Rio de Janeiro, Objetiva, 2011
O que é o ser humano? Sobre os princípios fundamentais da filosofia e da biologia, Petrópolis, Vozes, 2011 (com Jean-Didier Vincent).
Karl Marx, la pensée philosophique expliquée, Vincennes, Frémeaux & Associés, 2011.
Chroniques du temps présent: Le Figaro, 2009-2011, Paris, Plon, 2011.
Sigmund Freud, la pensée philosophique expliquée, Vincennes, Frémeaux & Associés, 2011.
La Politique de la jeunesse: rapport au Premier ministre, Paris, Odile Jacob, "Penser la société", 2011 (avec Nicolas Bouzou).
A revolução do amor: por uma espiritualidade laica, Rio de Janeiro, Objetiva, 2012.
Aprender a viver: filosofia para os novos tempos, Rio de Janeiro, Objetiva, 2012.
O anticonformista: uma autobiografia intelectual, Rio de Janeiro, Difel, 2012.

Schopenhauer, l'oeuvre philosophique expliquée, Vincennes, Frémeaux & Associés, 2012.

L'Invention de la vie de bohème, 1830-1900, Paris, Cercle d'art, 2012.

Descartes, Spinoza, Leibniz: l'oeuvre philosophique expliquée, Vincennes, Frémeaux & Associés, 2013.

Do amor: uma filosofia para o século XXI, Rio de Janeiro, Difel, 2013.

Hegel, l'oeuvre philosophique expliquée, Vincennes, Frémeaux & Associés, 2013.

Epicuriens et stoïciens: la quête d'une vie réussie, Paris, Le Figaro, "Sagesses d'hier et aujourd'hui", 2013.

Aristote: le bonheur par la sagesse, Paris, Le Figaro, "Sagesses d'hier et aujourd'hui", 2013.

De Homère à Platon: la naissance de la philosophie, Paris, Le Figaro, "Sagesses d'hier et aujourd'hui", 2013.

Descartes: je pense donc je suis, Paris, Le Figaro, "Sagesses d'hier et aujourd'hui", 2013.

Pic de la Mirandole: la naissance de l'humanisme, Paris, Le Figaro, "Sagesses d'hier et aujourd'hui", 2013.

Gilgamesh et Bouddha, sagesses d'Orient: accepter la mort, Paris, Le Figaro, "Sagesses d'hier et aujourd'hui", 2013.

Jésus et la révolution judéo-chrétienne: vaincre la mort par l'amour, Paris, Le Figaro, "Sagesses d'hier et aujourd'hui", 2013.

Spinoza et Leibniz: le bonheur par la raison, Paris, Le Figaro, "Sagesses d'hier et aujourd'hui", 2013.

La Philosophie anglo-saxonne: la force de l'expérience, Paris, Le Figaro, "Sagesses d'hier et aujourd'hui", 2013.

Kant et les Lumières: la science et la morale, Paris, Le Figaro, "Sagesses d'hier et aujourd'hui", 2013.

Nietzsche: la mort de Dieu, Paris, Le Figaro, "Sagesses d'hier et aujourd'hui", 2013.

Hegel et l'idéalisme allemand: penser la lumière, Paris, Le Figaro, "Sagesses d'hier et aujourd'hui", 2013.

Marx et l'hypothèse communiste: transformer le monde, Paris, Le Figaro, "Sagesses d'hier et aujourd'hui", 2013.

Schopenhauer: pessimisme et art du bonheur, Paris, Le Figaro, "Sagesses d'hier et aujourd'hui", 2013.

Hegel et l'idéalisme allemand: penser l'histoire, Paris, Le Figaro, "Sagesses d'hier et d'aujourd'hui", 2013.

Nietzsche: la mort de Dieu, Paris, Le Figaro, "Sagesses d'hier et d'aujourd'hui", 2013.

Le Cardinal et le Philosophe, Paris, Plon, 2013; J'ai lu, 2014.

Marx et l'hypothèse communiste: transformer le monde, Paris, Le Figaro, "Sagesses d'hier et d'aujourd'hui", 2013.

Freud: le sexe et l'inconscient, Paris, Le Figaro, "Sagesses d'hier et d'aujourd'hui", 2013.

Heidegger: les illusions de la technique, Paris, Le Figaro, "Sagesses d'hier et d'aujourd'hui", 2013.

Sartre et l'existentialisme: penser la liberté, Paris, Le Figaro, "Sagesses d'hier et d'aujourd'hui", 2013.

La Pensée 68 et l'ère du soupçon, Paris, Le Figaro, "Sagesses d'hier et d'aujourd'hui", 2013.

La Philosophie aujourd'hui: où en est-on? Paris, Le Figaro, "Sagesses d'hier et d'aujourd'hui", 2014.

La Naissance de l'esthétique et la question des critères du beau, Paris, Le Figaro, "Sagesses d'hier et d'aujourd'hui", 2014.

Les Avant-Gardes et l'art moderne, Paris, Le Figaro, "Sagesses d'hier et d'aujourd'hui", 2014.

Entre le coeur et la raison: la querelle du classicisme, Paris, Le Figaro, "Sagesses d'hier et d'aujourd'hui", 2014.

Une brève histoire de l'éthique, Paris, Le Figaro, "Sagesses d'hier et d'aujourd'hui", 2014.

Karl Popper: qu'est-ce que la science? Paris, Le Figaro, "Sagesses d'hier et d'aujourd'hui", 2014.

Philosophie de l'écologie. Croissance verte ou décroissance?, Paris, Le Figaro, "Sagesses d'hier et d'aujourd'hui", 2014.

Philosophie du progrès. Le romantisme contre les Lumières, Paris, Le Figaro, "Sagesses d'hier et d'aujourd'hui", 2014.

Sagesses d'hier et d'aujourd'hui, Paris, Flammarion, 2014.

Chroniques du temps présent: Le Figaro, 2011-2014, vol. II, Paris, Plon, 2014.

A inovação destruidora: ensaio sobre a lógica das sociedades modernas, Rio de Janeiro, Objetiva, 2015.
A mais bela história da filosofia, Rio de Janeiro, Difel, 2017.